80 dias

a cor da luxúria

VINA JACKSON

80 dias
a cor da luxúria

tradução de
REGIANE WINARSKI

2ª edição

EDITORA RECORD
RIO DE JANEIRO • SÃO PAULO
2013

CIP-BRASIL. CATALOGAÇÃO NA FONTE
SINDICATO NACIONAL DOS EDITORES DE LIVROS, RJ

Jackson, Vina
J15o 80 dias: a cor da luxúria / Vina Jackson; tradução de Regiane
2ª ed. Winarski. — 2ª ed. — Rio de Janeiro: Record, 2013.
(Eighty days)

Tradução de: Eighty Days Yellow
ISBN 978-85-01-40149-6

1. Romance inglês. I. Regiane Winarski. II. Título. III. Título: 80 dias: a cor da luxúria.

12-7939 CDD: 823
CDU: 821.111-3

Título original em inglês:
Eighty Days Yellow

Texto revisado segundo o novo Acordo Ortográfico da Língua Portuguesa.

Editoração eletrônica: Abreu's System

Direitos exclusivos de publicação em língua portuguesa somente para o Brasil adquiridos pela
EDITORA RECORD LTDA.
Rua Argentina, 171 — Rio de Janeiro, RJ — 20921-380 — Tel.: 2585-2000,
que se reserva a propriedade literária desta tradução.

Impresso no Brasil

EDITORA AFILIADA

ISBN 978-85-01-40149-6

Seja um leitor preferencial Record.
Cadastre-se e receba informações sobre nossos lançamentos e nossas promoções.

Atendimento e venda direta ao leitor:
mdireto@record.com.br ou (21) 2585-2002.

1

Uma garota e seu violino

Eu boto a culpa em Vivaldi.

Mais especificamente, em meu CD de *As Quatro Estações*, que agora estava virado para baixo na mesa de cabeceira, ao lado do corpo do meu namorado, que roncava de leve.

Tivemos uma briga quando Darren chegou de uma viagem de trabalho às 3 da manhã e me encontrou deitada no chão de madeira de sua sala de estar, nua, com o concerto tocando tão alto quanto seu aparelho de som com sistema surround permitia. Alto.

O movimento *presto* do "Verão", o Concerto nº 2 em sol menor, estava prestes a explodir a toda quando Darren abriu a porta repentinamente.

Não reparei que ele tinha chegado até sentir a sola do sapato em meu ombro direito, me sacudindo de um lado para o outro. Abri os olhos e o vi inclinado em cima de mim. Em seguida, reparei que ele havia acendido as luzes e que o CD tinha parado de repente.

— Que porra você está fazendo? — perguntou ele.

— Ouvindo música — respondi com minha voz mais comedida.

— Isso eu percebi! Dava para ouvir lá da rua! — gritou ele.

Ele havia ido a Los Angeles e parecia extremamente arrumado para uma pessoa que tinha acabado de sair de um longo voo. Ainda usava o colete do terno, uma camisa branca impecável, um cinto de couro e uma calça azul-marinho com risca de giz bem fina, o paletó pendurado em um dos braços. Segurava com força a alça da mala de rodinhas. Ficou claro que estava chovendo lá fora, embora, com o som da música, eu não tenha ouvido nada. A mala estava molhada, com água escorrendo pela lateral, formando uma poça no chão ao lado da minha coxa. As barras da calça dele estavam molhadas nas partes em que o guarda-chuva não conseguiu protegê-lo e grudadas nas panturrilhas.

Virei a cabeça para o sapato dele e vi 2 centímetros de perna molhada. Senti um cheiro almiscarado, em parte suor, em parte chuva, em parte graxa de sapato e couro. Algumas gotas de umidade pingaram do sapato em meu braço.

Vivaldi sempre teve um efeito bem particular em mim, e nem a hora da madrugada nem o olhar de irritação no rosto de Darren tiraram a sensação de calor que se espalhara rapidamente pelo meu corpo, acendendo o sangue em minhas veias como só a música fazia.

Eu me virei de modo que o sapato dele ainda ficasse levemente pressionado contra meu braço direito e enfiei a mão esquerda pela perna de sua calça.

Ele deu um passo para trás imediatamente, como se eu o tivesse queimado, e balançou a cabeça.

— Meu Deus, Summer...

Ele levou a mala até a parede ao lado do aparelho de som, tirou *As Quatro Estações* de dentro dele e andou até o quarto. Pensei em me levantar e ir atrás, mas decidi não fazer isso. Não havia como eu ganhar uma discussão com Darren se estivesse sem roupas. Esperava que, se continuasse deitada e parada, talvez desarmasse a raiva dele ao parecer menos visível, torcendo para que, permanecendo na horizontal em vez de na vertical, meu corpo despido se mesclasse melhor ao piso de madeira.

Ouvi o som da porta do armário sendo aberta e o barulho familiar dos cabides de madeira quando ele pendurou o paletó. Nos seis meses em que estávamos namorando, eu não o tinha visto jogar o paletó em uma cadeira ou nas costas de um sofá uma vez sequer, como uma pessoa normal faria. Ele pendurava o paletó direto no armário, depois se sentava para tirar os sapatos, tirava as abotoaduras, desabotoava a camisa e a colocava direto no cesto de roupa suja, tirava o cinto e o pendurava no suporte no armário junto com meia dúzia de outros em tons variados de azul-marinho, preto e marrom. Ele usava cuecas de marca, do tipo que eu mais gostava no corpo de um homem, pequenos shorts de algodão com stretch e elástico grosso. Eu amava o modo como as cuecas dele o abraçavam, com um aperto provocante, embora, para minha eterna decepção, ele sempre se cobrisse com um roupão e nunca andasse pelo apartamento só com a roupa de baixo. A nudez ofendia Darren.

Nós nos conhecemos em um recital no verão. Era importante para mim; um dos violinistas tinha ficado doente e eu fui chamada no último minuto para tocar na orquestra uma composição de Arvo Pärt, que eu odiava. Eu a achava vacilante e monótona, mas, por uma vaga para tocar música clássica em um palco de verdade, apesar de pequeno, eu teria tocado até Justin Bieber e encontrado uma maneira de fingir que estava gostando. Darren estava na plateia e adorou. Ele tinha uma queda por ruivas e contou-me, mais tarde, que não conseguia ver meu rosto por causa do ângulo do palco, mas tinha uma ótima visão do topo da minha cabeça. Disse que meu cabelo brilhava sob a luz do palco como se estivesse em chamas. Ele comprou champanhe e usou seus contatos com os organizadores do concerto para me encontrar nos bastidores.

Não gosto de champanhe, mas bebi mesmo assim, porque ele era alto e atraente e era a coisa mais próxima que já tive de um verdadeiro *groupie*.

Perguntei-lhe o que ele teria feito se eu não tivesse os dentes da frente ou se não fosse, de alguma maneira, do gosto dele, e ele respondeu que teria tentado a sorte com a percussionista, que não era ruiva, mas era bem atraente.

Algumas horas depois, eu estava bêbada e deitada de costas em seu quarto em Ealing, me perguntando como acabei na cama com um homem que parava para pendurar o paletó e colocava os sapatos cuidadosamente juntos antes de subir em mim. No entanto, ele tinha o pau grande e um apartamento bonito, e, apesar de acabar descobrindo que ele odiava todas as músicas das quais eu gostava, passamos a maior parte dos fins de semana dos meses seguintes juntos. Infelizmente, na minha opinião, não ficávamos parte suficiente desse tempo na cama, e uma grande parcela dele era passada em esnobes feiras de arte das quais eu não gostava e que, tinha certeza, Darren não entendia.

Os homens que me viam tocar em salas de música clássica propriamente em vez de bares e estações do metrô pareciam cometer o mesmo erro que Darren tinha cometido e acreditavam que eu teria todas as características que eles associavam a uma violinista clássica. Que eu teria boas maneiras, seria correta, culta, educada, refinada e graciosa, que possuiria um armário cheio de vestidos simples e estilosos para usar no palco, nenhum deles vulgar, ou que mostrasse pele demais. Que eu usaria saltos baixos e não perceberia o efeito que meus tornozelos finos despertam.

Na verdade, eu só tinha um vestido longo e formal para concertos, que eu havia comprado por dez pratas em uma loja em Brick Lane e mandado reformar em um alfaiate. Era de veludo com gola alta e costas decotadas, mas estava na lavanderia na noite em que conheci Darren, então eu havia comprado um *bandage dress* na Selfridges com meu cartão de crédito e enfiado a etiqueta na calcinha. Felizmente, Darren era um amante cuidadoso e não deixou manchas nem em mim nem no vestido, então pude devolver no dia seguinte.

Eu tinha meu próprio apartamento em um prédio em Whitechapel, onde passava as noites durante a semana. Era um estúdio, mais um aposento do que um apartamento, com uma cama de solteiro moderadamente grande, um cabideiro que funcionava como armário e uma pequena pia perto de uma geladeira e um fogão. O banheiro ficava no corredor e era compartilhado com quatro outras pessoas, em quem eu esbarrava de vez em quando, mas que costumavam ser reservadas.

Apesar da localização e do fato de o prédio ser velho, eu jamais conseguiria pagar o aluguel se não tivesse feito um acordo com o arrendatário, que conheci em um bar depois de uma visita noturna ao British Museum. Ele nunca me explicou direito por que queria alugar o quarto por menos do que pagava por ele, mas presumi que debaixo do piso devia haver um corpo ou um suprimento de pó branco, e eu costumava ficar acordada à noite esperando ouvir os passos fortes de uma equipe da SWAT no corredor.

Darren nunca foi ao meu apartamento, em parte porque eu tinha a sensação de que ele não conseguiria botar o pé no local sem mandar desinfetar o prédio inteiro, e em parte porque eu gostava de ter um lado da minha vida que pertencia somente a mim. Acho que lá no fundo eu sabia que nosso relacionamento não tinha chance de durar, e eu não queria ter de lidar com um amante rejeitado jogando pedras na minha janela à noite.

Ele sugeriu mais de uma vez que eu me mudasse para o apartamento dele e economizasse o dinheiro que gastava com o aluguel, para que pudesse investir em um violino melhor, ou em mais aulas, mas eu recusei. Eu odiava morar com outras pessoas, principalmente amantes, e preferia ganhar dinheiro tocando em uma esquina a ser sustentada por um namorado.

Ouvi o estalo suave da caixa de abotoaduras sendo fechada, cerrei os olhos e apertei as pernas em uma tentativa de me tornar invisível.

Ele voltou para a sala e passou direto por mim, a caminho da cozinha. Ouvi o som da torneira, o sibilar do gás sendo aceso e, alguns minutos depois, o tilintar da chaleira. Ele tinha uma daquelas chaleiras modernas de estilo antigo que precisam ser aquecidas no fogão até assobiarem. Eu não conseguia entender por que não comprava uma elétrica, mas ele alegava que a água tinha um gosto melhor e que uma xícara de chá correta devia ser feita com a chaleira correta. Eu não bebo chá. Até o cheiro me enjoa. Eu tomo café, mas Darren se recusava a fazer café para mim depois das sete horas da noite porque me mantinha desperta, e ele dizia que meus movimentos noturnos inquietos o mantinham desperto também.

Eu relaxei no chão e fingi estar em outro lugar. Diminuí o ritmo da respiração em um esforço concentrado de ficar perfeitamente parada, como um cadáver.

— Não consigo falar com você quando você está assim, Summer.

A voz dele veio da cozinha, desencarnada. Era uma das minhas coisas favoritas nele, o tom intenso do sotaque de ex-aluno de escola cara, às vezes suave e caloroso, outras, frio e duro. Senti uma onda de calor entre as coxas e apertei as pernas com o máximo de força que consegui, pensando em como Darren tinha colocado uma toalha sobre o piso na primeira e única vez em que fizemos sexo no chão da sala. Ele odiava bagunça.

— Assim como? — eu respondi, sem abrir os olhos.

— Assim! Nua e esticada no chão como uma lunática! Levante e vista a porra de uma roupa.

Ele tomou o resto do chá e, ao ouvir o som dos goles suaves, imaginei como seria se ele estivesse ajoelhado com a boca entre minhas pernas. O pensamento me fez enrubescer.

Darren não costumava fazer sexo oral em mim a não ser que eu tivesse saído do chuveiro há menos de cinco minutos, e mesmo assim as lambidas eram hesitantes e a língua era substituída pelo dedo educadamente na primeira oportunidade. Ele preferia usar só um dedo e não reagiu bem quando coloquei a mão lá embaixo e tentei guiar mais dois para dentro de mim.

— Meu Deus, Summer — dissera ele —, você vai estar escancarada quando chegar aos 30 se continuar assim.

Naquele dia, ele foi para a cozinha e lavou as mãos com detergente antes de voltar para a cama e rolar para o lado, adormecendo com as costas viradas para mim enquanto eu permanecia desperta, olhando o teto. Pelo som vigoroso de água, parecia que ele tinha lavado até os cotovelos, como um enfermeiro veterinário prestes a ajudar no parto de um bezerro, ou um sacerdote prestes a fazer um sacrifício.

Eu nunca mais o encorajei a colocar mais de um dedo.

Darren colocou a xícara na pia e passou por mim em direção ao quarto. Depois que ele desapareceu de vista, esperei alguns segundos para me levantar, constrangida pelo pensamento de quanto eu pareceria obscena aos olhos dele ao me levantar nua do chão, apesar de já ter saído completamente do delírio induzido por Vivaldi e de os meus membros estarem começando a doer e a tremer de frio.

— Venha para a cama, então, quando estiver pronta — gritou ele do quarto.

Escutei-o se despir e deitar na cama, vesti minha calcinha e esperei que a respiração dele ficasse profunda antes de me deitar entre os lençóis ao seu lado.

Eu tinha 4 anos na primeira vez em que ouvi *As Quatro Estações* do Vivaldi. Minha mãe e meus irmãos tinham viajado no fim de semana para visitar minha avó. Eu me recusara a ir sem meu pai, que não podia viajar porque precisava trabalhar. Agarrei-me a ele e gritei enquanto meus pais tentavam me colocar no carro, até que acabaram desistindo e me deixaram ficar.

Meu pai me deixou não ir à creche e me levou com ele para o trabalho. Passei três dias gloriosos de quase total liberdade correndo pela oficina, subindo em pilhas de pneus e inalando o aroma de borracha enquanto o observava levantar os carros de outras pessoas e deslizar para baixo deles, de modo que só sua cintura e suas pernas ficavam visíveis. Eu sempre estava por perto, pois tinha um medo terrível de que um dia o macaco quebrasse e o carro caísse em cima dele, partindo-o em dois. Não sei se era arrogância ou tolice, mas mesmo naquela idade eu achava que poderia salvá-lo, que, com a quantidade certa de adrenalina, eu conseguiria levantar um carro pelos poucos segundos que ele precisaria para sair.

Depois que ele terminava o trabalho, nós subíamos na picape dele e pegávamos o longo caminho de casa, parando para tomar um sorvete de casquinha no caminho, apesar de eu não poder normalmente comer sobremesa antes do jantar. Meu pai sempre pedia o de passas ao rum, enquanto eu pedia um sabor diferente a cada vez, ou, às vezes, meia bola de dois tipos diferentes.

Em uma noite, bem tarde, eu não estava conseguindo dormir e andei até a sala. Encontrei-o deitado de costas no escuro, aparentemente dormindo, apesar de não estar respirando pesadamente. Ele tinha trazido o toca-discos da garagem e eu conseguia ouvir o som suave da agulha a cada giro do disco.

— Oi, filha — disse ele.

— O que você está fazendo? — perguntei.

— Ouvindo música — respondeu ele, como se fosse a coisa mais comum do mundo.

Eu me deitei ao lado dele para poder sentir o calor de seu corpo perto do meu e o cheiro suave de borracha nova misturada com algum produto de limpeza. Fechei os olhos e fiquei parada, até que o chão desapareceu e a única coisa que existia no mundo era eu, suspensa no escuro, e o som de *As Quatro Estações* do Vivaldi no aparelho.

Depois disso, pedi ao meu pai para colocar o disco de novo, repetidamente, talvez por acreditar que eu tinha recebido meu nome, Summer, de um dos concertos, "Verão", uma teoria que meus pais nunca confirmaram.

Meu entusiasmo precoce foi tanto que, no meu aniversário daquele ano, meu pai me comprou um violino e marcou aulas para mim. Eu sempre fui uma criança relativamente impaciente e independente, o tipo de pessoa que não parecia predisposta a ter aulas extras ou a aprender música, mas eu queria muito, mais do que tudo no mundo, tocar algo que me fizesse voar, como eu tinha voado naquela noite em que ouvi Vivaldi pela primeira vez. Assim, desde o instante em que coloquei minhas pequenas mãos no arco e no instrumento, pratiquei em todos os meus momentos acordada.

Minha mãe começou a se preocupar que eu estivesse me tornando obsessiva e quis tirar o violino de mim por um tempo, para que eu prestasse mais atenção ao resto dos meus estudos e talvez fizesse até alguns amigos, mas eu me recusei terminantemente a abdicar do meu instrumento. Com o arco na mão, eu sentia como se pudesse alçar voo a qualquer momento. Sem ele, eu não era nada, só um corpo como outro qualquer, preso ao chão como uma pedra.

Rapidamente subi ao nível de meus instrutores e, quando cheguei aos 9 anos, já tocava bem além da capacidade que minha estupefata professora de música podia conceber.

Meu pai arrumou mais aulas para mim, com um cavalheiro holandês mais velho, Hendrik van der Vliet, que morava a duas ruas de nós e raramente saía de casa. Ele era um homem alto e dolorosamente magro, que se movia de maneira estranha, como se estivesse preso a barbantes, e como se a substância na qual se movia fosse mais densa do que o ar, como um gafanhoto nadando no mel. Quando ele pegava o violino, seu corpo se tornava líquido. Observar os movimentos do braço dele era como ver ondas subirem e descerem no mar. A música fluía de dentro e para fora como uma maré.

Ao contrário da Sra. Drummond, a professora de música da escola, que havia ficado chocada e desconfiada com meu progresso, o Sr. van der Vliet parecia inabalável. Ele raramente falava e nunca sorria. Apesar de a população da minha cidade, Te Aroha, ser pequena, poucas pessoas o conheciam e, até onde eu sabia, ele não tinha nenhum outro aluno. Meu pai me contou que ele tocava na Orquestra Real do Concertgebouw em Amsterdã, sob regência de Bernard Haitink, e acabou abandonando a carreira clássica e se mudou para a Nova Zelândia, onde, em um dos concertos, conheceu uma neozelandesa. Ela morreu em um acidente de carro no dia em que eu nasci.

Como Hendrik, meu pai era um homem reservado, mas interessado nas pessoas, e conhecia todo mundo em Te Aroha. Em algum momento, até a pessoa mais reclusa acabava sendo vítima de um pneu furado, fosse o pneu de um carro, de uma moto ou de um cortador de grama. E, com reputação de pegar até os menores trabalhos, o tempo do meu pai costumava ser preenchido com serviços estranhos para vários residentes, incluindo Hendrik, que foi à oficina um dia para consertar o pneu de uma bicicleta e saiu com uma aluna de violino.

Eu tinha um estranho sentimento de lealdade em relação ao Sr. van der Vliet, como se eu fosse de alguma forma responsável pela felicidade dele por ter vindo ao mundo no mesmo dia em que a esposa dele se foi. Sentia-me obrigada a agradá-lo e, sob sua tutela, pratiquei sem parar até meus braços doerem e as pontas dos meus dedos estarem feridas.

Na escola, eu não era nem popular nem pária. Minhas notas eram sempre medianas, e eu era comum de todas as maneiras, a não ser na música, em que minhas aulas extras e minha aptidão me colocavam bem à frente dos meus colegas. A Sra. Drummond me ignorava nas aulas, talvez com medo de meu conhecimento mais avançado fazer meus colegas sentirem inveja ou se acharem incompetentes.

Todas as noites eu saía para a garagem de casa e tocava violino, ou ouvia discos, normalmente no escuro, nadando mentalmente pelo cânone da música clássica. Às vezes, meu pai se juntava a mim. Raramente conversávamos, mas eu sempre me sentia ligada a ele pela experiência compartilhada da música, ou talvez por nossa excentricidade em comum.

Eu evitava festas e não socializava muito. Consequentemente, as experiências sexuais com garotos da minha idade foram limitadas. Mas, antes mesmo de eu chegar à adolescência, senti uma aceleração interna que sinalizou o despertar precoce do que mais tarde se tornaria um apetite sexual voraz. Tocar violino parecia apurar meus sentidos. Era como se as distrações fossem afogadas no som e tudo o mais desaparecesse na periferia da minha percepção, exceto as sensações do meu corpo. Quando cheguei à adolescência, comecei a associar esse sentimento à excitação. Eu me perguntava por que ficava excitada tão facilmente e por que a música tinha um efeito tão poderoso sobre mim. Sempre tive medo de meu desejo sexual ser anormalmente elevado.

O Sr. van der Vliet me tratava como se eu fosse um instrumento, e não uma pessoa. Ele colocava meus braços em posição ou uma das mãos nas minhas costas para endireitar minha postura, como se eu fosse feita de madeira, não de carne. Parecia completamente alheio ao próprio toque, como se eu não passasse de uma extensão do corpo dele. Nunca agiu de maneira que não fosse completamente casta, mas, apesar disso, e da idade e do cheiro ligeiramente acre e do rosto ossudo, comecei a sentir algo por ele. Ele era absurdamente alto, mais alto do que meu pai, com talvez 2 metros de altura, e era bem maior do que eu. Mesmo quando cresci completamente, só cheguei a 1,67m. Aos 13 anos, minha cabeça mal chegava ao peito dele.

Comecei a ansiar por nossas aulas juntos por razões que iam além do aperfeiçoamento da minha técnica. Eu ocasionalmente fingia uma nota ruim ou um movimento estranho do pulso na esperança de que ele tocasse em minha mão e me corrigisse.

— Summer — disse-me baixinho um dia —, se continuar a fazer isso, não vou mais dar aula para você.

Nunca mais toquei uma nota errada de novo.

Até aquela noite, algumas horas antes de Darren e eu brigarmos por causa de *As Quatro Estações*.

Eu havia ido a um bar em Camden Town para tocar de graça com um pretenso grupo de *blues rock* em início de carreira, quando, de repente, meus dedos ficaram paralisados e não consegui tocar uma nota. Nenhum dos integrantes da banda reparou e, fora alguns fãs radicais que estavam lá por causa de Chris, o cantor principal e violonista, a maior parte da plateia estava nos ignorando. Era um show de quarta-feira, e os grupos do meio da semana costumavam ser mais difíceis do que os bêbados de sábado, pois, fora os fãs radicais, as pessoas que batiam ponto no bar para uma rápida cerveja e uma conversa não prestavam atenção à música. Chris tinha me avisado para não me preocupar.

Ele tocava viola, além de violão, apesar de ter trocado o primeiro instrumento pelo segundo em uma tentativa de ter um apelo mais comercial. Nós dois éramos instrumentistas de cordas de coração e tínhamos criado um vínculo por causa disso.

— Acontece com todos nós, querida — disse ele.

Mas não acontecia comigo. Eu estava morrendo de vergonha.

Deixei a banda sem nem mesmo tomar uma bebida com eles depois e peguei o trem para o apartamento de Darren em Ealing, usando a chave extra para entrar. Eu tinha confundido o horário do voo e achei que ele chegaria no final da manhã, depois de um voo noturno, e iria direto para o trabalho sem passar em casa, o que me daria a chance de dormir em uma cama confortável a noite toda e ouvir umas músicas. Outra das minhas razões para continuar com ele era a qualidade do aparelho de som no apartamento, e porque ele tinha bastante espaço no chão para eu deitar. Ele era uma das poucas pessoas que eu conhecia que ainda possuíam um aparelho de som completo, com tocador de CD, e não havia espaço suficiente no meu apartamento para me deitar no chão, a não ser que eu colocasse a cabeça no armário da cozinha.

Depois de algumas horas de Vivaldi repetidamente, concluí que esse relacionamento, apesar de agradável, estava sufocando minha energia criativa. Seis meses de arte moderada, música moderada, churrascos moderados com outros casais moderados e fazendo amor moderado tinham me levado a arrancar a corrente que eu permitira que colocassem ao redor do meu pescoço, uma forca que eu mesma fiz.

Eu tinha que achar um jeito de cair fora.

Darren costumava ter sono leve, mas tomava Nytol regularmente para ajudá-lo a evitar o jet lag depois dos voos de volta de Los Angeles. Consegui ver a embalagem brilhando na cesta de lixo vazia. Mesmo às quatro horas da madrugada, ele jogou a embalagem vazia na lixeira em vez de deixar na mesa de cabeceira até de manhã.

O CD do Vivaldi estava virado para baixo ao lado do abajur. Para Darren, deixar um CD fora da caixa era a maior expressão de protesto. Apesar do Nytol, fiquei surpresa de ele conseguir dormir com aquilo ao lado, sendo arranhado.

Saí da cama antes de amanhecer, depois de dormir uma hora ou duas no máximo, e deixei um bilhete na bancada da cozinha. "Desculpe pelo barulho", eu escrevi. "Durma bem. Ligo depois" etc.

Peguei a linha central do metrô até West End sem ideia real de que direção estava tomando. Meu apartamento estava sempre bagunçado, e não gostava de ensaiar lá com muita frequência porque as paredes eram finas e eu não queria que os vizinhos se cansassem do barulho, por mais agradável que eu esperasse que fosse. Meus braços ansiavam por tocar, no mínimo para gastar as emoções que se acumularam na noite anterior.

O metrô estava lotado quando cheguei a Shepherd's Bush. Eu tinha decidido ficar de pé na extremidade do vagão, apoiada em um dos assentos forrados perto da porta, por ser mais fácil do que me sentar com o estojo do violino entre as pernas. Agora, eu estava esmagada entre uma multidão de trabalhadores suados, com mais outros entrando a cada parada, cada rosto mais infeliz do que o anterior.

Eu ainda estava usando meu vestido comprido de veludo do show da noite anterior, junto com um par de coturnos cereja. Eu tocava de salto alto em concertos clássicos, mas preferia usar botas para ir para casa, pois sentia que acrescentavam um balanço ameaçador ao meu caminhar quando eu andava pelo leste de Londres tarde da noite. Eu ficava ereta, com o queixo erguido, imaginando que, vestida como estava, a maior parte do vagão, ou ao menos as pessoas que conseguiam me ver, desconfiava que eu estivesse indo para casa após uma noite de sexo casual.

Fodam-se eles. Eu queria estar a caminho de casa depois de uma noite de sexo casual. Com Darren viajando tanto e eu tocando no máximo de apresentações que conseguia, não fazíamos sexo havia quase um mês. Quando transávamos, eu raramente gozava, e só como resultado de um movimento rápido e constrangido pelo qual eu tentava desesperadamente chegar a um orgasmo enquanto pensava que, se eu desse prazer a mim mesma depois do sexo, ele se sentiria incompetente. Eu fazia mesmo assim, apesar de desconfiar que ele se sentia, sim, incompetente, porque era isso ou passar as 24 horas seguintes reprimida e infeliz.

Um operário entrou na estação de Marble Arch. Àquela altura, a extremidade do vagão estava completamente lotada, e os outros passageiros fizeram cara de desprezo enquanto ele tentava se espremer em um espaço pequeno perto da porta à minha frente. Ele era alto, com braços grossos e musculosos, e teve que se encolher um pouco para que as portas pudessem se fechar atrás dele.

— Um passinho, por favor — disse um passageiro com uma voz educada, porém tensa.

Ninguém se mexeu.

Sempre educada, mudei o estojo do violino de posição para abrir espaço, deixando meu corpo desprotegido e diretamente virado para o homem musculoso.

O trem andou de repente, fazendo os passageiros perderem o equilíbrio. O operário deu um passo para a frente e eu empertiguei a coluna para me manter firme. Por um momento, senti o torso dele encostado em mim. Ele estava usando uma camisa de algodão de manga comprida, um colete de segurança e uma calça jeans com aspecto surrado. Não era gordo, mas parrudo, como um jogador de rúgbi de férias, e estava encolhido no vagão com o braço esticado para segurar na barra superior, o que fazia tudo que ele estava usando parecer pequeno demais.

Fechei os olhos e imaginei como ele devia ser por baixo do jeans. Não tive oportunidade de verificar como ele era da cintura para baixo quando entrou, mas a mão que segurava a barra era grande e grossa, então concluí que o volume no jeans devia ser igual.

Paramos na estação Bond Street e uma loura pequena, com o rosto tomado de determinação, se preparou para entrar.

Um pensamento fugaz: será que o trem daria um salto de novo ao sair da estação?

Ele deu.

O homem musculoso cambaleou para cima de mim, e, com ousadia, apertei as coxas e senti o corpo dele enrijecer. A loura começou a se espalhar um pouco, cutucando o operário nas costas com o cotovelo ao mexer na bolsa volumosa em busca de um livro. Ele chegou mais perto de mim para dar mais espaço para ela, ou talvez apenas estivesse aproveitando a proximidade de nossos corpos.

Apertei minhas coxas com mais força.

O trem deu um salto de novo.

Ele relaxou.

Agora, todo o corpo dele estava pressionado firmemente contra o meu, e, encorajada por nossa proximidade aparentemente casual, me reclinei só um pouco, empurrando a pélvis para a frente de forma que o botão do jeans dele ficasse contra a parte de dentro da minha perna.

Ele tirou a mão da barra e a apoiou na parede acima do meu ombro, de forma que estávamos quase abraçados. Imaginei ter ouvido a respiração dele falhar e o coração acelerar, mesmo sabendo que qualquer barulho que ele tivesse feito seria sufocado pelo som do trem correndo pelo túnel.

Meu coração estava disparado e senti uma pontada repentina de medo, pensando ter ido longe demais. O que eu faria se ele falasse comigo? Ou me beijasse? Imaginei como seria a sensação da língua dele na minha boca, se ele beijava bem, se era o tipo de homem que enfiaria e tiraria a língua da minha boca de uma maneira horrível, como um lagarto, ou se era o tipo que puxaria meu cabelo e me beijaria devagar, como se realmente quisesse fazer aquilo.

Senti uma umidade quente se espalhando entre minhas pernas e percebi, com uma mistura de constrangimento e prazer, que minha calcinha estava molhada. Fiquei aliviada por ter resistido ao meu impulso desafiador de sair sem calcinha de manhã e por ter encontrado uma para vestir na casa de Darren.

O homem musculoso estava virando o rosto para mim agora, tentando capturar meu olhar, e mantive os olhos baixos e o rosto sério, como se a pressão do corpo dele contra o meu não fosse nada imprópria e esse fosse o modo como eu sempre viajava de transporte público, diariamente.

Com medo do que pudesse acontecer se eu ficasse presa mais tempo entre a parede e esse homem, passei por baixo do braço dele e saí do trem na estação de Chancery Lane sem olhar para trás. Perguntei-me brevemente se ele me seguiria. Eu estava de vestido; Chancery Lane era uma estação vazia; depois do que aconteceu no trem, ele poderia sugerir todos os tipos de perversão anônima. Mas o trem foi embora e meu musculoso foi junto.

Eu pretendia virar à esquerda ao sair da estação e seguir para o restaurante francês de esquina que fazia os melhores ovos benedict que eu tinha comido desde que deixei a Nova Zelândia. Na primeira vez que comi lá, falei para o chef que ele fazia o café da manhã mais delicioso de Londres, e ele respondeu: "Eu sei." Consigo entender por que os britânicos não gostam dos franceses. Eles são metidos, mas eu gosto disso neles, e voltava ao mesmo restaurante para comer ovos benedict sempre que podia.

Mas agora, perturbada demais para lembrar o caminho, em vez de virar à esquerda, virei à direita. De qualquer modo, o restaurante francês só abria às nove horas. Eu poderia encontrar um lugar tranquilo no Grey's Inn Gardens, talvez tocar um pouco antes de ir ao restaurante.

Na rua, em busca da travessa não sinalizada que levava aos jardins, percebi que estava em frente a uma casa de striptease que visitei poucas semanas depois que cheguei ao Reino Unido. Fui ao local com uma amiga, uma garota com quem trabalhei por pouco tempo enquanto viajava pelo Território do Norte da Austrália e que encontrei de novo em um albergue ali perto na minha primeira noite em Londres. Ela tinha ouvido que dançar era a maneira mais fácil de ganhar dinheiro aqui. Você passava uns dois meses em lugares mais vagabundos até conseguir um emprego nos bares mais chiques de Mayfair, onde celebridades e jogadores de futebol enfiavam pilhas de dinheiro no seu fio dental como se fosse confete.

Charlotte me levou para conhecer o lugar e ver se conseguia trabalho. Para minha decepção, o homem que nos encontrou no tapete vermelho da recepção não nos levou a uma sala cheia de moças com poucas roupas e se preparando para o show, mas sim à sala dele, por uma porta do outro lado.

Ele pediu a Charlotte para resumir as experiências anteriores dela, que eram nenhuma, a não ser que você contasse dançar em mesas em boates. Em seguida, ele a olhou de cima a baixo do jeito como um jóquei avalia um cavalo em um leilão.

Em seguida, ele me olhou da cabeça aos pés.

— Também quer emprego, amor?

— Não, obrigada — respondi. — Já tenho um. Estou só fazendo companhia a ela.

— Ninguém pode tocar em vocês. Jogamos na rua imediatamente se tentarem alguma coisa — acrescentou ele com esperança.

Eu balancei a cabeça.

Mas considerei brevemente vender meu corpo por dinheiro, pois, fora os riscos envolvidos, eu teria preferido prostituição àquilo. De alguma forma, me parecia mais honesto. Eu achava a atividade de fazer strip-tease um pouco artificial. Por que ir tão longe e não cometer o ato até o fim? De qualquer modo, decidi que precisava ter as noites livres para as apresentações, e precisava de um emprego que me deixasse bastante energia para ensaiar.

Charlotte durou um mês na casa de Holborn, até que foi demitida quando uma das outras garotas a delatou por ter saído da casa com dois clientes.

Um jovem casal. Com jeito inocente, como você gosta, contou-me Charlotte. Eles foram lá tarde em uma sexta à noite, com o cara feliz da vida e a garota empolgada e assustada, como se nunca tivesse visto o corpo de outra mulher na vida. O namorado se ofereceu para pagar por uma dança, e a namorada observou o salão e escolheu Charlotte. Talvez por ela ainda não ter comprado nenhuma roupa específica de stripper, ou por não ter unhas postiças como as outras garotas. Era o que Charlotte tinha de diferente. Ela era a única stripper que não parecia stripper.

A mulher ficou claramente excitada em questão de segundos. O namorado estava vermelho. Charlote gostou de perverter os inocentes, e ficou lisonjeada pela reação deles aos movimentos do seu corpo.

Ela se inclinou para a frente e preencheu o pequeno espaço que havia entre eles.

— Querem sair comigo? — sussurrou ela nos ouvidos dos dois.

Depois de um pouco mais de rubor, eles concordaram e entraram em um táxi preto. Foram até o apartamento dela em Vauxhall. A sugestão dela de irem para o deles tinha sido sumariamente recusada.

A cara do colega de apartamento foi inesquecível, disse ela, quando ele abriu a porta do quarto dela de manhã sem bater para levar uma xícara de chá e a encontrou na cama não apenas com um estranho, mas com dois.

Eu não tinha notícias de Charlotte com frequência agora. Londres tinha uma maneira de engolir as pessoas, e manter contato nunca foi meu ponto forte. Mas eu me lembrava do local.

A casa de striptease não era, como se podia esperar, em uma viela escura, mas bem em uma principal, entre uma lanchonete Pret a Manger e uma loja de artigos esportivos. Havia um restaurante italiano algumas portas depois ao qual fui uma vez, em um encontro que se tornou memorável por eu ter incendiado o cardápio sem querer ao abri-lo em cima da vela que havia no meio da mesa.

A porta era um pouco escondida e a placa acima não era iluminada em neon, mas, mesmo assim, se você olhasse diretamente o lugar, para o vidro escuro e para o nome ruim (*Sweethearts*), não havia como confundir com outra coisa que não fosse uma casa de striptease.

Tomada de uma repentina onda de curiosidade, apertei o braço sobre o estojo do violino, dei um passo à frente e empurrei a porta.

Estava trancada. Fechada. Talvez, de forma nada surpreendente, às oito e meia em uma manhã de quinta, a casa não estivesse aberta. Empurrei a porta de novo, na esperança de ela ceder.

Nada.

Dois homens em uma van branca passaram devagar e abriram a janela.

— Volte na hora do almoço, amor — gritou um deles. A expressão no rosto deles era de solidariedade em vez de atração. De vestido preto, ainda usando minha maquiagem pesada de roqueira da noite anterior, eu provavelmente parecia uma garota desesperada procurando trabalho. E daí se fosse?

Eu agora estava com fome, e minha boca estava seca. Meus braços começavam a doer. Eu abraçava o estojo do violino com força ao lado do corpo, coisa que tinha o hábito de fazer quando estava aborrecida ou estressada. Eu não tinha coragem de ir ao restaurante francês sem tomar banho e usando as roupas de ontem. Não queria que o chef me achasse estranha.

Peguei o metrô de volta para Whitechapel, andei até meu apartamento, tirei o vestido e me encolhi na cama. Meu despertador estava programado para as três da tarde, a fim de que eu pudesse voltar para o subterrâneo e buscar a atenção dos que andavam de metrô.

Até em meus piores dias, os dias em que sentia meus dedos desajeitados como um punho cheio de salsichas e minha mente parecia cheia de cola, eu ainda conseguia dar um jeito de tocar em algum lugar, mesmo que fosse em um parque com pombos como plateia. Não era por eu ser ambiciosa nem porque estava trabalhando para construir uma carreira na música, embora, é claro, eu sonhasse ser vista e contratada, tocar no Lincoln Center ou no Royal Festival Hall. Eu só não conseguia evitar.

Acordei às três da tarde me sentindo descansada e bem mais positiva. Sou otimista por natureza. É preciso um grau de loucura, uma atitude muito positiva ou um pouco de cada para uma pessoa ir até o outro lado do mundo com nada para apoiá-la além de uma mala, uma conta bancária zerada e um sonho. Meu mau humor nunca durava muito.

Tenho um armário cheio de roupas diferentes para tocar na rua, a maior parte delas comprada em brechós e no eBay, porque não tenho muito dinheiro. Raramente uso jeans, pois, com uma cintura muito fina para quadris muito largos, acabo considerando experimentar calças algo muito tedioso, e uso saias e vestidos quase todos os dias. Tenho dois shorts jeans cortados para os dias de caubói, quando toco músicas country, mas hoje eu sentia que era um dia de Vivaldi, e Vivaldi requer um visual mais clássico. O vestido preto de veludo teria sido minha primeira escolha, mas estava embolado no chão onde eu o tinha largado no começo da manhã e precisava voltar para a tinturaria. Então escolhi uma saia preta até os joelhos, ligeiramente mais comprida atrás, e uma blusa de seda creme com um colarinho delicado de renda que comprei em uma loja *vintage*, o mesmo lugar onde encontrei o vestido. Coloquei uma meia-calça opaca e um par de *ankle boots* de amarrar com saltos baixos. Esperava que o efeito completo fosse um pouco vitoriano, gótico recatado, o tipo de visual que eu amava e que Darren odiava; ele achava que *vintage* era o estilo de pretensos *hipsters* que não tomavam banho.

Quando cheguei à Tottenham Court Road, a estação onde eu tinha um ponto para tocar, a multidão do metrô havia começado a circular. Eu me posicionei na área perto da parede no final do primeiro lance de escadas rolantes. Havia lido um artigo em uma revista que dizia que as pessoas tinham mais probabilidade de dar dinheiro a artistas se tivessem poucos minutos para decidir. Assim, era útil ficar onde os transeuntes pudessem me ver ao descer pela escada rolante, a tempo de procurar nas carteiras antes de passar por mim. Mas também não estava imediatamente no caminho deles, o que parecia dar certo para os londrinos; eles gostavam de achar que tinham feito a escolha de desviar o caminho e deixar dinheiro no estojo do violino.

Eu sabia que devia fazer contato visual e sorrir em agradecimento para as pessoas que deixavam moedas, mas ficava tão perdida na minha música que costumava esquecer. Quando estava tocando Vivaldi, não havia chance de me conectar com ninguém. Se o alarme de incêndio tocasse na estação, eu provavelmente não perceberia. Encostei o violino no queixo e, em poucos minutos, as pessoas desapareceram. Tottenham Court Road desapareceu. Havia apenas eu e Vivaldi em repetição.

Toquei até meus braços começarem a doer e meu estômago começar a roncar, dois sinais claros de que já havia ficado mais do que pretendia. Cheguei em casa às dez.

Só na manhã seguinte eu contei meus ganhos, e encontrei uma nota rígida e vermelha enfiada cuidadosamente em um pequeno rasgo no forro de veludo.

Alguém tinha me dado 50 libras.

2

Um homem e seus desejos

As marés da coincidência se movem de maneiras curiosas. Às vezes, ele sentia como se a vida toda tivesse passado como um rio, com seu curso em zigue-zague ditado por eventos ou pessoas aleatórias, e ele nunca estivesse realmente no controle, mas tivesse apenas vagado da infância à adolescência e às lutas a caminho das águas calmas da meia-idade, como uma embarcação bêbada em mares estranhos. Por outro lado, não estava todo mundo no mesmo barco? Talvez ele tivesse apenas se mostrado um navegador melhor, e por isso as tempestades não foram rigorosas demais ao longo do caminho.

A aula de hoje ultrapassou os limites: perguntas demais dos alunos interromperam o fluxo. Não que isso fosse um problema. Quanto mais eles perguntavam e questionavam, melhor. Significava que estavam prestando atenção, estavam interessados no assunto. E esse nem sempre era o caso. Aquele ano letivo estava sendo bom. Tinha a proporção certa de alunos estrangeiros e locais, formando uma mistura desafiadora, que, por sua vez, deixava-o alerta e cauteloso. Ao contrário de tantos outros professores, ele variava muito seus cursos, ao menos para fugir das armadilhas do tédio e da repetição. Aquele semestre, as aulas de literatura comparada exploravam a recorrência de elementos de suicídio e morte na obra de escritores dos anos 1930 e 1940, com foco nos romances de F. Scott Fitzgerald nos Estados Unidos, na obra de Drieu La Rochelle na França — autor que costumava ser erroneamente rotulado de fascista —, e do autor italiano Cesare Pavese. Não era um assunto particularmente alegre, mas parecia atingir de alguma maneira boa parte da plateia, principalmente as mulheres. Culpem Sylvia Plath, pensou ele. Desde que isso não levasse muitas delas na direção do forno a gás, sorriu ele por dentro, tudo bem.

Ele não precisava do emprego. Fizera fortuna uns dez anos atrás, depois que o pai faleceu e deixou para ele uma soma alta, algo com que não contava. A relação deles nunca fora particularmente fácil, e ele supôs que seus irmãos, com quem não tinha contato regular nem muita coisa em comum, herdariam o valor. Foi uma surpresa agradável. Outro daqueles cruzamentos imprevistos na estrada da vida.

Depois da aula, recebeu alguns alunos em sua sala para planejar aulas de reforço futuras e para responder perguntas, e perdeu a hora. Tinha planejado ver um filme novo no Curzon West End em uma sessão do fim da tarde, mas não dava mais tempo. Mas não tinha problema, ele podia ir no fim de semana.

O celular vibrou e apitou, movendo-se na superfície lisa da mesa. Ele o pegou. Uma mensagem de texto.

"Você quer se encontrar comigo? C."

Dominik suspirou. Será que devia? Será que não devia?

Seu caso com Claudia começara havia um ano, e ele não sabia mais o que achava disso nem o que sentia por ela. Tecnicamente falando, não havia motivo para ninguém repreendê-lo, pois tudo aconteceu depois de ela terminar as aulas com ele. Assim, a ética estava ok, mas ele não tinha mais certeza se queria que o relacionamento fosse em frente.

Decidiu não responder imediatamente. Precisava de tempo para pensar. Pegou a jaqueta de couro surrada no gancho da parede, os livros e os papéis da aula e a bolsa de lona e seguiu para a rua. Encasacado contra o vento frio que vinha do rio, ele seguiu para o metrô. Já estava escurecendo, a rua tinha aquele cinza metálico monótono do outono de Londres. A multidão na rua parecia ameaçadora conforme chegava lentamente a hora do rush, num fluxo de pessoas correndo nos dois sentidos, esbarrando nele anonimamente em sua pressa. Normalmente ele já estava longe do centro àquela hora. Era um pouco como ver outro lado da cidade, uma dimensão incomum na qual o mundo robótico do trabalho predominava, pesado, opressivo, deslocado. Dominik pegou casualmente o jornal vespertino distribuído gratuitamente e entrou na estação.

Claudia era alemã, não era ruiva de verdade e fodia divinamente. Seu corpo costumava ter cheiro de óleo de cacau por causa do creme aromatizado que usava para hidratar a pele. Depois de uma noite inteira na cama com ela, Dominik acabava com uma leve dor de cabeça por causa daquele odor. Não que costumassem passar noites inteiras juntos. Eles faziam amor, conversavam superficialmente e se despediam até o encontro seguinte. Era esse tipo de caso. Sem compromisso, sem perguntas, sem exclusividade. Satisfazia necessidades mútuas. Era um relacionamento no qual ele fora parar sem perceber; sem dúvida ela fornecera dicas, uma espécie de sinal verde nos primeiros dias, e ele sabia que não dera os primeiros passos conscientemente. Era o jeito como as coisas às vezes aconteciam.

O trem parou de repente enquanto ele devaneava. Era ali que precisava mudar para a Northern Line, por um labirinto de corredores. Ele odiava o metrô, mas a lealdade aos anos anteriores, menos abastados, o impedia quase todos os dias de pegar um táxi quando ia e voltava da faculdade. Iria de carro, mesmo com o engarrafamento, se não fosse a falta de locais para estacionar na instituição e nas áreas vizinhas, além do irritante tráfego lento e regular na Finchley Road.

Os odores familiares da hora do rush — suor, resignação e depressão — agrediam casualmente seus sentidos enquanto ele seguia para a escada rolante, quando o suave som de música chegou aos seus ouvidos.

O barista levou os cafés para o lado de fora: o habitual espresso duplo de Dominik e uma variação sofisticada de cappuccino com complementos pseudoitalianos para Claudia. Ela acendeu um cigarro depois de ele não manifestar objeção, apesar de não fumar.

— E então, ficou satisfeita com o curso? — perguntou ele.

— Sem dúvida — confirmou ela.

— O que planeja fazer agora? Vai ficar em Londres, vai estudar mais?

— Provavelmente. — Ela tinha olhos verdes, e o cabelo ruivo escuro estava preso em um coque, se é que ainda o chamavam assim atualmente. Havia uma franja fina sobre sua testa. — Eu gostaria de fazer um doutorado, mas acho que não estou pronta. Talvez dê aulas em algum lugar. De alemão. Várias pessoas me pediram.

— Literatura não? — perguntou Dominik.

— Acho que não — respondeu Claudia.

— Uma pena.

— Por quê? — perguntou ela, dando um sorriso tímido.

— Acho que você seria boa nisso.

— Acha mesmo?

— Acho.

— É gentileza sua dizer isso.

Dominik tomou um gole de café. Estava quente, forte e doce. Ele tinha colocado quatro cubos de açúcar e misturado bastante para apagar o amargor original.

— Nem um pouco.

— Achei suas aulas ótimas — acrescentou ela, baixando os olhos e quase batendo os cílios, mas, por causa da penumbra úmida do café, ele não tinha certeza se ela havia mesmo feito isso. Talvez tivesse imaginado.

— Você sempre fazia ótimas perguntas e demonstrava um bom entendimento do assunto.

— Você tem uma paixão intensa... pelos livros — observou ela rapidamente.

— Acho que sim — disse Dominik.

Ela olhou para a frente de novo e ele reparou que o pescoço dela estava vermelho até o decote um tanto espetacular, onde um sutiã *push-up* branco exibia a parte superior macia e lustrosa dos seios espremidos. Ela sempre usava blusas brancas apertadas, presas na cintura, que enfatizavam sua opulência.

O sinal foi inconfundível. Era esse o motivo de ela ter proposto um encontro para um café. Não tinha mais nada a ver com atividades acadêmicas. Agora estava óbvio.

Dominik prendeu a respiração por um instante enquanto avaliava a situação. Nossa, ela era atraente, e — um pensamento passageiro — fazia duas décadas que não ia para a cama com uma alemã. Na época, ele era adolescente e Christel era dez anos mais velha, o que, para sua percepção ignorante, representava um fosso geracional. Desde então, desfrutou mulheres de muitas nacionalidades em uma busca não formulada de uma geografia do prazer. Por que não?

Ele passou a mão lentamente pela textura de madeira da mesa e encostou nos dedos dela. Unhas longas e afiadas pintadas de vermelho, dois anéis pesados, um deles com um pequeno diamante.

Ela olhou para a própria mão e respondeu a pergunta não formulada.

— Estou noiva há um ano. Ele está na Alemanha. Me visita de meses em meses. Mas não sei mais se é pra valer. Caso você queira saber.

Dominik gostava da forma como o sotaque alemão modulava as palavras dela.

— Entendo.

As palmas das mãos de Claudia estavam surpreendentemente quentes.

— Você não usa anéis? — perguntou ela.

— Não — disse Dominik.

Uma hora depois, eles estavam no quarto dela em Shoreditch, ouvindo pela janela aberta o rumor dos clientes da boate Hoxton se reunindo na calçada e conversando alto.

— Posso — murmurou ele.

Eles se beijaram. O hálito dela era uma mistura de cigarro, cappuccino, desejo e calor subindo do estômago. Sua respiração parou quando as mãos dele alcançaram sua cintura e o peito dele se pressionou contra o dela e espremeu as pontas duras de seus seios, revelando sua excitação. A respiração dela aqueceu a pele do pescoço de Dominik quando ele passou delicadamente a língua por sua orelha esquerda, mordiscando o lóbulo e lambendo por dentro, o que causou um efeito imediato, e ela ficou tensa de prazer e expectativa. Claudia fechou os olhos.

Ele começou a abrir os botões da blusa branca e ela prendeu a respiração. O material fino estava tão esticado que ele se perguntou como ela conseguia respirar. Botão após botão, libertou a maciez da pele dela e, a cada passo, a blusa caía para o lado com liberdade. Havia alguma coisa de espetacularmente alegre nos seios dela. Eram morros íngremes em que ele podia se enterrar, embora em circunstâncias sexuais normais costumasse procurar exemplos menos expansivos de opulência. Claudia era uma garota grande, de sua personalidade e sua exuberância natural a cada curva do corpo.

Ela passou a mão perto do zíper da calça dele, agora mais apertada. Ele deu um passo para trás, sem pressa para ser libertado.

Dominik esticou uma das mãos em direção a Claudia, passou dois dedos pelo cabelo cor de fogo e encontrou a suave resistência de dezenas de grampos que prendiam a delicada construção. Suspirou. Começou a extrair cada grampo em um movimento lento e deliberado, soltando mechas de cabelo de cada vez, observando-as se libertarem, caírem pelos ombros dela e se aninharem calmamente sobre as tiras finas do sutiã.

Era por esses momentos que ele vivia. A calmaria antes da tempestade. O ritual de descoberta. Saber que o ponto sem volta tinha sido alcançado, rompido, e que o sexo agora era inevitável. Dominik queria saborear cada momento, diminuir a velocidade deles até que se arrastassem, marcar cada lembrança em suas células cinzentas, imagens completamente novas saindo dos dedos e percorrendo o corpo, o membro endurecido e ereto, indo até o cérebro, evitando no processo os nervos óticos, a fim de que a experiência fosse codificada de uma maneira bastante particular e se tornasse inesquecível e imortal. O tipo de lembrança que seria um banquete para o resto da vida.

Ele respirou fundo e sentiu o leve e nada familiar aroma do óleo de cacau.

— Qual é seu perfume? — perguntou ele, intrigado pela fragrância incomum.

— Ah, isso — disse Claudia, com um sorriso sedutor. — Não é perfume, é o creme que passo na pele todos os dias de manhã. Deixa meu corpo macio. Você não gostou?

— É diferente, devo admitir — respondeu ele, e depois refletiu: — É você.

Ele se acostumaria rapidamente. Era estranho como cada mulher tinha um cheiro distinto, uma assinatura, um equilíbrio sensorial delicado de aromas naturais, perfumes artificiais e óleos, doces e azedos.

Claudia abriu o sutiã e seus seios se libertaram, surpreendentemente altos e firmes. As mãos de Dominik passearam pelos mamilos marrom-escuros e rígidos. Um dia, no futuro, quem sabe, prenderia grampos de cabelo neles e ficaria de pau duro vendo a dor e o prazer que isso causaria nos olhos lacrimosos dela.

— Era comum que durante suas aulas eu pegasse você olhando direto pra mim, sabe — comentou ela.

— É mesmo?

— Ah, sim, você olhava. — Ela sorriu.

— Se você diz — acrescentou ele com um tom provocador.

Como podia não olhar? Ela sempre usava as saias mais curtas e invariavelmente se sentava na primeira fileira do anfiteatro, e cruzava e descruzava as pernas em um abandono distraído, observando calmamente o olhar inquieto dele com um sorriso enigmático nos lábios carnudos.

— Vamos ver você, então — disse Dominik.

Ele a observou abrir o zíper da saia estampada Burberry, deixando-a cair no chão e saindo dela com um passo, ainda com as botas marrons de couro até os joelhos. Ela tinha coxas fortes, mas o corpo alto era harmônico, e, em pé, com os seios imperiosos em riste, usando só a calcinha preta de cintura reta que combinava com as meias sete oitavos e botas bem engraxadas, ela transmitia certa postura de amazona guerreira. Bárbara, porém dócil. Agressiva, mas pronta para se curvar. Eles trocaram olhares.

— Você — ordenou ela.

Dominik desabotoou a camisa e deixou-a cair no chão acarpetado enquanto ela observava com atenção.

Um sorriso cúmplice percorreu os lábios de Claudia, e Dominik permaneceu impassível, com os olhos a encorajando silenciosamente a continuar se despindo.

Claudia se inclinou, abriu o zíper das botas e as tirou com um movimento rápido das pernas. Enrolou as meias finas de náilon até as canelas, depois as tirou. Estava prestes a tirar a calcinha, quando Dominik ergueu uma das mãos.

— Espere — disse ele. Ela interrompeu o movimento.

Ele andou até Claudia, foi para trás dela e se ajoelhou enquanto enfiava um dedo dentro do elástico apertado da calcinha. Admirou a solidez e perfeição arredondada dos glúteos dela dessa nova perspectiva, com pintas espalhadas aqui e ali na paisagem das costas nuas. Puxou a calcinha em um movimento rápido, revelando a paisagem do traseiro duro. Ele cutucou-a na panturrilha e ela deu um passo para terminar de tirar a peça, que ele embolou na mão e jogou do outro lado do quarto.

Ele ficou de pé atrás dela. Ela estava completamente nua agora.

— Vire-se — disse Dominik.

Ela estava toda depilada, as formas singularmente arredondadas, sua abertura claramente delineada como uma linha geométrica de tiras finas e opostas de pele.

Ele esticou um dedo em direção à virilha dela. Sentiu o calor que irradiava dali. Insolentemente deslizou um dedo para dentro dela. Ela estava muito molhada.

Ele olhou nos olhos dela procurando a fome.

— Me fode — disse Claudia.

— Pensei que você nunca fosse pedir.

Os acordes de uma melodia familiar chegaram-lhe baixinho quando ele descia pelo corredor que levava à plataforma da Northern Line, escoltado pelas multidões da hora do rush como um prisioneiro sob intensa vigilância.

Os sons de um violino perfurando o rumor noturno e abafado de todos os trabalhadores chegaram a ele, mais altos a cada passo, seguidos de um súbito reconhecimento, quando Dominik se deu conta de que alguém ao longe tocava a segunda parte de *As Quatro Estações* do Vivaldi, embora só a parte do violino principal, sem o som do resto da orquestra em contraponto à melodia principal. Mas o tom era tão intenso que não precisava do apoio da orquestra. Ele acelerou o passo com a música penetrando em seus ouvidos atentos.

No cruzamento de quatro túneis, em um espaço aberto maior, onde elevadores paralelos engoliam o fluxo de pessoas e as cuspiam nas profundezas do sistema de transporte, havia uma jovem tocando o instrumento de olhos fechados. Os cabelos flamejantes caíam-lhe pelos ombros como uma auréola, elétricos.

Dominik parou desconfortavelmente, bloqueando a passagem de outras pessoas, até ir para um canto onde não interrompia o fluxo da hora do rush e conseguisse olhar melhor a instrumentista. Não, ela não estava tocando um instrumento elétrico. A riqueza do som era resultado apenas da acústica do local e do movimento vigoroso do arco contra as cordas.

Caramba, ela é boa, refletiu Dominik.

Fazia tempo que ele não ouvia nada clássico com atenção. Quando era criança, sua mãe providenciara ingressos para uma temporada de concertos em manhãs sucessivas de sábado no Théâtre du Châtelet em Paris, onde seu pai tinha montado uma empresa e a família morou por mais de uma década. Durante seis meses, normalmente usando os concertos matinais como ensaio para as verdadeiras performances que aconteciam à noite diante de uma verdadeira plateia adulta, a orquestra e os solistas convidados forneceram uma maravilhosa introdução ao mundo e ao repertório da música clássica. Dominik achou fascinante e gastou o resto da parca mesada adquirindo discos, pois ainda eram os gloriosos tempos do vinil: Tchaikovsky, Grieg, Mendelssohn, Rachmaninov, Berlioz e Prokofiev eram seu panteão pessoal, para a estupefação do pai. Mais de uma década depois, ele passaria para o rock, quando Bob Dylan começou a usar instrumentos elétricos e em resposta ele próprio deixou o cabelo um pouco mais comprido, pois sempre foi um pouco atrasado nas modas musicais e sociológicas. Ainda hoje ele invariavelmente colocava música clássica no carro quando dirigia. Deixava-o mais sereno, limpava a mente e afastava os episódios numerosos demais de fúria no trânsito que sua impaciência costumava gerar.

Os olhos da jovem estavam fechados e ela se balançava gentilmente de um pé para o outro enquanto se mesclava com a melodia. Usava uma saia preta até os joelhos e uma blusa branca com colarinho vitoriano que brilhava ligeiramente sob a luz subterrânea, com o tecido balançando contra a forma indiscernível do corpo dela. Dominik foi imediatamente atraído pela palidez exótica do pescoço dela e pelo ângulo frágil do pulso enquanto ela movia o arco calorosamente e segurava o braço do violino.

O violino parecia ser velho, remendado em dois pontos com fita adesiva, já nas últimas, mas a tonalidade da madeira combinava perfeitamente com a cor da cabeleira inflamável da jovem instrumentista.

Dominik ficou ali por cinco minutos inteiros, o tempo suspenso, ignorando o fluxo contínuo de pessoas que passavam correndo a caminho das vidas e atividades anônimas. Ficou observando a violinista tocar com atenção total enquanto ela produzia as intrincadas melodias de Vivaldi com gosto e uma falta total de interesse nos arredores e no público involuntário, e até no forro surrado do estojo do violino, no chão aos pés dela, onde moedas se acumulavam lentamente, embora nenhum passante tivesse feito nenhuma contribuição enquanto Dominik estava presente, todo ouvidos e fascinação.

Nem uma vez sequer ela abriu os olhos, perdida em transe, com a mente tomada pelo mundo da música, voando nas asas da melodia.

Por sua vez, Dominik também fechou os olhos, procurando inconscientemente se juntar à jovem nesse outro mundo por ela criado, onde a melodia apagava todas as formas de realidade. Mas ele repetidamente os abria, faminto por ver o modo como o corpo dela realizava movimentos imperceptíveis, cada vibração nos músculos sob a pele procurando o êxtase do distanciamento. Porra, ele estava louco para saber o que a jovem estava sentindo agora, mental e fisicamente.

Ela estava rapidamente chegando ao fim do *allegro* do "Inverno". Dominik pegou a carteira no bolso interno esquerdo da jaqueta de couro e procurou uma nota. Tinha passado em um caixa eletrônico naquele dia a caminho da universidade. Hesitou brevemente entre uma nota de 20 e uma de 50, olhou para a jovem ruiva e seguiu a onda de movimento que percorria o corpo dela quando o pulso virou o arco em um ângulo estranho em direção às cordas do instrumento. A seda da blusa foi esticada ao limite por um instante por cima do sutiã preto que ela usava.

Dominik sentiu um aperto na virilha e não pôde botar a culpa na música. Pegou a nota de 50 libras e rapidamente a colocou no estojo do violino, enfiando-a sob uma camada de moedas para não atrair a atenção de transeuntes gananciosos. Nada disso foi percebido pela jovem, que vivia aquele momento dentro da música.

Ele saiu andando na hora em que a música foi interrompida com um floreio, e os sons normais do metrô voltaram a dominar o espaço enquanto os passantes apressados continuavam a seguir em todas as direções.

Mais tarde, já em casa, ele se deitou no sofá e escutou uma gravação que encontrou em uma das prateleiras. Era um dos concertos de Vivaldi, um CD que ele não tirava da caixa havia anos. Nem conseguia se lembrar de tê-lo comprado; talvez tivesse sido um brinde que acompanhava alguma revista.

Ele se lembrou dos olhos fechados da jovem (que cor teriam?) enquanto ela estava perdida na música e da virada do tornozelo dentro da bota, e se perguntou como seria o cheiro dela. A mente dele disparou, evocando a boceta de Claudia, a profundidade, seus dedos explorando-a, seu pau metendo nela, a vez em que ela pediu que ele enfiasse o punho e o modo como ele se encaixou no aconchego molhado, o som dos gemidos, o grito na ponta da língua e o modo como as unhas dela afundaram em um movimento selvagem na pele sensível de suas costas. Ele prendeu a respiração e decidiu que, na próxima vez em que comesse Claudia, colocaria aquela música. De fato. Mas, em sua mente, não era Claudia que ele estava fodendo.

Ele não ia dar aula no dia seguinte; seu horário tinha sido planejado de forma que todos os cursos fossem concentrados em apenas dois dias da semana. No entanto, saiu impulsivamente de casa quando chegou a hora do rush e foi até a estação Tottenham Court Road. Queria ver a jovem instrumentista de novo. Talvez descobrir qual era a cor dos olhos dela. Descobrir que outras músicas ela tinha no repertório. Ver se ela se vestiria de maneira diferente dependendo do dia ou da escolha musical.

Mas ela não estava lá. Havia um cara com cabelo comprido e oleoso no lugar dela, balançando-se cheio de atitude, tocando “Wonderwall” mal e depois agredindo os impávidos passantes com uma versão pior ainda de “Roxanne”, do Police.

Dominik praguejou baixinho.

Nas cinco noites seguintes, ele voltou à estação. Cheio de esperança.

Mas deu de cara com uma sucessão de músicos tocando Dylan e Eagles com níveis variados de sucesso, ou cantando óperas com acompanhamentos orquestrais gravados. Nada de violinista. Ele sabia que os músicos de rua tinham locais e horários marcados, mas não tinha como descobrir qual era o horário dela. Ela podia ser uma artista irregular que provavelmente não voltaria a aparecer ali.

Por fim, ligou para Claudia.

Parecia uma foda de vingança, como se ele tivesse que puni-la por não ser outra, colocando-a dominadoramente de quatro e possuindo-a com mais brusquidão do que de costume. Ela não disse nada, mas ele sabia que não era do gosto dela. Ele prendeu os braços dela nas costas, segurou com brutalidade os pulsos e enfiou dentro dela o máximo que conseguiu, ignorando a secura, desfrutando o fogo ardente daquele interior enquanto penetrava com precisão metronômica, observando perversamente a bunda dela cedendo sob a intensa pressão que aplicava, uma visão pornográfica que ele absorveu sem vergonha alguma. Se tivesse uma terceira mão, teria cruelmente puxado o cabelo dela ao mesmo tempo. Por que ficava tão furioso às vezes? Claudia não tinha feito nada de errado.

Talvez estivesse se cansando dela e fosse hora de seguir em frente. Mas para quem?

— Gostou de me machucar? — perguntou ela mais tarde, quando tomavam drinques na cama, exaustos, suados, inquietos.

— Às vezes gosto — respondeu Dominik.

— Você sabe que não ligo, não sabe? — disse Claudia.

Ele suspirou.

— Eu sei. Deve ser por isso que faço. Mas isso quer dizer que você gosta? — perguntou ele.

— Não sei.

O costumeiro silêncio pós-coito que os separava voltou e eles adormeceram. Ela foi embora bem cedo de manhã e deixou um bilhete pedindo desculpas por ter uma entrevista e um fio de cabelo ruivo no travesseiro para lembrar Dominik de que ela passara a noite lá.

* * *

Um mês se passou, durante o qual Dominik não ouviu mais CDs clássicos quando ficava sozinho em casa. Não pareceu certo. O fim do semestre estava chegando e ele sentia o ímpeto de viajar de novo. Amsterdã? Veneza? Outro continente? Seattle? Nova Orleans? Por algum motivo, todos esses destinos que ele já havia visitado não tinham mais a mesma atração. Era uma sensação perturbadora e que ele quase nunca sentira antes.

Claudia tinha voltado para Hanover para passar algumas semanas com a família, e ele não tinha energia para procurar outra pessoa em busca de diversão e prazer, e não havia ninguém do passado com quem sentisse vontade de passar um tempo. Nem era esse um momento para amigos e parentes. Havia dias em que até chegava à conclusão de que seus poderes de sedução talvez o tivessem abandonado.

A caminho da exibição de um filme no National Film Theatre de South Bank, ele pegou um jornal gratuito que um homem do lado de fora da estação Waterloo lhe ofereceu e casualmente enfiou o papel dobrado na bolsa. Esqueceu o jornal até o meio da tarde do dia seguinte.

Na metade do jornal, Dominik se deparou com uma notícia local que não havia aparecido no *Guardian* daquela manhã, em uma seção chamada "Notícias do Subterrâneo", que costumava contar histórias de estranhos objetos achados e perdidos ou casos bobos de bichos de estimação e chiliques de usuários do metrô.

Ao que parecia, uma violinista tinha sido envolvida sem querer em uma briga no dia anterior enquanto tocava na estação de Tottenham Court Road. Um grupo de torcedores de futebol bêbados a caminho de uma partida em Wembley tinha criado uma grande confusão, na qual os seguranças foram obrigados a intervir. Embora não estivesse diretamente envolvida, ela havia sido empurrada com força durante o tumulto e soltado o instrumento, sobre o qual um dos homens caiu pesadamente, ao que parecia inutilizando-o.

Dominik leu apressadamente o curto artigo duas vezes, correndo para chegar ao final. O nome da mulher era Summer. Summer Zahova. Apesar do sobrenome do Leste Europeu, ela parecia ser da Nova Zelândia.

Devia ser ela.

Tottenham Court Road, violino... Quem mais poderia ser?

Como estava sem seu instrumento, era improvável que ela voltasse lá para tocar, então as chances de encontrá-la de novo e ouvi-la tinham evaporado no ar.

Dominik se recostou, amassou o jornal inconscientemente e o jogou no chão com raiva.

Mas agora tinha um nome: Summer.

Ele organizou os pensamentos e se lembrou de como, alguns anos antes, havia discretamente procurado uma ex-amante na internet, mesmo que só para descobrir o que tinha acontecido com ela e como a vida dela sem ele estava indo. Sendo uma vigilância unilateral, ela nunca ficou sabendo da discreta procura.

Ele foi até o escritório, ligou o computador e digitou o nome da jovem instrumentista no Google. A busca deu poucos resultados, mas indicou que ela tinha um perfil no Facebook.

A foto no perfil do site era simples e um pouco antiga, mas ele a reconheceu em um instante. Talvez tivesse sido tirada na Nova Zelândia, o que o levou a especular há quanto tempo ela estaria em Londres e na Inglaterra.

Em repouso, livre dos espasmos do esforço de tocar o violino, seus lábios estavam pintados de batom vermelho brilhante, e Dominik não conseguiu deixar de imaginar como seria ter sua ereção envolvida pela intensa luxúria deles.

O perfil de Summer Zahova era parcialmente protegido, e ele não conseguiu olhar o mural dela nem a lista de amigos, e os detalhes pessoais eram esparsos, contendo apenas o nome, as cidades de origem e de residência, além de um declarado interesse tanto em homens quanto em mulheres, assim como uma lista de compositores clássicos e alguns populares. Não havia menção a livros ou filmes; claramente, ela não era uma pessoa que passava muito tempo no Facebook.

Mas ele teve uma ideia.

Mais tarde naquela noite, depois de pesar inúmeros prós e contras, Dominik voltou ao silêncio ensurdecedor da tela do laptop, entrou no Facebook e criou uma nova conta com nome falso, com um mínimo de detalhes pessoais. Comparado ao perfil de Summer aquele não tinha quase nada. Ele hesitou quanto à foto. Considerou a hipótese de fazer download de uma imagem de alguém usando uma máscara elaborada, mas acabou deixando sem foto. Teria sido um tanto melodramático. O texto sozinho era suficientemente intrigante e enigmático, na opinião dele.

Agora, com essa nova identidade, ele digitou uma mensagem para Summer.

> Prezada Summer Zahova,
>
> Fiquei muito triste em saber o que você passou. Sou um grande admirador da sua música e, para garantir que você possa continuar tocando, estou disposto a dar a você um novo violino.
>
> Você aceita meu desafio e meus termos?

Ele deixou a mensagem deliberadamente sem assinatura e clicou em "enviar".

3
Uma garota e sua bunda

Olhei os restos quebrados do meu violino com uma estranha sensação de distanciamento.

Sem o instrumento nas mãos, eu me sentia como se não estivesse realmente presente, como se tivesse visto de cima a cena toda acontecer. Dissociação, minha orientadora no ensino médio disse quando tentei explicar o que sentia quando não estava segurando um violino. Eu preferia pensar em meus peculiares voos mentais, tanto para dentro quanto para fora da música, como um tipo de magia, embora imaginasse que meu talento para desaparecer na melodia fosse apenas uma percepção aumentada em uma parte do meu cérebro, resultado de uma espécie de desejo bastante concentrado.

Eu podia ter chorado se fosse do tipo que chorava. Não que eu não me aborrecesse com as coisas, só que tenho um jeito diferente de lidar com a emoção. Meus sentimentos se espalham pelo meu corpo e vazam pela minha música ou por meio de alguma outra expressão física, como raiva, sexo emocional ou nadar furiosamente em uma das piscinas ao ar livre de Londres.

— Me desculpe, querida — disse um dos bêbados com a voz arrastada, cambaleando para perto de mim, seu hálito quente de álcool no meu rosto.

Havia uma partida de futebol em algum lugar da cidade hoje, e dois grupos rivais, com aparatos completos de torcedores, se encontraram na estação a caminho do jogo. A confusão aconteceu a alguns metros de mim. Como sempre, eu estava tão envolvida na música que não ouvi que comentário um lado fez sobre o outro para acender o pavio, nem reparei na briga até sentir um corpo volumoso esbarrar em mim, batendo meu violino contra a parede e virando meu estojo, com as moedas voando como bolas de gude em um pátio de escola.

A estação de Tottenham Court Road é sempre movimentada e com muitos funcionários. Dois seguranças corpulentos separaram os torcedores e ameaçaram chamar a polícia. O fogo dos homens logo morreu, e eles desapareceram como ratos nas entranhas da estação, subindo pelas escadas rolantes e entrando em túneis, talvez ao perceber que se atrasariam para o jogo, ou talvez que seriam presos se ficassem lá por mais tempo.

Escorreguei contra a parede onde antes estava tocando "Bittersweet Symphony" e segurei os dois pedaços quebrados do violino contra o peito como se estivesse amamentando um bebê. Não era um violino caro, mas tinha um belo timbre, e eu sentiria falta dele. Meu pai o havia comprado em uma loja de coisas usadas em Te Aroha e me deu de Natal cinco anos atrás. Eu preferia violinos de segunda mão, e meu pai sempre teve um bom ouvido para eles, uma capacidade de avaliar uma pilha de lixo e escolher o instrumento que ainda tinha vida pela frente. Ele havia tornado o ato de comprar meus instrumentos um hábito, assim como minha mãe e minhas irmãs compravam roupas e livros que achavam que eu podia gostar, e cada um era perfeito. Eu gostava de imaginar quem o tocara antes de mim, o modo como fora segurado, o número de mãos quentes que passaram por ele, cada dono deixando no corpo do instrumento um pouco de sua história, algumas de amor, outras de perda ou de loucura, emoções que eu conseguia extrair pelas cordas.

Esse violino tinha viajado pelo mundo comigo, desde a Nova Zelândia. Estava no final da vida, era verdade; tive que remendá-lo com fita adesiva em dois pontos onde havia sido atingido na longa viagem para Londres no ano anterior, mas o som ainda era verdadeiro, e, nos meus braços, sentia que era o instrumento certo. Encontrar um substituto seria um pesadelo. Embora Darren tenha me perturbado, nunca fiz seguro. Eu não tinha dinheiro para comprar um novo violino de qualquer qualidade, nem um velho instrumento de qualquer qualidade. Percorrer o mercado atrás de uma pechincha poderia demorar semanas, e não dava para comprar um instrumento pelo eBay sem senti-lo nas mãos e ouvir seu som.

Eu me senti uma mendiga andando pela estação, pegando as moedas que tinham se espalhado, segurando o violino quebrado. Um dos seguranças perguntou o que eu tinha visto, para fazer uma denúncia, e obviamente ficou irritado por eu só conseguir fornecer poucas informações sobre o evento.

— Não tem talento nenhum de observação, hein? — debochou ele.

— Não — respondi, olhando suas mãos gorduchas enquanto ele folheava o bloco. Seus dedos eram pálidos e quadrados, como uma coisa decepcionante que se encontra presa a um palito de coquetel em um prato numa festa. Ele tinha as mãos de uma pessoa que não tocava instrumento musical nem interrompia brigas com frequência.

Na verdade, eu odiava futebol, apesar de não admitir a nenhum inglês. Jogadores de futebol, como regra geral, são bonitos demais para o meu gosto. Durante jogos de rúgbi, eu pelo menos conseguia esquecer o esporte e me concentrar nas coxas grossas e musculosas dos atacantes, com os pequenos shorts subindo e revelando belos traseiros. Não jogo nenhum esporte de equipe. Prefiro os mais solitários como nadar ou correr, e malhar na academia, a fim de manter meus braços em forma para os longos períodos segurando o violino.

Por fim, consegui reunir todos os meus ganhos, juntar os pedaços quebrados do violino no estojo e fugir do olhar vigilante dos seguranças do metrô.

Eu não tinha recebido dos transeuntes mais do que 10 libras em moedas antes de a confusão começar. Fazia um mês que a pessoa misteriosa tinha deixado 50 libras na minha caixa. Eu ainda tinha a nota, guardada com segurança na gaveta de calcinhas, apesar de só Deus saber quão desesperadamente eu precisava gastá-la. Eu tinha aumentado meus horários no restaurante em que trabalhava meio período, mas não fazia um show pago havia semanas, e, apesar de subsistir de comida de lanchonete e macarrão instantâneo, tive que mexer nas minhas economias para cobrir o aluguel do mês anterior.

* * *

Eu só tinha visto Darren uma vez desde que brigamos por causa do CD do Vivaldi, e expliquei-lhe, provavelmente mal, que as coisas não estavam indo bem para mim e que eu precisava de um tempo em nossa relação para me concentrar na música.

— Você está terminando comigo pra ficar com um violino?

Darren estava incrédulo. Ele era bem-sucedido, tinha boa aparência e estava em idade fértil; ninguém nunca terminaria com ele.

— Só quero um tempo.

Olhei a perna cintilante de um dos bancos altos de grife da casa dele. Não consegui olhá-lo nos olhos.

— Ninguém quer só um tempo, Summer. Você está saindo com alguém? Com Chris? Da banda?

Ele estava segurando minha mão.

— Meu Deus, suas mãos estão frias — disse ele.

Olhei os meus dedos. Minhas mãos sempre foram a parte de mim que eu mais gostava. Meus dedos são brancos, longos e bem finos; mãos de pianista, como minha mãe diz.

Senti uma onda repentina de afeição por Darren e me virei para ele, passei as mãos pelos cabelos densos e puxei um pouco os cachos.

— Ai — disse ele. — Não faça isso.

Ele se inclinou e me beijou. Seus lábios estavam secos, e o toque era hesitante. Ele não me puxou para perto. Sua boca estava com gosto de chá. Fiquei imediatamente enjoada.

Eu o empurrei e fiquei de pé, pronta para pegar o estojo do violino e uma bolsa com algumas calcinhas, uma escova de dente e as poucas coisas que eu deixava em uma gaveta no apartamento dele.

— Como é, você está recusando sexo? -— desdenhou Darren.

— Não estou me sentindo bem — eu disse.

— Então, pela primeira vez na vida, a Srta. Summer Zahova está com dor de cabeça.

Ele estava de pé agora com as mãos nos quadris, como uma mãe repreendendo uma criança petulante.

Peguei a bolsa e o estojo, dei as costas e fui embora. Eu estava vestida do jeito que ele menos gostava: All Star vermelho de cano alto, short jeans com meia-calça opaca e uma camiseta de caveira, e, quando abri a porta da frente, me senti mais eu do que me sentia havia meses, como se um peso tivesse sido tirado dos meus ombros.

— Summer... — Ele correu atrás de mim e segurou meu braço quando saí pela porta, me virando para encará-lo. — Vou ligar pra você, tá?

— Tudo bem.

Fui andando sem me virar, imaginando que ele estava olhando minhas costas sumirem na escada. Ouvi a porta fechar quando virei a esquina para o lance de escadas seguinte, saindo de seu campo de visão.

Ele me ligou regularmente desde então, a princípio todas as noites e depois passando para duas ou três vezes por semana ao perceber que eu ignorava todos os recados. Duas vezes ele me ligou às 3 da madrugada, bêbado, e deixou mensagens com voz arrastada na minha caixa postal.

— Estou com saudades, querida.

Ele nunca tinha me chamado de "querida" — na verdade, dizia odiar a palavra —, e comecei a me perguntar se realmente o conhecia.

Eu certamente não ligaria para Darren agora, apesar de saber que ele agarraria a oportunidade de me dar um violino novo. Ele odiava o meu antigo, achava que parecia vagabundo e nada apropriado para uma violinista clássica. Também odiava que eu tocasse na rua, considerava um gesto baixo demais para mim, apesar de eu saber que era principalmente porque ele se preocupava com a minha segurança. E com razão, ele diria agora.

Parei no cruzamento do lado de fora da estação, com o tráfego passando e os pedestres seguindo em todas as direções, e pensei no que fazer. Eu não havia feito amigos em Londres além dos casais com quem Darren e eu saíamos, com quem íamos a vários jantares e inaugurações de galerias, e, por mais agradáveis que fossem, eram amigos dele, e não meus. Mesmo se quisesse fazer contato com qualquer um deles, eu não tinha os números dos telefones. Darren organizava todos os nossos eventos sociais, eu apenas o acompanhava. Tirei meu celular do bolso e olhei os números na lista de contatos. Pensei em ligar para Chris. Ele era músico, entenderia, e ficaria zangado se descobrisse depois que não liguei para ele, mas eu não conseguia suportar nem solidariedade nem pena. Qualquer uma dessas emoções me derrubaria, e então eu ficaria inútil e incapaz de consertar qualquer coisa.

Charlotte. Da casa de striptease.

Eu não a via fazia um ano e não tive notícias dela além de algumas postagens no Facebook, mas tinha certeza de que ela pelo menos me alegraria e desviaria minha mente da catástrofe do violino.

Apertei o botão de ligar.

O telefone tocou. Um homem atendeu, com a voz rouca, arrastada, como se ele tivesse sido acordado de uma maneira agradável.

— Alô? — disse ele.

Eu me esforcei para ouvir acima do som do tráfego.

— Me desculpe — respondi. — Acho que liguei errado. Estou procurando a Charlotte.

— Ah, ela está aqui — disse o homem. — Só está um pouco ocupada no momento.

— Posso falar com ela? Você pode dizer que é Summer?

— Ah... Summer, Charlotte ficaria feliz em falar com você, tenho certeza, mas ela está com a boca cheia.

Ouvi uma risada e um movimento, e em seguida a voz de Charlotte ao telefone.

— Summer, querida! — disse ela. — Faz tanto tempo!

Mais movimento e um gemido suave ao telefone.

— Charlotte? Ainda está aí?

Outro gemido. Mais movimento.

— Espera, espera — disse ela. — Me dá um minuto. — O som abafado da mão cobrindo o fone e, ao fundo, uma risada profunda e grave de um homem. — Para — sussurrou ela. — Summer é uma amiga. — Ela voltou. — Me desculpe por isso, amor — disse ela. — Jasper só estava tentando me distrair. Como você está? Faz tanto tempo.

Imaginei os dois na cama juntos e senti uma pontada de inveja. Charlotte era a única garota que eu conhecia cuja capacidade sexual parecia se equiparar à minha, e ela era muito sincera sobre isso, coisa que eu nunca tinha sido. Havia uma vida intensa nela. Ela tinha a energia do ar depois de uma tempestade tropical, cheia de calor úmido e abundância desabrochante.

Eu me lembrei de quando fomos comprar um vibrador no Soho algumas horas antes de ela ser entrevistada na casa de striptease perto de Chancery Lane. Fiquei um pouco constrangida ao lado dela, sem graça, observando-a pegar com confiança consolos de todos os formatos e tamanhos e esfregar contra a pele macia do pulso para verificar a sensação. Ela até abordou o homem com aspecto entediado atrás do balcão para pedir pilhas pequenas e as colocou, com um movimento experiente, dentro da base de dois Rabbits parecidos, com diferenças apenas sutis. Um deles tinha um nariz achatado e o outro era aberto na ponta, formando uma espécie de bifurcação, feita para circular o clitóris da usuária enquanto tremia. Ela passou um brinquedo pulsante pelo braço com delicadeza, depois o outro, e se virou para o homem atrás do balcão.

— Qual dos dois você acha melhor? — perguntou ela.

Ele a olhou como se ela fosse uma alienígena que chegara à loja vinda de outro planeta. Senti o chão se mexer e torci para que se abrisse e me engolisse.

— Eu. Não. Sei — disse ele, fazendo uma pausa após cada palavra para o caso de ela não ter entendido.

— Como não? — disse ela, nem um pouco dissuadida pelo tom grosseiro. — Você trabalha aqui.

— Não tenho vagina.

Charlotte pegou o cartão de crédito e comprou os dois, pois concluiu que logo ganharia dinheiro tirando a roupa para pagar a fatura.

Saímos da loja e ela parou abruptamente do lado de fora de um daqueles banheiros públicos que parecem uma nave espacial, do tipo que se abre com o apertar de um botão na lateral e que eu desconfiava não ser usado com frequência para o objetivo inicial.

— Você não se importa, né? — perguntou ela, entrando e apertando o botão de trancar a porta antes de eu ter chance de responder.

Fiquei de pé do lado de fora, corando vertiginosamente ao imaginá-la de pé no cubículo com a calcinha abaixada até os joelhos, enfiando um vibrador dentro de si e passando a ponta sobre o clitóris.

Ela saiu do banheiro sorrindo em cinco minutos.

— O achatado é melhor — comentou. — Quer experimentar? Comprei limpador e lencinhos. E lubrificante.

— Não, estou bem, obrigada — respondi, me perguntando o que as pessoas na rua achariam se pudessem ouvir nosso diálogo. Para minha surpresa, pensar em Charlotte se masturbando no banheiro tinha me excitado. Eu não ia contar a ela, mas o lubrificante certamente não seria necessário.

— Você que sabe — disse ela com um sorriso, guardando os vibradores na bolsa.

Apesar do violino quebrado no estojo e da dor no meu coração quando eu pensava nisso, imaginar Charlotte provavelmente nua do outro lado da linha, com as pernas longas e bronzeadas espalhadas relaxadamente sobre a cama, sob o olhar observador de Jasper, me deixou excitada.

— Estou bem — falei falsamente, e contei a ela o que tinha acontecido na estação.

— Ah, meu Deus! Pobrezinha. Vem pra cá. Eu tiro Jasper da cama por você.

Ela me mandou o endereço por mensagem de texto e em uma hora eu estava encolhida no balanço que ela tinha na sala do apartamento em Notting Hill, tomando um espresso duplo em uma delicada xícara de porcelana com pires. A sorte de Charlotte definitivamente tinha melhorado desde a última vez em que a vi.

— Então dançar está indo bem? — perguntei, enquanto observava o interior espaçoso, com piso de madeira encerada e uma grande televisão de tela plana na parede.

— Meu Deus, não — respondeu ela, desligando a máquina de café. — Aquilo era horrível. Não ganhei dinheiro e fui demitida de novo.

Ela passou o dedo pela asa de uma pequena caneca e andou até o sofá. Eu desconfiava que os cabelos castanhos, agora muito longos e lisos, podiam ser por causa de apliques, mas fiquei feliz em ver que ela ainda não usava unhas postiças. Charlote não era tímida, mas tinha classe.

— Venho jogando pôquer on-line — disse ela, indicando a mesa e um grande computador Mac no canto da sala. — Ganhei uma fortuna.

Uma porta se abriu no corredor e o vapor se espalhou, presumivelmente do banheiro. Um sorriso lânguido se espalhou no rosto de Charlotte quando ela observou minha cabeça se virar em reação ao som.

— Jasper — explicou ela. — Ele está no chuveiro.

— Vocês estão juntos faz tempo?

— O bastante — respondeu ela com um sorriso quando ele entrou na sala.

Ele era um dos homens mais bonitos em quem já botei os olhos. Tinha cabelos densos e pretos, ainda molhados do banho, e coxas fortes dentro de uma calça jeans folgada. Vestia uma camisa casual de mangas curtas com todos os botões abertos, que revelava um abdome escultural e uma fina trilha de pelos que descia até a virilha. Ficou de pé em silêncio perto da cozinha, secando o cabelo com a toalha com uma das mãos, como se estivesse esperando alguma coisa.

— Vou só acompanhar o adorável rapaz até a porta — disse Charlotte para mim com uma piscadela e se levantou do sofá.

Eu a vi pegar um maço de notas em um envelope na estante e colocar na mão dele. Ele dobrou o maço e o guardou discretamente no bolso de trás da calça, sem contar.

— Obrigado — disse Jasper para ela. — Foi um verdadeiro prazer.

— O prazer foi todo meu — respondeu ela, abrindo a porta da frente e beijando-o gentilmente nas bochechas.

— Eu sempre quis dizer isso — disse ela para mim, sentando-se no sofá de novo.

— Ele é...?

— Garoto de programa? — terminou ela por mim. — É.

— Mas é claro que você poderia...?

— Pegar alguém? — terminou ela de novo. — Provavelmente. Mas gosto de pagar. Me colocar do outro lado, se é que você me entende, e eu não preciso me preocupar com toda aquela baboseira masculina.

Eu conseguia entender o que a atraía. Naquele momento, ou em quase qualquer outro, eu teria matado por uma foda sem culpa, sem complicação e sem sofrimento.

— Você tem planos pra hoje? — perguntou ela de repente.

— Não — respondi, balançando a cabeça.

— Que bom. Vai sair comigo.

Eu protestei, dizendo que não estava no clima e que não tinha roupa nem dinheiro. Além do mais, odiava boates, cheias de jovens piscando com cílios postiços querendo ganhar bebida de graça e de homens malvestidos tentando pegar alguma delas.

— Vai fazer você parar de pensar nisso. Eu pago. Tenho uma roupa pra você. E esse lugar é diferente. Você vai adorar.

Algumas horas depois, eu estava de pé em um barco grande ancorado no Tâmisa que funcionava como boate temática fetichista uma vez por mês durante o outono.

— O que exatamente isso significa, fetichista? — perguntei nervosamente para Charlotte.

— Ah, nada de mais — disse ela. — As pessoas só usam menos roupas, mas pra valer. E são mais simpáticas.

Ela sorriu e me disse para relaxar de uma maneira que sugeria que eu fizesse exatamente o oposto.

Eu agora estava usando um espartilho azul-claro, uma calcinha com babados e meias com uma costura azul na parte de trás das pernas até os tornozelos, chegando a um par de saltos prateados. Charlotte tinha feito cachos nos meus cabelos, dobrando o volume das minhas mechas ruivas, e equilibrou uma cartola no alto em um ângulo elegante. Ela marcou meus olhos cuidadosamente com delineador líquido, grosso e escuro, pintou meus lábios de vermelho vívido e brilhoso e passou purpurina prateada nas minhas bochechas com vaselina. O espartilho era um pouco grande e teve que ser apertado completamente para se modelar a minha cintura, e os sapatos eram um pouco pequenos, dificultando o caminhar, mas o efeito geral, eu esperava, era agradável.

— Uau — disse Charlotte, me olhando de cima a baixo depois que terminou de me aprontar com o que tinha de mais vistoso. — Você está gostosa.

Andei sem jeito até o espelho. Droga, meus pés iam doer até o fim da noite. Os sapatos já estavam incomodando.

Fiquei feliz em ver que não discordava da descrição de Charlotte, embora jamais fosse dizer em voz alta, obedecendo às presumidas regras de comportamento e recato. A garota no espelho não se parecia comigo Parecia uma irmã mais velha rebelde com uma fantasia burlesca. O espartilho, apesar de largo, me forçava a ficar empertigada, e, apesar de eu estar nervosa por sair do apartamento assim, com essa nova aparência, achava que pareceria confiante com os ombros eretos e o pescoço erguido, como uma dançarina.

Charlotte havia tirado completamente as roupas na minha frente e passado lubrificante no corpo antes de me pedir para ajudá-la a colocar um vestido de vinil amarelo vivo, com dois relâmpagos vermelhos nas laterais da cintura. O vestido era decotado na frente, de forma que os seios fartos e uma sombra provocante de mamilos ficavam visíveis quase completamente. O lubrificante tinha aroma de canela, e por um momento fiquei tentada a dar uma lambida nela. Reparei que ela não colocou calcinha, embora o vestido mal cobrisse a bunda.

Charlotte era ousada, não havia dúvida, mas eu admirava a confiança dela e, depois de um dia em sua companhia, comecei a me acostumar. Era uma das poucas pessoas que eu conhecia que faziam exatamente o que gostavam sem ligar para o que os outros pensavam.

Com meus sapatos de saltos de 12 centímetros apertados demais e Charlotte usando enormes plataformas vermelhas, tivemos que nos agarrar no braço uma da outra quando descemos com hesitação a escada íngreme de metal para o barco.

— Não se preocupe — disse Charlotte —, você vai estar relaxada antes de perceber.

Será?

Chegamos por volta de meia-noite, e a boate estava em animação total. Fiquei meio sem jeito ao tirar o casaco e entrar na festa com mais do que a quantidade normal de pele em exibição pública, mas Charlotte insistiu que eu não ficaria deslocada. Mostramos nossas entradas em troca de um carimbo no pulso, guardamos nossos casacos, subimos as escadas, passamos por portas duplas e chegamos ao bar principal.

Meus sentidos foram agredidos imediatamente. Em todos os lados, homens e mulheres estavam vestidos com trajes de fazer saltar os olhos. Havia abundância de látex, mas também lingerie de estilo *vintage*, cartolas e casacas, uniformes militares, até mesmo um homem usando apenas um anel peniano, com o pênis flácido balançando alegremente enquanto ele andava. Uma mulher baixa usando uma saia volumosa e mais nada, com os seios fartos em total liberdade, passou pela multidão segurando uma coleira com um homem muito magro e alto na extremidade, as costas e os ombros encolhidos para ela conseguir puxá-lo sem esticar a correia. Ele me lembrou o Sr. van der Vliet.

Sozinho em um dos sofás estava um homem pequeno, ou talvez uma mulher andrógina, usando um macacão de corpo inteiro de vinil e uma máscara no rosto. Charlotte não estava completamente certa sobre o público fetichista usar menos roupas. É claro que muitas pessoas não estavam usando quase nada, e com estilo, mas uma grande quantidade usava fantasias elaboradas que cobriam cada centímetro da pele, mas conseguiam ainda assim parecer sexys. Fantasias baratas e roupas comuns estavam banidas, um detalhe que elevava quase todos os ocupantes do barco de bregas a teatrais.

— O que quer beber, querida? — perguntou Charlotte, afastando minha atenção das pessoas.

Tentei com todas as minhas forças não olhar fixamente para ninguém, mas senti como se tivesse sido largada no set de um filme adulto, ou como se tivesse entrado sem querer no corredor para um universo paralelo onde todas as pessoas eram como Charlotte e não davam a menor bola para o que o resto do mundo achava delas.

Ela pelo menos estava certa sobre minha roupa. Além de me encaixar perfeitamente no grupo, eu era uma das pessoas com vestimenta mais comportada do recinto. Deviam me achar muito recatada. Esse pensamento me fez relaxar. Normalmente, em qualquer grupo de amigos ou reunião social, eu ficava com medo de ser a esquisita, com minha atitude relaxada em relação a sexo e relacionamentos. Ninguém nunca havia me rotulado de recatada.

— Só água para mim, obrigada — respondi.

Eu não queria tirar vantagem da generosidade dela, e queria absorver tudo com lucidez, para não acordar de manhã achando que fora apenas um sonho.

Charlotte deu de ombros e voltou poucos minutos depois com nossas bebidas nas mãos.

— Venha — disse ela. — Vou mostrar o lugar.

Ela me levou pela mão por outras portas duplas, que levavam à proa descoberta do barco, onde alguns fumantes e homens vestidos com casacos militares grossos e de aspecto quente estavam de pé, fumando ou relaxando, ou as duas coisas. As mulheres, que em geral usavam bem menos roupas, estavam reunidas em volta de dois aquecedores a gás. Duas delas usavam saias de látex com a parte de trás aberta, e suas bundas brancas cintilavam sob a luz a gás como luas gêmeas.

Andei até a lateral e fiquei parada por um momento, segurando a mão de Charlotte e olhando o Tâmisa, estendido na noite como uma fita longa e preta, aconchegado entre as duas metades da cidade. A água parecia densa e viscosa, e ouvia os ruídos quando ela se chocava com a base do barco. A ponte de Waterloo unia os dois lados atrás de nós, a ponte de Blackfriars à frente, e as luzes da Tower Bridge mal eram visíveis ao fundo, como uma promessa escura do que estava por vir.

Senti Charlotte tremer.

— Vamos — disse ela. — Está frio aqui.

Voltamos pelas portas duplas para o bar principal e depois passamos por outro par de portas a caminho da pista de dança. Observei de boca aberta quando uma mulher bonita de cabelos escuros e aparência vampe se cobriu de gasolina e soprou fogo no ar acima da cabeça enquanto fazia *pole dancing* ao som de rock pesado. Ela exalava sexo. Na companhia de Charlotte e na presença de tantos outros que pareciam não ter vergonha do corpo e até ter orgulho da sexualidade, eu senti, pela primeira vez na vida, que talvez não fosse uma aberração. Ou pelo menos que, se realmente fosse, eu tinha companhia.

Um homem alto na extremidade da pista de dança chamou minha atenção. Ele estava usando uma calça apertada de um azul intenso com lantejoulas, botas altas de caubói, uma jaqueta militar vermelha e dourada e chapéu combinando. Estava com uma chibata em uma das mãos e uma bebida na outra, e conversava alegremente com uma garota de aspecto gótico usando uma calça apertada de látex. Ela tinha cabelos longos e pretos com uma única mecha branca na frente. A calça justa do homem mal disfarçava um grande volume na virilha, e fiquei paralisada por um momento, hipnotizada. Eu achava que tinha visto uma calça igual na vitrine de uma loja feminina, mas nele o efeito era decididamente masculino.

Charlotte puxou minha mão.

— Mais tarde — sussurrou ela ao meu ouvido, olhando o homem. — O show começou. Isso significa que vai ficar tranquilo lá embaixo.

Ela me levou por um corredor pequeno e com uma cortina vermelha até um bar menor, cheio de pessoas com roupas no mesmo estilo, e depois descemos um lance de escadas.

— Aqui é o calabouço — disse ela.

O aposento não era como eu esperava que um "calabouço" fosse, apesar de eu não ter uma ideia prévia de como um calabouço moderno deveria ser e nem mesmo saber que tal coisa existia. Parei de andar e olhei ao redor, absorvendo tudo, para o caso de nunca mais voltar a ver alguma coisa parecida.

A decoração era como a do bar de cima, só que com algumas peças extras de mobília de aparência estranha. Havia uma cruz acolchoada e vermelha em forma de X em vez de crucifixo. Uma mulher nua estava encostada nela com as pernas e os braços abertos, enquanto outra mulher batia nela com um instrumento parecido com um açoite que Charlotte chamou de flogger. Eu não conseguia ver o cabo, pois estava coberto com firmeza pela mão da mulher, mas, em vez de uma tira só, como em um chicote, havia várias tiras de couro de aparência macia. A mulher com o flogger revezava entre bater e acariciar a bunda da outra mulher com a palma da mão, e às vezes passava as tiras de couro com suavidade pelo corpo dela. A mulher nua gemia de prazer e se contorcia ao longo do processo, e a que a açoitava se curvava para a frente e sussurrava em seu ouvido o que eu imaginava serem palavras doces e vazias. Ela estava rindo e inclinando o corpo em direção à parceira na cruz. Elas estavam cercadas por um pequeno grupo de curiosos, mas pareciam estar em seu próprio mundo, quase como se houvesse uma tela invisível entre elas e as pessoas ao redor.

A cena teria me chocado se eu a tivesse visto em uma foto, ou se tivesse lido uma descrição cheia de palavras de teor sexual em um jornal. Eu tinha ouvido falar desse tipo de coisa, é claro, mas o arquivava na minha mente, no mesmo lugar em que colocava histórias de pessoas correndo para o hospital depois de um infeliz acidente com um hamster e um cano de aspirador de pó — acredito que muitas pessoas devem fazer isso, mas eu achava que era uma lenda urbana ou coisa de gente muito estranha. As pessoas ali, todas elas, pareciam legais e normais, apesar de estarem vestidas com as mesmas fantasias dramáticas que se espalhavam pelo resto do barco. Eu cheguei mais perto para ver melhor.

Sim, a pessoa sendo açoitada estava definitivamente se divertindo. Eu teria dado um membro naquele momento para saber qual era a sensação. E a surra em si, o movimento do flogger, parecia preciso, rítmico, orquestrado com maestria. A coisa toda era bem bonita.

Charlotte, reparando em meu interesse, se aproximou de um homem de pé perto da cruz e deu um tapa no ombro dele, depois fez sinal para mim.

— Mark — disse-lhe ela —, esta é Summer. É a primeira vez dela aqui.

Mark me olhou de cima a baixo, mas de uma maneira apreciativa, e não predatória.

— Que espartilho legal! — disse ele, me beijando nas bochechas ao estilo europeu. Era um pouco baixo, um tanto gordo e calvo, mas tinha um rosto simpático e um brilho atraente nos olhos. Usava botas pesadas sem salto e um avental com colete de látex. O avental tinha vários bolsos, que guardavam uma série de diferentes acessórios, cada um, ao primeiro olhar, similar ao flogger usado na cruz.

— Obrigada — respondi. — Prazer em conhecê-lo.

— O prazer é todo meu — respondeu ele, rindo enquanto eu enrubescia.

— Mark é o mestre do calabouço — disse Charlotte.

— Basicamente — disse ele —, eu tomo conta para que tudo fique bem aqui embaixo e ninguém aja como um babaca.

Eu assenti e coloquei o peso do corpo sobre o outro pé. Apesar de ser mais alta do que eu, Charlotte usava um número menor de sapato e meus pés estavam começando a doer.

Olhei ao redor em busca de uma cadeira vazia, mas não vi nada além de uma moldura de metal com uma parte achatada e acolchoada na altura da cintura, que desconfiei não ser um assento.

— Posso sentar naquilo? — perguntei, indicando a moldura.

— Não — disse Charlotte. — Não se pode sentar no equipamento. Alguém pode querer usar. — E então o rosto dela se iluminou. — Aaah! — Ela me lançou um sorriso malicioso e cutucou Mark nas costelas. — Você podia bater nela, Mark. Aí ela poderia descansar os pés.

Mark olhou para mim.

— Seria um prazer — disse ele —, se a dama quiser.

— Ah, não... Obrigada, mas acho que não.

Mark respondeu com educação:

— Não tem problema.

Ao mesmo tempo, Charlotte insistiu:

— Ah, vai. Do que você tem medo? Ele é especialista. Experimenta.

Olhei de novo a mulher na cruz, que agora parecia estar em estado de êxtase, sem se preocupar com o tipo de espetáculo que oferecia ao público.

Eu queria ser assim, pensei, corajosa e despreocupada. Se eu ligasse menos para a opinião dos outros, provavelmente não teria passado mais do que uma noite com Darren.

— Estarei lá com você — acrescentou Charlotte, certamente vendo minha hesitação. — Qual é o pior que pode acontecer?

Por que não? Ninguém ali pensaria mal de mim e eu poderia me deitar um pouco. E, além do mais, estava curiosa. Se fosse tão ruim, não haveria tanta gente fazendo.

— Tudo bem — concordei, exibindo um sorriso. — Vou experimentar.

Charlotte se contorceu de prazer.

— Que instrumento você prefere? — perguntou Mark, balançando a mão em frente aos acessórios que tinha no avental.

Segui o movimento da mão dele. Apesar de não ser um homem alto, tinha mãos grandes e fortes. Elas pareciam grosseiras, do tipo de mãos que trabalhavam com alguma atividade física ao longo do dia, não sobre um teclado de computador, digitando e ficando flácidas.

Charlotte observou meu olhar com interesse.

— Acho que ela é do tipo que prefere mãos nuas — disse ela.

Eu concordei.

Charlotte pegou minha mão de novo e me levou para o banco.

Mark gentilmente desviou-me de Charlotte, a fim de que olhasse para ele.

— Muito bem — disse ele. — Vou começar muito, muito devagar. Se você ficar desconfortável a qualquer momento, levante a mão e eu paro imediatamente. Charlotte vai ficar ao seu lado. Entendeu?

— Entendi — respondi.

— Ótimo — concordou ele. — Isso não vai dar certo com uma calcinha de babados. Você se importaria se eu a tirasse?

Eu prendi a respiração. Meu Deus. Em que eu tinha me metido? Mas eu sabia que isso ia acontecer; obviamente, não seria a mesma coisa sobre o babado grosso da calcinha, e o ambiente estava cheio de nudez, então eu não me destacaria.

— Vá em frente.

Voltei-me para o banco e me inclinei contra a moldura acolchoada, tirando o peso dos pés e dando um abençoado descanso a eles. Minha cintura e meu torso se apoiaram na parte achatada no meio, e havia mais duas partes acolchoadas para eu apoiar os braços, e suportes onde colocar as mãos.

Senti um dedo no cós da calcinha de babados, que ele delicadamente puxou por minhas coxas e pelas pernas cobertas pelas meias. Mark aninhou um dos pés e depois o outro nas mãos, me ajudando a tirar a calcinha. Minhas pernas estavam bem abertas e supus que, agachado aos meus pés como estava, ele tinha uma visão clara de todas as minhas partes. Fiquei com as bochechas vermelhas e quentes, mas já conseguia sentir meu corpo começando a se render, e um calor agradável e latejante tomou conta da parte de baixo. Ele se pôs de pé e Charlotte apertou minha mão.

Por um momento, não senti nada, só a leve carícia do ar contra minha bunda exposta e o olhar imaginário de estranhos em minha pele nua.

E então uma mão forte aninhou o lado direito da minha bunda, circulou gentilmente na direção horária e senti uma leve brisa quando ela se afastou e em seguida bateu, primeiro em um lado da minha bunda, depois no outro.

Um ardor penetrante.

Agora, o toque macio da mão fria dele na minha pele quente, acalmando, acariciando.

Outra corrente de ar quando a mão se afastava de mim de novo.

E outro golpe da mão na minha bunda, com mais força dessa vez.

Segurei as barras de metal com as mãos, arqueei as costas, apertei as coxas contra o acolchoado, senti outro rubor queimar meu rosto quando percebi que estava encharcada e imaginei que Mark conseguia ver minha excitação e devia conseguir sentir o cheiro. Ele provavelmente sentia que meu corpo estava ficando dócil sob seu toque, minhas costas se arqueando mais para eu poder chegar mais perto.

Outro tapa, dessa vez bem mais forte, genuinamente doloroso. O ardor intenso me fez dar um pulo, e por um breve momento pensei em pedir que parasse, mas então a mão dele estava em mim de novo, apoiada no lado em que ele havia acabado de bater, substituindo a ardência por uma estranha espécie de calor, que viajou pela minha coluna até a base do meu pescoço.

Deixando uma das mãos sobre minha bunda, ele passou a outra gentilmente pelas minhas costas até meus cabelos, espalhando os dedos e puxando devagar no começo, depois com mais força.

Agora, eu estava em outro lugar. O salão desapareceu; os olhares imaginários dos estranhos sumiram; Charlotte não estava mais lá; não havia nada além de mim e da sensação da mão puxando meu cabelo enquanto eu mexia o corpo no banco e gemia, e ele continuava me batendo.

Mas, então, voltei. Havia duas mãos nos lados ardentes da minha bunda, apenas apoiadas gentilmente, e Charlotte apertando minhas mãos. O barulho do salão começou a penetrar na minha consciência. Vozes e música, cubos de gelo batendo nos copos e o som de outra pessoa levando tapas.

— Você está bem, querida? Ainda está conosco? Uau — disse ela, eu presumia que para Mark —, ela voou como um foguete.

— Sim — concordou ele —, ela tem talento natural.

Virei o pescoço para sorrir para eles e tentei ficar de pé, mas descobri que não conseguia andar. Senti-me tão cambaleante quanto um potro recém-nascido, e fiquei tão obviamente excitada que minhas pernas estavam escorregadias. Estava constrangida pelo nível da minha reação, mas nem Mark, nem Charlotte nem nenhum espectador pareceu minimamente incomodado ou surpreso. Era um evento de fim de semana (ou talvez diário) normal para eles.

— Calma, tigresa — comentou Mark, passando um braço firme pela minha cintura e me levando até uma cadeira que só estava livre porque os olhares combinados de Mark e Charlotte fizeram o ocupante dar um pulo e sair andando.

Escorreguei até o assento e Mark acariciou meus cabelos, segurando minha cabeça delicadamente contra sua coxa. O avental de látex era frio e causava uma sensação estranha no meu rosto, e uma das palmatórias dele apertava desconfortavelmente meu braço.

Eu senti como se estivesse me afastando de novo conforme ele passava as mãos nos meus cabelos, e as vozes deles chegavam a mim como por um túnel.

— Acho que você vai ter que levá-la para casa — disse ele a Charlotte.
— Ela bebeu demais?

— Nadinha. Só tomou água mineral a noite toda. Você dobrou uma virgem.

— Que maravilha. — Ele riu.

— Ela parecia estar se divertindo bastante — comentou Charlotte —, e nem cheguei a mostrar a ela o quarto dos casais.

* * *

Adormeci no ombro de Charlotte em um táxi no caminho de volta para o apartamento dela e acordei de manhã ainda usando o espartilho azul-claro, embora Charlotte tivesse afrouxado os cordões. O travesseiro estava coberto de purpurina e com manchas da maquiagem preta dos olhos. Eu me sentia como se estivesse de ressaca, apesar de não ter tomado uma gota de álcool.

— Bom dia, luz do dia — gritou Charlotte da cozinha. — Fiz café pra você.

Cambaleei até a cozinha, imediatamente mais alerta pela promessa de cafeína.

— Uau — disse Charlotte —, essa roupa estava melhor em você ontem.

— Obrigada — respondi. — Não posso dizer o mesmo de você.

Charlotte estava de pé no meio da cozinha, com um pequeno pires de porcelana em uma das mãos e uma xícara de espresso na outra. Estava completamente nua.

— Não uso roupas se puder evitar — disse ela.

— E quando seria isso? — perguntei.

— Quando estou fazendo fritura — respondeu ela —, ou quando tenho visitas masculinas. Eu visto roupas pra que eles possam tirá-las. Os caras parecem gostar disso.

Quando ela disse "caras", lembrei que Charlotte era de Alice Springs e fiquei impressionada novamente por alguém tão cosmopolita quanto ela ter sido criada no interior da Austrália.

— Você está de bom humor.

— Já ganhei dinheiro hoje — disse ela, olhando para o computador. — E dormi bem, sabendo que expandi sua mente ontem à noite.

Ela estava sorrindo, mas me senti um pouco estranha em relação a tudo. Nada a não ser música conseguia fazer eu me sentir daquele jeito: a epifania do distanciamento e do prazer abrindo caminho em meio à dor. Afastei o sentimento da mente.

— Seu telefone tocou sem parar. Você podia botar um toque melhor.

— É Vivaldi, sua inculta — rebati. Ela deu de ombros.

Peguei o celular na bolsa e olhei a lista de "chamadas perdidas". Darren. Dez vezes na noite anterior, outras 12 vezes pela manhã. Ele deve ter ouvido sobre o violino de alguma maneira. Olhei o relógio acima do fogão da cozinha. Eram três horas. Eu tinha dormido a maior parte do dia.

— Fique mais uma noite — continuou Charlotte. — Vou cozinhar pra você. Nem usei o fogão desta casa.

Ela me deixou no apartamento para tomar banho e descansar enquanto foi ao mercado comprar comida para o jantar. Tomei um banho de banheira e passei meia hora desembaraçando os nós dos cabelos. Acabei me cansando de esperar e mandei uma mensagem de texto a Charlotte para perguntar se eu podia usar o computador.

— É claro — respondeu ela. — Não tem senha.

Mexi no mouse até a tela aparecer. Verifiquei minha conta do Gmail. Ignorei as mensagens de Darren e os inevitáveis spams. Entrei no Facebook. Havia uma mensagem na minha caixa de entrada. Passei o mouse sobre a tela de mensagens com cuidado, esperando que fosse outro recado de Darren, mas era de um perfil que não reconheci, e sem foto.

Cliquei na mensagem com um pouco de curiosidade.

Uma apresentação educada.

E depois:

Estou disposto a dar a você um novo violino.
Você aceita meu desafio e meus termos?

Cliquei no perfil, mas não tinha quase nada nele, só a localização "Londres" nos detalhes pessoais. O nome do perfil era apenas uma inicial: D.

É claro que pensei em Darren, mas esse não era o estilo dele.

O que mais D podia representar? Derek? Donald? Diablo?

Revirei uma lista mental de pessoas que poderiam saber que eu tinha perdido meu violino e estariam inclinadas a fazer alguma coisa sobre isso, e não cheguei a conclusão nenhuma. A única pessoa que tinha todos os detalhes do incidente era o segurança de mãos gordas do metrô, e ele parecia tão romântico quanto sua profissão sugeria; ou seja, nada. Se o violino tivesse sido roubado, ou pior, deixado quebrado na minha porta, eu talvez ficasse com medo de ter um perseguidor virtual, mas a mensagem não me pareceu maléfica.

Uma fagulha se acendeu e, por mais que eu tentasse, não conseguia apagá-la agora.

Olhei a tela por mais dez minutos sem descobrir nada, até Charlotte entrar pela porta com os braços cheios de sacolas de compras.

— É melhor você não ser vegetariana — disse ela —, porque só comprei carne.

Eu garanti que minhas predileções eram firmemente carnívoras e a chamei para ler o e-mail.

Charlotte olhou a tela, ergueu uma sobrancelha e deu um sorrisinho.

— Que desafio? — perguntou ela. — E que termos?

— Não sei. Devo responder?

— Ah, seria um começo. Vá em frente, escreva pra ele.

— Como você sabe que é ele?

— É claro que é ele. Tem macho alfa escrito em todas as entrelinhas. Deve ser alguém que viu você tocar e ficou com tesão.

Eu refleti e apertei o botão de responder. Apoiei os dedos gentilmente no teclado e digitei:

> Boa noite,
> Obrigada por suas palavras gentis.
> Qual é seu desafio? E seus termos?
> Meus cumprimentos,
> Summer Zahova

Uma resposta chegou em poucos minutos.

> Será um prazer responder suas perguntas integralmente.
> Encontre-se comigo.

* * *

Faltava ostensivamente um ponto de interrogação no pedido dele.

Contra meu bom senso, e com Charlotte me instigando, marquei um encontro com o estranho, ao meio-dia do dia seguinte.

Cheguei dez minutos atrasada.

Ele tinha sugerido um encontro em um café italiano em St. Katharine Docks. Fingi que conhecia o lugar, mas não era verdade; isso me poupou de ter que sugerir um local.

Quando cheguei, descobri que era bem no meio da água. Contornei o píer de madeira por um dos lados e me dei conta de que o caminho estava fechado para conserto, então tive que voltar e andar na outra direção. Eu era a única pessoa no píer, andando de um lado para o outro, perdida como uma formiga que encontra uma migalha no caminho, e imaginei que o estranho misterioso estava observando meus movimentos do conforto do café o tempo todo. Eu usava a roupa menos sexy de Charlotte que consegui encontrar, para não dar a impressão errada. Tinha dormido demais e não havia tido tempo de voltar ao meu apartamento e trocar de roupa.

Charlote me emprestou um vestido azul-marinho, feito de uma mistura de lã e stretch, que ela tinha guardado de um breve período trabalhando como recepcionista em uma empresa de advocacia antes de começar a carreira no pôquer on-line. Era forrado, ia até abaixo dos joelhos e tinha um decote simples e quatro botões espalhados simetricamente no peito, no estilo militar. Estava um pouco apertado nos quadris, mas frouxo na cintura, e usei-o com um cinto fino creme, minhas *ankle boots* de amarrar, que eu felizmente estava usando no dia da confusão no metrô, e um par de meias sete oitavos cor da pele. O pacote dizia: “Levemente lubrificada — visual de pernas nuas.”

— Ele vai pensar que quero dar pra ele se me vir usando isso — eu disse a Charlotte.

— Bem, talvez você vá querer dar pra ele — respondeu ela.

Ela então me falou para não ser boba, pois eu teria que me inclinar para baixo, forçando a abertura atrás, para revelar o que estava usando por baixo. A abertura felizmente era pequena, o que significava que era um pouco difícil andar, mas também significava que ninguém saberia que eu não estava usando calcinha. Como o tecido do vestido imediatamente marcou minha calcinha, Charlotte tinha se recusado a me deixar sair de casa com ela. Na porta, eu lhe entreguei a calcinha como um soldado entregando uma bandeira.

Ela também me emprestou o casaco creme de lã, com um aviso para não perdê-lo, pois era caro. O casaco tinha um cheiro forte de perfume, uma variedade almiscarada que não era meu estilo, e de lubrificante com aroma de canela, da noite em que ela o usou com o vestido de látex.

Quando cheguei, fiquei feliz de estar com o casaco, pois a chuva estava forte. Charlotte também me emprestou o guarda-chuva vermelho, e me senti a mulher escarlate ao abri-lo, como se estivesse pedindo atenção, o único ponto colorido em meio a um mar de preto e cinza.

Examinei o interior do café. Nada de especial, mas, pela aparência do italiano atrás do balcão, imaginei que o café devia ser bom. O café que servem nos aeroportos no resto da Europa é melhor do que qualquer coisa que você encontra na Inglaterra. Outro fato que eu não mencionaria a ninguém que fosse inglês. Era uma nação de bebedores de chá.

Uma bancada, algumas mesas e cadeiras. Uma escada que levava a uma segunda área. Uma vista livre do píer. Se estivesse ali, ele sem dúvida tinha me visto chegando. Não vi ninguém no andar de baixo, então subi os degraus que levavam ao andar de cima do café. Também não havia ninguém lá, só uma mulher de meia-idade com um jornal e um cappuccino já no fim. Meu celular vibrou. Tínhamos trocado números para o caso de um dos dois se atrasar ou ter algum imprevisto.

"Estou embaixo", dizia a mensagem.

Droga. Desci a escada, tentando não parecer irritada, e vi por entre os degraus uma mesa atrás dela. O homem sentado à mesa, com o ângulo e grau de atenção certos, provavelmente teve uma visão perfeita por baixo do meu vestido. Senti uma pontada de excitação ao pensar que havia acabado de oferecer uma visão de mim a esse estranho, completamente nua por baixo do vestido. Uma onda de vergonha se seguiu. Era melhor eu me recompor rapidamente.

Ele sorriu sem demonstrar aborrecimento pelo meu atraso e sem qualquer indicação de ter observado a área entre as minhas pernas durante minha subida.

— Você é Summer. — Não era uma pergunta. Os olhos dele brilharam, mas não entregaram nada.

— Sou — respondi, e estendi a mão para apertar a dele, de maneira profissional. Lembrei-me do ar confiante que o espartilho tinha me dado e empertiguei os ombros.

Ele esticou a mão e apertou a minha rapidamente, de maneira formal. O toque era firme.

— Meu nome é Dominik. Obrigado por vir.

As mãos dele eram quentes e sólidas, maiores até do que as de Mark. Fiquei ruborizada com o pensamento e me sentei rapidamente.

— Quer beber alguma coisa? — perguntou ele.

— Um *flat white*,* por favor, se tiver aqui. Ou um espresso duplo — respondi, torcendo para minhas palavras não traírem meu nervosismo.

Ele passou por mim e seguiu em direção ao balcão, e pude sentir seu cheiro. Não era de perfume, só um aroma suave de almíscar, o cheiro de pele quente. Acho um homem sem cheiro forte, sem a pele ter sido adulterada por produtos ou perfumes, uma coisa muito masculina. Ele era o tipo de homem que eu imaginava que talvez fumasse charutos e fizesse a barba com uma navalha antiquada.

Eu o observei pedir nossos cafés no balcão.

Dominik era alto, tinha cerca de 1,80m de altura, pelo que pude supor, e era magro, não musculoso demais. Tinha braços fortes e costas de nadador. Era um cara muito sexy, apesar da atitude fria. Ou talvez por causa dela. Sempre preferi homens que não sorriem com afetação e que não se esforçam demais para me impressionar.

Ele pediu um açucareiro ao barista com muita educação.

Sua voz era grave e rica, com aquele tom de quem estudou em escola tradicional, meu tipo favorito, mas tinha um ritmo irregular, e me perguntei se ele era realmente inglês. Tenho uma verdadeira queda por

* *Flat white*: variação do cappuccino típica da Austrália e Nova Zelândia. (*N. da T.*)

sotaques, talvez seja resultado natural do fato de eu ter vindo de outro lugar. Tentei afastar o pensamento da cabeça, não deixar claro que o achava atraente, para não lhe dar vantagem.

Ele estava usando um suéter marrom-escuro canelado e com gola alta que parecia confortável e macio ao toque, talvez de caxemira, uma calça jeans escura e sapatos de couro marrons recém-engraxados. Nada nas vestimentas e no jeito dele sugeria algo em particular, além do fato de parecer agradável e nem um pouco perigoso. Pelo menos, não perigoso de uma maneira psicopata. Talvez perigoso de outras maneiras.

Enfiei a mão na bolsa e mandei uma mensagem de texto para Charlotte, para ela saber que eu ainda não tinha sido estripada.

Ele voltou com uma bandeja e comecei a me levantar para ajudá-lo com as xícaras, mas ele fez sinal para que eu ficasse sentada, equilibrou a bandeja em uma das mãos e colocou uma xícara de café na minha frente. Quando fez isso, ele se inclinou uma fração mais perto do que era necessário para me oferecer açúcar e encostou a mão no meu braço, com o toque durando quase o bastante para exigir uma resposta minha, de aprovação ou não. Mas acabou afastando a mão e fingi não ter notado.

Eu balancei a cabeça dizendo que não queria, e esperei que ele fizesse o comentário obrigatório, "Você já é doce o suficiente", mas ele não fez.

Ficamos sentados em um silêncio estranhamente confortável enquanto ele mexia um, depois outro, mais outro e um último cubo de açúcar em sua xícara. As unhas dele eram feitas por manicure, mas tinham formato quadrado, de forma que o efeito era masculino, e não efeminado. Tinha um tom de pele ligeiramente moreno, mas eu não conseguia dizer se era por origem étnica ou por férias recentes. Ele tirou a colher da xícara com delicadeza e a colocou no pires, observando as próprias mãos, como se seu olhar pudesse impedir qualquer gota de cair na toalha da mesa. Havia um relógio prateado no pulso direito, do tipo antigo, não digital. Sempre tive dificuldade em determinar idades, principalmente em homens, mas supus que tivesse uns 40 anos, provavelmente menos de 45, a não ser que parecesse particularmente jovem para a idade.

Se ele tinha um violino, não estava perto da mesa.

Ele se recostou na cadeira. Outro momento de silêncio.

— Então, Summer Zahova. — Ele fez as sílabas rolarem pela boca como se sentisse o gosto delas, uma a uma. Observei seus lábios. Pareciam extraordinariamente macios, apesar de a boca ser firme. — Você deve estar se perguntando quem sou e do que isso se trata.

Eu concordei e tomei um gole do meu café. Era bem melhor do que eu esperava.

— Bom café — eu disse.

— É — respondeu ele. Uma expressão pensativa se espalhou pelo seu rosto.

Esperei que continuasse.

— Eu gostaria de substituir seu violino.

— Em troca do quê? — perguntei, me inclinando para a frente com interesse.

Ele respondeu se inclinando em minha direção, com as mãos sobre a mesa, os dedos abertos, quase encostando nos meus, um gesto que me convidava a passar as mãos pelas dele. Percebi um leve aroma de café em seu hálito e, assim como quando Charlotte passou o lubrificante de canela, senti uma necessidade repentina de me inclinar e lambê-lo.

— Eu gostaria que você tocasse para mim. Vivaldi, talvez?

Ele se recostou de novo, preguiçosamente, com um leve sorriso brincando em seus lábios, como se tivesse reparado em minha atração por ele e me provocasse.

Esse jogo podia ser jogado por duas pessoas. Empertiguei os ombros de novo e olhei em seus olhos, fingi não perceber o calor que se espalhava entre nós e compus meu rosto de forma que eu parecesse apenas perdida em pensamentos, refletindo sobre a oferta bizarra, como faria com qualquer contrato profissional.

Lembrei-me da última vez em que toquei *As Quatro Estações*, na tarde depois da briga com Darren. Aquele fora o dia em que alguém colocara uma nota de 50 na caixa do meu violino. Devia ter sido Dominik, percebi naquele momento.

Senti-o se mexer debaixo da mesa e vi seus olhos brilharem. Satisfação? Desejo? Talvez eu não parecesse tão composta quanto pensava.

Um rubor quente se espalhou por minhas bochechas quando minha perna encostou na dele e percebi que eu estava sentada de pernas abertas debaixo da mesa, como um homem. Eu não fazia sexo havia quase um mês e estava quase pronta para me roçar nas pernas da mesa, mas ele não precisava saber disso.

Ele prosseguiu:

— Só uma vez, para começar, e você terá seu violino. Vou decidir o local, mas você compreensivelmente deve ter preocupações quanto à segurança. Sinta-se à vontade para levar alguém se preferir.

Eu assenti. Ainda não tinha decidido se aceitaria o plano dele, mas precisava ganhar tempo para pensar. As entrelinhas da sugestão estavam óbvias, e a arrogância dele era irritante, mas, apesar de minhas melhores intenções em contrário, eu achava Dominik atraente e precisava desesperadamente de um violino.

— Bem, Summer Zahova, isso significa que você aceita?

— Sim.

Eu pensaria melhor mais tarde e recusaria por e-mail se necessário.

Ele pediu mais dois cafés sem perguntar se eu queria. A suposição dele me irritou e eu estava prestes a protestar, mas queria mesmo outro instrumento e pareceria uma boba se recusasse e acabasse voltando atrás quando saísse. Tomamos os cafés, falamos sobre o tempo, discutimos brevemente detalhes sobre nossas vidas comuns. Não que a minha vida parecesse mais comum, sem violino como eu estava.

— Você sente falta? Do violino?

Senti uma onda de emoção estranha e repentina, como se, sem um arco e um instrumento por onde liberar todas as sensações de meu interior, eu pudesse me arrebentar de dentro para fora, explodir, entrar em autocombustão.

Fiquei em silêncio.

— Então vamos marcar em breve. Na semana que vem, talvez. Manteremos contato para marcar o local e vou providenciar o instrumento para a ocasião. Se tudo for satisfatório para mim, podemos comprar um instrumento mais permanente.

Concordei, mais uma vez ignorando o quase desrespeitoso grau de arrogância no tom dele, e, deixando minhas reservas ocultas por enquanto, peguei meu casaco nas costas da cadeira. Saímos andando do café juntos até que nossos caminhos se separaram e nos despedimos educadamente.

— Summer — gritou ele quando eu estava me afastando.

— O quê? — respondi.

— Vá de vestido preto.

4

Um homem e seu quarteto de cordas

Dominik sempre fora um leitor atento de livros de espionagem e decorara algumas das premissas básicas dos muitos livros que devorara com ansiedade. Por isso ficara sentado no café em um canto obscuro no térreo, perto da escada de onde tinha visão livre da porta, mas não era necessariamente visto por causa do brilho da luz externa. Mas, nessa situação, não havia necessidade de rota de fuga.

Ele a viu entrar com apenas alguns minutos de atraso e ligeiramente ofegante e observando superficialmente o ambiente quase deserto, onde o aroma pesado de café se espalhava sedutoramente de parede a parede e a máquina de espresso não parava de funcionar. Reparou que ela não o viu na área reservada atrás da escada e por isso o procurou. Ela seguiu até o andar de cima, com o vestido azul apertado sobre os quadris subindo a cada degrau e deixando entrever claramente até o ponto em que a escuridão entre as pernas obscurecia qualquer exploração mais profunda. Dominik sempre fora um voyeur discreto, e essa rápida visão involuntária dos segredos dela foi um deleite e uma promessa intensa de coisas melhores por vir.

Sem o violino e o efeito hipnótico da música, ele agora podia se concentrar na aparência física dela. Havia os cabelos em chamas, uma cinturinha fina e uma sedução quase masculina nos movimentos. Reparou que não era tão alta quanto ele lembrava, sob o teto baixo do corredor movimentado do metrô. Ela não tinha uma beleza tradicional como as modelos de passarelas, mas se destacava, fosse em meio a uma multidão ou sozinha, entrando correndo em um café ou se aproximando pelo píer lá fora. Sim, ela era diferente, o que o atraía muito.

Ele mandou uma mensagem de texto para ela, avisando onde estava. Ela desceu a escada, com o rosto ligeiramente ruborizado de vergonha por não tê-lo visto quando entrou.

Agora, ela o encarava.

— Você é Summer — disse ele, e se apresentou, convidando-a a se sentar à sua frente.

Ela se sentou.

Um leve aroma de canela chegou a ele. Por algum motivo, não era a fragrância que esperava. Ele achava que a palidez da pele dela se conjugaria melhor com um perfume de forte nota verde, seco, sutil, secreto. Que pena.

Ele olhou nos olhos de Summer. Ela sustentou seu olhar, desafiadora mas curiosa, firme e só um pouco divertida. Era evidentemente determinada. Aquilo seria bastante interessante.

Os cafés foram pedidos enquanto eles se examinavam em silêncio, observando, julgando, pesando, especulando. Como jogadores de xadrez antes da batalha, procuravam o ponto fraco do adversário, a brecha pela qual o outro poderia ser rompido, invadido.

Dominik se levantou para pegar a bandeja na qual o barista colocou os espressos enquanto ela rapidamente mandava uma mensagem de texto a alguém, presumivelmente para tranquilizar uma amiga e dizer que estava em segurança, que aparentemente ele não era um serial killer nem um bandido. Dominik se permitiu dar um sorriso leve. Parecia que tinha passado no teste inicial. Agora, a bola estava no seu lado da quadra.

Ele confirmou sua proposta, desenhando o contorno do que parecia uma iniciativa bem direta, enquanto um plano complexo lentamente crescia em sua mente. Fantasias se desenrolavam, imagens ganhavam vida como uma foto de Polaroide emergindo de uma nuvem. Quão longe ele podia ir? Quão longe a levaria?

Meia hora depois, quando se separaram, com um toque de desconforto ainda entre os dois por todas as coisas não ditas, Dominik se deu conta de que estava de pau duro, com a ereção forçando a frente do jeans enquanto a observava caminhar rebolando pela calçada de madeira de St. Katharine Docks em direção à Tower Bridge. Ela não se virou, mas Dominik tinha certeza de que ela sabia que seus olhos a seguiam.

Ah, aquele desafio valeria a pena... Arriscado e excitante, mas...

Para uma pessoa que tinha passado a maior parte da vida no reino dos livros, Dominik era tanto uma fonte de conhecimento, por mais teórico que isso às vezes pudesse parecer, como um homem de ação. Na época da universidade, tinha passado quase tantas horas em bibliotecas quanto em competições de atletismo. Fora um forte atleta em salto em altura e em distância, assim como ótimo corredor meio-fundista e de *cross country*, embora fosse menos bem-sucedido quando o assunto eram esportes em equipe, pois nunca conseguia se misturar e funcionar em sintonia com os outros. Ele não via contradição nos dois lados de sua vida.

Durante anos, sua vida sexual havia sido conservadora e tradicional. Nunca teve dificuldade em conseguir parceiras sexuais, mesmo quando era novo, quando tinha a tendência de idealizar algumas mulheres e se apaixonar pelas que não conseguia encontrar com regularidade. Como amante, achava que era mediano, não muito criativo, mas gentil. Sendo um tanto introvertido, nunca se preocupara de verdade em como era avaliado pelas mulheres com quem ia para a cama. O sexo era só mais uma ocupação. Necessária, claro, mas apenas parte da movimentação da vida, assim como os livros, a arte e a comida.

Até o dia em que conheceu Kathryn.

Ele obviamente lera Marquês de Sade e muitos dos clássicos eróticos modernos. Consumia pornografia (e a apreciava frequentemente até gozar) e sabia sobre BDSM, dominação, submissão e a variedade de perversões no mercado, assim como a parafernália da vida fetichista, mas isso nunca tinha cruzado sua rotina. Era outra coisa, abstrata, remota, que outras pessoas faziam, a que se permitiam. Ele observava com interesse intelectual, mas esse mundo paralelo não o atraía, não o chamava para participar dele.

Ela também era acadêmica, mas de uma disciplina diferente, e eles se conheceram em uma conferência na região central da Inglaterra. Uma troca curiosa de olhares durante uma das palestras dele foi seguida por uma conversa desconfortável no bar lotado à noite. De volta a Londres, tornaram-se amantes, embora ela fosse casada e Dominik estivesse, naquele momento, relacionando-se com outra pessoa.

A maior parte dos encontros carnais aconteceu durante o dia, em quartos de hotel ou no chão acarpetado do pequeno escritório dele na faculdade, entre o happy hour e o último trem de Charing Cross para os subúrbios do sul.

Cada minuto contava, e o sexo foi revelador tanto para Dominik quanto para Kathryn, como se todas as experiências sexuais anteriores tivessem levado os dois para aquele momento. Apressado, difícil, desesperado, compulsivo como uma droga.

Os joelhos se esfregavam no marrom pálido do carpete grosso. O corpo dela estava abaixo dele, os dois ofegantes, quase sem ar, e a ereção dele ia cada vez mais fundo em Kathryn a cada arremetida. Os olhos dela estavam fechados em comunhão lasciva, e Dominik tinha feito uma pausa mental e congelado o momento em sua mente. Arquivando lembranças. Perguntando-se se algum dia no futuro (em quanto tempo?) precisaria recorrer à lembrança dessa imagem em particular para se gratificar em sua solidão.

Ele examinou o rubor se espalhando do pescoço dela até os pequenos seios, ouviu os sons voluptuosos do sexo deles, a fricção física ampliada a níveis obscenos pelo vazio do escritório. Os gemidos saíam dos lábios dela enquanto seus pulmões expulsavam o ar em som ritmado. Havia uma camada de suor na testa dela, uma imagem espelhada das gotas que surgiam de seus próprios poros sobre o peito, os braços e as pernas e todas as partes conhecidas e ativas de seu corpo enquanto ele trabalhava com alegria sobre e dentro dela.

— Meu Deus — gemeu ela.

— Isso — concordou Dominik, acertando o ritmo de seus movimentos pélvicos, e cada sussurro de Kathryn era uma aceitação das consequências do desejo deles. Ela fechou os olhos e suspirou profundamente.

— Tudo bem? — perguntou ele, indo mais devagar, preocupado.

— Sim. Sim...

— Quer que eu vá mais devagar? Que seja mais delicado?

— Não — respondeu Kathryn, com a voz rouca e forçada. — Continue. Mais. Por favor.

Dominik ajustou sua posição para aliviar a pressão nos joelhos, perdeu o equilíbrio por um momento e quase caiu em cima dela. Instintivamente esticou as mãos para se apoiar, e seus dedos se encostaram nos pulsos de Kathryn. Ele os segurou.

Um tremor nervoso percorreu o corpo dela como eletricidade, como efeito do contato adicional.

— Humm...

— O quê?

— Ah... Nada...

Mas os olhos dela diziam outra coisa. O olhar dela penetrava sua alma com perguntas? Não, com um pedido, uma súplica? Uma suplicante presa à cruz daquela foda.

Em resposta, ele segurou os pulsos de Kathryn com a maior força que conseguiu e arrastou os braços dela para trás da cabeça, com os quadris ainda o forçando para dentro dela repetidamente, prendendo-a como uma borboleta ao chão duro. Agora, as bochechas dela estavam vermelho vivo. Ele se deu conta de que devia estar machucando Kathryn, mas os gemidos suaves de prazer pareciam implorar ainda mais pressão, o abuso de seu corpo.

Outro olhar profundo, sem palavras, mas autoexplicativo. Significava "mais".

Ele afastou os polegares dos pulsos finos, com medo de estar deixando marcas, hematomas, e permitiu que descessem até o pescoço. Suas mãos circularam a pele como um colar, uma gargantilha. Sentia a pulsação dela irradiar da superfície da pele até as pontas dos dedos dele. O sinal de vida.

Ela respirou fundo insanamente e gritou:

— Mais força.

Ele estava ao mesmo tempo assustado e excitado, duro como uma pedra abrigado dentro dela, expandindo-se ainda mais quando a ereção chegou a proporções que pareciam anormais, forçando as paredes macias internas. Seus dedos agora apertavam o pescoço dela, começando a interromper a circulação, e o rosto pálido passou rapidamente por todas as cores do arco-íris.

Kathryn gozou com um gemido alto e gutural, um som quase masculino de triunfo. Ele soltou o pescoço e, com o som animal, veio uma efusão selvagem de respiração.

Todo esse tempo ele a fodeu, o movimento incessante de seu pau se chocando contra ela como uma máquina, impiedoso, cruel, livre. Ele fechou os olhos e, por fim, se permitiu gozar; pareceu que seu ser todo estava pegando fogo. Básico. Primitivo. Provavelmente, a foda mais intensa de sua vida.

Mais tarde, com os corpos ainda banhados de suor, de olho nos relógios e pensando em horários de trem, ela disse a ele:

— Sabe, eu sempre me perguntei como seria assim, com mais intensidade. Você soube fazer.

— Nunca fiz isso antes. Já li sobre isso, é claro, mas era apenas teoria, palavras, ideias numa página.

— Eu sabia que podia confiar em você, que você não levaria longe demais.

— Eu não queria machucar você. Jamais machucaria.

Ela se inclinou mais para perto, apoiou a cabeça no ombro dele ainda úmido e sussurrou:

— Eu sei.

Assim começaram as semanas de experimentação sexual nas quais Kathryn lentamente revelou seus desejos mais profundos, suas fantasias mais primitivas, o fogo interior que traía a submissão. Não que fosse masoquista, longe disso, mas o desejo de sentir dor, de chegar aos limites, estava inegavelmente presente, por muitos anos adormecido sob a superfície da educação e da criação, sem a oportunidade de se libertar. Dominik foi a primeira pessoa a identificar esse aspecto nela, a canalizar instintivamente na direção certa, dominando-a, libertando-a.

Ele lera os livros, conhecia as histórias, mas essa não era uma situação de mestre e escravo, de dominador e submissa, de acordo com o guia cheio de clichês. Estavam nisso juntos, removendo camadas, chegando à fundação do desejo e da atração sexual. Não havia necessidade de toda a parafernália que associavam a essa nova terra de excessos e divertimento: o látex, o couro, os acessórios barrocos e cruéis.

Os olhos deles foram abertos, e Dominik sabia que nunca conseguiria fechá-los de novo.

Foi também, inevitavelmente, o começo do fim do relacionamento furtivo. A cada passo para mais perto do abismo sem volta, a cada nova improvisação e afastamento do rio convencional do sexo, ele podia ver as sementes da dúvida sendo plantadas na mente de Kathryn. O medo de para onde tudo isso levaria.

Kathryn acabou sucumbindo ao peso da realidade, à criação de classe média, à formação em literatura em Cambridge e a um casamento chato com um homem que era gentil mas não tinha imaginação, e escolheu terminar. Eles nunca voltaram a se falar e tomaram cuidado de não se encontrar em festividades e eventos até que ela e o marido se mudaram da cidade e ela parou de dar aulas.

Mas Dominik abrira a caixa de Pandora, e o mundo se tornara uma selva de tentações deliciosas acompanhadas da certeza de que, com Kathryn, ele atingira outro nível, de que havia mais na vida do que ele antes supunha e de que isso jamais o abandonaria.

Primeiro, Dominik sabia que tinha que testar Summer, se certificar da disposição dela, da propensão dela ao jogo. Ele se sentia confortável com a certeza de que ela tinha opinião própria e não cederia à manipulação grosseira nem à chantagem. Queria que ela entrasse na aventura, no experimento, com conhecimento total dos riscos e das consequências. Não estava procurando uma marionete cujos fios pudesse puxar por lazer, uma participante cega. Queria uma parceira cujas trepidações pulsassem em uníssono com as suas.

Pela rapidez do encontro que tiveram e pelas muitas palavras não ditas, ela já devia saber que o violino era apenas uma isca para capturá-la, que, a longo prazo, ele iria exigir mais do que a dádiva da música. Talvez não um acordo com o diabo (ele não se via em um papel tão maquiavélico), mas um jogo no qual cada participante pudesse jogar com o outro até o final.

Não que tivesse ideia de que fim queria alcançar. Sim, havia uma escuridão que ele desejava cutucar, mas ainda não sabia quão profundo seria.

Ele ligou para um conhecido que trabalhava em uma faculdade de música na City e tinha uma reputação um tanto duvidosa. Ele estava disposto a responder suas perguntas. Sim, havia uma loja onde podia alugar um violino de qualidade razoavelmente boa por dia, por semana e até mesmo por mês, e seu conhecido sabia o melhor lugar para anunciar um pedido de músicos clássicos para um concerto.

— É para uma festa muito particular — explicou Dominik. — Será que eles se oporiam a usar vendas?

Na outra extremidade da linha, seu interlocutor riu.

— Caramba! Acho que eu adoraria ser convidado para uma festa assim! — respondeu ele. Em seguida, mais pensativo: — Se souberem a música que forem contratados para tocar e o pagamento for bom, tenho certeza de que você conseguirá fazer um acordo satisfatório. Talvez seja melhor não mencionar essa exigência no primeiro anúncio.

— Entendo — disse Dominik.

— Depois me conte como foi tudo — acrescentou o outro. — Agora fiquei curioso.

— Vou mantê-lo informado, Victor. Prometo.

No dia seguinte, ele foi à loja de música recomendada. Ficava na rua Denmark, no West End de Londres, perto de Charing Cross Road. De fora, como a maioria das outras lojas naquela rua, que já havia se chamado Tin Pan Alley, as mercadorias pareciam se resumir a guitarras, baixos e amplificadores; não havia nenhum outro instrumento na vitrine. Pensando ter recebido indicação errada, Dominik entrou com hesitação e foi rapidamente tranquilizado pela presença de um enorme armário de vidro com uma dúzia de violinos.

Uma jovem atrás de um balcão o cumprimentou. Usava o cabelo até a cintura, preto como piche, evidentemente pintado, uma calça jeans *skinny* como se fosse uma segunda pele, a maquiagem estava carregada, com lábios cheios e vermelhos. Um piercing pesado estava pendurado no nariz, e as orelhas carregavam o peso de incontáveis brincos feitos de metais variados. Por um momento, Dominik se divertiu observando-a e imaginando o resto dos piercings que deveria ter. Sempre quisera ir para a cama com uma mulher com algum tipo de piercing genital, ou com um ou dois anéis nos mamilos, mas até agora só tinha apreciado adornos no umbigo, que infelizmente não carregavam o nível certo de erotismo para sua sensibilidade. Com certeza havia alguma coisa meio ralé — não, proletária — em piercings de umbigo.

— Ouvi dizer que vocês também alugam instrumentos — disse ele.

— Alugamos, senhor.

— Eu gostaria de um violino.

Ela apontou o armário com porta de vidro.

— Pode escolher.

— São todos para alugar?

— Sim, mas vamos precisar de um depósito em dinheiro ou cartão de crédito e algum documento com foto.

— É claro — confirmou Dominik. Ele sempre carregava o passaporte no bolso interno da jaqueta, um antigo hábito que nunca perdera. — Posso olhar melhor?

— Certamente.

A garota gótica pegou uma chave em meio a várias presas em uma longa corrente pendurada na caixa registradora e destrancou o armário.

— Não sei muito sobre violinos, infelizmente. É para uma amiga que estou ajudando. Ela toca mais música clássica. Você entende de violinos, por acaso? — perguntou a ela.

— Não muito. Sou mais o tipo de garota que gosta de rock, instrumentos elétricos — respondeu ela com um sorriso. Seus lábios eram como faróis.

— Entendo. Bem, qual desses é considerado o melhor?

— Imagino que seja o mais caro.

— Acho que faz sentido — comentou Dominik.

— Não é uma ciência — disse a vendedora, com um sorriso paquerador.

— É verdade.

Ela lhe entregou um dos violinos. Parecia velho, com a madeira alaranjada pelas prováveis gerações de donos anteriores, polido e brilhoso, refletindo as luzes fluorescentes da loja.

Dominik ponderou por um tempo, sempre segurando o violino. Era bem mais leve do que esperava. Ele achava que sua musicalidade dependia de quem o tocasse. Ficou momentaneamente irritado consigo mesmo. Devia ter pesquisado sobre violinos antes de ir até lá. Devia parecer um verdadeiro amador.

Seus dedos acariciaram a lateral do violino.

— Você toca alguma coisa? — perguntou ele à jovem com cabelo preto. A camiseta dela tinha deslizado um pouco no ombro direito e ele viu o leve contorno de uma grande tatuagem.

— Violão — respondeu ela. — Mas, quando eu era criança, tive que fazer aula de violoncelo. Talvez um dia eu volte.

Da visão mental dos piercings imaginários, Dominik rapidamente passou para um filme particular dela em um palco com um violoncelo entre as pernas. Ele sorriu com o pensamento e disse de repente:

— Vou levar. Pode ser por uma semana?

— Ótimo — respondeu a vendedora. Ela pegou um bloco e começou os cálculos, enquanto Dominik voltava a olhar o ombro nu, acompanhando as flores pretas, verdes e vermelhas da tatuagem, reparando também que ela tinha uma minúscula tatuagem de lágrima abaixo do olho esquerdo.

Enquanto esperava, outros clientes entraram e saíram da loja, sendo atendidos por um vendedor com roupa preta gótica e corte de cabelo geométrico minimalista.

Por fim, ela ergueu o olhar depois de espiar os números uma última vez.

— E então, de quanto é o prejuízo? — perguntou Dominik.

O violino vinha dentro de um estojo.

Já em casa, ele colocou com cuidado o instrumento caro sobre um dos sofás, foi até o laptop e verificou a previsão do tempo para os sete dias seguintes. Para o primeiro episódio da aventura que tinha em mente, ele preferia não estar em um lugar fechado. Isso viria depois, quando a discrição se tornasse importante e os eventos pudessem se transformar em uma manifestação que seria ilegal em público.

A previsão do tempo era boa. Não havia expectativa de chuva nos próximos quatro dias, pelo menos.

Ele mandou uma mensagem de texto para Summer informando-a do dia, da hora e do local do próximo encontro.

A resposta dela chegou em meia hora. Ela estava disponível e também disposta.

"Preciso levar partituras?", perguntou ela.

"Acho que não. Você vai tocar Vivaldi."

O sol estava brilhando em Hampstead Heath, e havia o som de pássaros cantando quando cruzaram o horizonte cheio de árvores. Ainda era bem cedo e estava um pouco frio. Summer saiu do metrô em Belsize Park e desceu a colina, passando pelo Royal Free Hospital, pela loja Marks & Spencer que tinha sido construída no lugar de um antigo cinema, pelo pequeno shopping em South End Road, pela banca de frutas e legumes na entrada da estação do trem, e finalmente chegou ao estacionamento onde eles tinham marcado de se encontrar. Já estivera lá, alguns meses antes, com um grupo de amigos para fazer um piquenique de fim de semana.

Só havia um BMW cinza metálico estacionado ali, e, de longe, ela reconheceu a silhueta de Dominik no banco do motorista. Ele estava lendo um livro.

Como instruída, Summer usava o vestido de veludo preto, o que deixava os ombros à mostra, e, para protegê-la do frio, o casaco de Charlotte, que ela ainda não tinha pedido de volta.

Ele a viu se aproximando, abriu a porta e ficou de pé ao lado do carro, enquanto ela caminhava desconfortavelmente nos saltos altos pela superfície irregular de pedra e areia do estacionamento municipal improvisado, que servia também, durante as férias, como espaço para feiras.

Ele olhou os pés dela e reparou nos saltos. Era o calçado tradicional de palco. Ele estava todo de preto. Usava um suéter de caxemira de gola redonda e uma calça preta com um vinco na frente.

— Talvez você devesse ter vindo de botas — comentou ele. — Temos que andar um pouco pela grama para chegar aonde vamos.

— Sinto muito — disse Summer.

— Ainda tem muito orvalho na grama a essa hora da manhã. Seus sapatos vão ficar molhados, talvez até estraguem. Você devia tirá-los para caminhar. Vejo que está de meias. Você se importa?

— Não, nem um pouco. São meias sete oitavos.

— Que bom. — Ele sorriu. — Com elástico ou cinta-liga?

Summer sentiu as bochechas ficarem quentes. Uma onda de atrevimento fez com que ela respondesse:

— Qual você prefere?

— Resposta perfeita — disse Dominik, mas não falou mais nada ao abrir a porta atrás do banco do motorista e pegar um estojo de violino preto e brilhoso. Summer tremeu.

Ele apertou um botão no chaveiro para trancar o BMW e mostrou a vastidão da grama, o campo à frente além da cerca baixa do estacionamento.

— Siga-me.

Summer tirou os sapatos quando eles chegaram ao gramado. Ele estava certo: a grama estava molhada e esponjosa sob seus pés quase nus. Em minutos, a sensação ficou bastante prazerosa. Dominik foi na frente, passando por lagos, atravessando uma pequena ponte que dava para uma área de piscinas ao ar livre e subindo uma trilha. Nesse ponto ela teve que recolocar os sapatos, por causa das pedrinhas que machucavam as solas dos seus pés. A sensação úmida das meias contra o couro era estranha, mas logo eles chegaram a um trecho de grama novamente e ela pôde voltar a andar de meias atrás dos passos firmes e determinados de Dominik, segurando os sapatos pelas tiras em uma das mãos. Ela se perguntou para onde estavam indo. Essa parte era desconhecida para ela, mas havia alguma coisa em Dominik que a fazia confiar. Puro instinto. Não acreditava que ele a estivesse levando a um ponto escuro no bosque para tirar vantagem dela. Não que a ideia de tal destino fosse incômoda.

Por algumas centenas de metros, a copa das árvores escondeu o azul do céu e o calor do sol, e então eles saíram na luz. Era um campo circular totalmente aberto sob o céu. Havia uma infinidade de verde, como uma ilha emergindo em um mar agitado, com uma leve inclinação e, no alto da colina, um palanque. Ele tinha antiquadas colunas vitorianas de ferro, enferrujadas em algumas partes, com vista para um campo maravilhosamente vazio.

Summer fez um ruído de surpresa. A paisagem era linda, um visual absolutamente perfeito, estranhamente deserto e misterioso. Agora ela entendia por que ele havia escolhido um horário tão cedo para irem ali. Não haveria espectadores, ou muito poucos, a não ser que o som da música começasse a atrair pessoas do outro lado da charneca.

Dominik fez uma reverência indicando o palanque, aonde tinham acabado de chegar.

— Aqui estamos. — Ele entregou o estojo do violino a ela, que subiu os degraus de pedra até o palco.

Dominik se posicionou em um canto, recostado-se casualmente em uma das colunas de metal.

Por um breve instante, Summer sentiu uma pontada de revolta. Por que estava obedecendo às malditas ordens dele, sendo tão dócil e prestativa? Parte dela queria bater o pé e dizer "não" ou "de jeito nenhum", mas outra parte, que ela não sabia que existia até há pouco tempo, sussurrou sedutoramente em seu ouvido que acompanhasse o jogo. Que dissesse "sim".

Ela ficou imóvel.

Em seguida, se recompôs, foi até o centro do palco e abriu o estojo do violino. O instrumento parecia único, bem melhor do que o antigo, surrado e agora inútil. Ela chamou a atenção dele ao passar os dedos com avidez sobre a madeira polida, pelo braço, pelas cordas.

— É apenas um instrumento temporário — disse Dominik. — Depois que as coisas estiverem acertadas satisfatoriamente para nós dois, vou providenciar um violino permanente, de melhor qualidade.

Naquele momento, Summer não conseguia imaginar segurar um instrumento melhor do que aquele. O peso, o equilíbrio e as curvas pareciam simplesmente perfeitos.

— Toque para mim — ordenou ele.

Ela tirou o casaco de Charlotte e deixou que escorregasse até o chão. Naquele momento, o frio da manhã nos ombros descobertos não passava de uma brisa suave enquanto ela entrava em transe, sem perceber onde estava, sem prestar atenção à situação nada natural e ao isolamento, às entrelinhas do relacionamento (sim, ela sabia que haveria um relacionamento) com aquele homem intrigante e perigoso.

Ela se inclinou para pegar o arco no estojo que havia colocado no chão, oferecendo a Dominik um breve vislumbre de seus seios. Ela nunca usava sutiã com o vestido preto.

Summer o fitou ali de pé, esperando pacientemente, sem expressão, e começou a afinar o violino. O som era tão denso e rico que ricocheteava pelo palanque, cada nota flutuando até o teto e de volta como um eco silencioso.

E começou a tocar Vivaldi.

Àquela altura, ela sabia os concertos de cor. Era sempre sua escolha quando tocava nas ruas, ou para amigos, ou até mesmo apenas ensaiando. A música de séculos de idade fazia o coração dela cantar, e, enquanto tocava com os olhos fechados, conseguia evocar as paisagens da Renascença italiana como vira em tantos quadros, o desenrolar da vida na natureza e dos elementos. De alguma forma, havia poucas pessoas de carne e osso em seu devaneio musical inspirado por Vivaldi, apesar de ela nunca ter se dado ao trabalho de encontrar uma explicação para esse fato curioso, para essa possível omissão freudiana.

O tempo parou.

Os sons que ela agora extraía do violino eram verdadeiramente deliciosos, e ela sentiu que estava encontrando uma dimensão não descoberta da música. Nunca havia tocado tão bem, relaxada, encontrando a verdade na essência da melodia, navegando em suas ondas, perdendo-se em seu sorvedouro. Era quase tão bom quanto sexo.

Quando chegou ao terceiro concerto, ela abriu rapidamente os olhos para verificar a presença de Dominik. Ele ainda estava lá, no mesmo lugar, imóvel, pensativo, com os olhos hipnoticamente fixos nela. Ela lembrou que uma pessoa lhe dissera certa vez que o formato do seu corpo não era muito diferente do formato do violino: com cintura fina e quadris largos. Era isso que ele via nela naquele momento por baixo das dobras do vestido preto de veludo?

Ela reparou em algumas pessoas na extremidade da clareira, sem dúvida atraídas pelo som da música que ela tocava. Espectadores anônimos.

Summer respirou fundo, ao mesmo tempo satisfeita e desapontada por não ser mais um show para uma pessoa só. Concluiu o terceiro concerto e parou de tocar. O feitiço havia sido quebrado.

Duas mulheres ao longe com roupas de corrida aplaudiram.

Um homem voltou para a bicicleta e continuou seu trajeto pela charneca.

Dominik tossiu gentilmente.

— O quarto concerto é tecnicamente um pouco complicado — explicou Summer. — Não tenho certeza se consigo acertar sem consultar a partitura — desculpou-se.

— Não tem problema — disse Dominik.

Summer esperou a avaliação dele. Ele continuou olhando para ela.

O silêncio profundo começou a incomodá-la. Mais uma vez, ela conseguia sentir o frio da manhã bater em seus ombros expostos. Tremeu. Ele não reagiu.

Dominik observou Summer ficar visivelmente mais nervosa. A música e o modo como ela tocou tinham sido sublimes, tudo que ele podia ter desejado. Fazê-la tocar para ele ali havia sido uma ideia brilhante, e o show solo despertou muitas sensações fortes dentro dele, e uma sensação de ligação terrivelmente íntima. Agora, ele queria saber como era a pele dela, a suave curva do ombro despido contra seus dedos, sua língua, os milhões de segredos debaixo do vestido. Já conseguia imaginar o formato do corpo dela. Ele sempre lamentara não ter aprendido a ler e tocar música ou qualquer instrumento quando era mais jovem, e sabia que agora era tarde demais para começar, mas sentia que Summer era um instrumento, um que ele podia tocar durante horas seguidas. E tocaria.

— Foi muito bonito.

— Obrigada, gentil senhor. — Ela não conseguiu evitar a provocação. Talvez fosse por se sentir extremamente feliz agora.

Dominik franziu a testa.

Ele reparou no alívio que se espalhou no rosto dela quando lhe deu o veredicto, mas ela ainda estava tensa — dava para perceber pela linha reta dos ombros e pela firmeza do maxilar. Talvez ela soubesse que era apenas o começo. Haveria mais.

— Você vai ter seu violino — disse ele.

— Tem certeza de que não posso ficar com este? — protestou ela, acariciando o braço longo e macio com mão possessiva. — É um instrumento maravilhoso.

— Tenho certeza de que é, mas, como falei, vou encontrar outro melhor. Você merece.

— Tem certeza?

— Tenho. — O tom de Dominik era firme; ele não aceitaria mais discussão.

Ele andou até Summer, pegou o casaco no chão e ajudou-a a vesti-lo. Eles andaram de volta até o carro, onde ela devolveu o violino.

Summer estava cheia de perguntas, mas não sabia por onde começar.

Ele apontou o banco do passageiro.

— Sente-se comigo — ordenou ele.

Summer obedeceu.

Ela teve medo de o interior do carro cheirar a tabaco, pois Dominik tinha jeito de fumante, mas não era assim. Era um pouco almiscarado, mas não de um jeito desagradável.

Dominik sentiu a proximidade dela ao se sentar atrás do volante. Ela não estava mais com cheiro de canela, e tudo que ele conseguia sentir era o aroma do sabonete que ela havia usado no banho, de manhã. De alguma forma era doce, higiênico, tranquilizador. Ele conseguia sentir o calor do corpo dela dentro do casaco irradiando em sua direção.

— Na próxima vez em que você tocar para mim, vai ser com seu violino, o que agora vou procurar, o que vai cair como uma luva para você, Summer. O preço não será problema.

— Tudo bem — disse ela.

— Agora, conte-me sobre sua primeira vez com um homem. Sexo.

Por um breve momento, ela pareceu surpresa com o pedido abrupto, e Dominik pensou que tivesse suposto incorretamente; talvez ela não fosse até o fim.

Summer fez uma pausa para refletir e se lembrar. Era uma sensação nova, parecia já ter intimidade com aquele homem, e não fazia sentido se fechar agora.

A janela da frente do carro estava embaçando um pouco, e Dominik ligou o ar-condicionado.

Ela contou a ele como foi.

O instrumento tinha sido construído por um homem chamado Pierre Bailly em Paris, em 1900, e custou a Dominik um valor de cinco dígitos. Inicialmente, chamou sua atenção no catálogo de um especialista. A madeira tendia mais ao amarelo do que ao laranja ou marrom, um tom pacífico que evocava serenidade e paciência, mas, em sua mente, a pátina carregava mais de um século de melodias e experiência. O vendedor da pequena loja em Burlington Arcade ficou surpreso por ele não querer tocar antes de comprar, e não pareceu acreditar inicialmente quando ele declarou estar comprando para uma pessoa conhecida. Ele sabia que tinha dedos longos, dedos de músico (muitos amigos e mulheres que ele conhecera mencionaram isso), mas será que parecia ser um, ou mesmo um violinista?

Com o violino antigo e caro vinha um certificado de proveniência, listando todos os donos durante os últimos 112 anos. Foram apenas cinco, e a maior parte dos nomes estrangeiros traíam ventos de guerra e deslocamentos continentais junto com as marés da história. A última dona se chamava Edwina Christiansen. O vendedor contou-lhe que, após a morte dela, os herdeiros venderam o instrumento em um leilão, junto com outros itens de menor importância. Não, ele respondeu quando Dominik perguntou, ele não podia fornecer mais informações sobre a falecida Srta. Christiansen.

O violino Bailly não tinha estojo, e ele comprou um on-line, novo em folha, pois achava que era melhor Summer não anunciar o status antigo do novo instrumento com um estojo similarmente envelhecido. Dominik sempre fora prático, assim como cauteloso.

Quando o estojo foi entregue, ele transferiu o violino amarelo-ferrugem para seu novo habitat e, cuidadosamente, embrulhou-o antes de entregar a um portador que levaria o pacote até Summer Zahova no apartamento que ela compartilhava com outras pessoas no leste de Londres. As instruções eram claras: ela tinha que assinar o recebimento pessoalmente. Ele avisou da entrega iminente e pediu que ela comunicasse o recebimento.

Quando a mensagem de texto chegou, consistia em uma única palavra: "Lindo."

Na carta que ele escreveu para ela e que acompanhou o embrulho caro, insistiu que ela passasse o máximo de tempo possível tocando, ensaiando nele até o momento em que ele a avisaria do novo desafio. A carta também continha um aviso preciso de que ele não fosse carregado em público, muito menos tocado no metrô.

Agora, preparativos e investigações tinham que ser feitos.

Seus anúncios no quadro de avisos de trabalhos freelancer na faculdade de música pediam três músicos, de preferência com menos de 30 anos, acostumados a tocar em quarteto de cordas, dispostos a fazer uma performance com tempo de ensaio mínimo e em circunstâncias incomuns. E cuja discrição seria adequadamente recompensada. Era necessário mandar uma foto junto com a candidatura.

Uma das respostas que recebeu preenchia todas as exigências: um grupo de estudantes do segundo ano que, no primeiro ano, havia tocado como quarteto, mas que agora estava sem um dos integrantes, pois o segundo violinista tinha voltado poucos meses antes para seu país, a Lituânia. Os dois jovens que tocavam violino e viola eram apresentáveis, enquanto a violoncelista, uma jovem com cabelos louros cacheados, era bem bonita.

Todos os outros candidatos eram músicos solistas com pouca experiência em tocar em grupo, então a decisão foi fácil.

Antes de organizar uma entrevista formal, Dominik enviou-lhes o questionário que havia elaborado para a ocasião. Quando as respostas chegaram, todas positivas, pois ele esperava que todos estivessem levando em consideração a soma substancial que estava em posição de oferecer, ele marcou de conversar com o trio por Skype e respondeu as perguntas finais, avaliando as reações a algumas exigências mais estranhas.

Todos teriam que se vestir completamente de preto, poderiam ensaiar com a quarta pessoa por um curto período de tempo, mas então seriam vendados para a performance principal. Assinariam um documento com penalidades se o concerto particular no qual tocariam fosse divulgado. Não procurariam fazer contato com ele nem com o violinista anônimo depois da performance.

Todos os três pareceram intrigados pela proposta, mas a recompensa financeira visivelmente superou as dúvidas.

A violoncelista loura até sugeriu um local de ensaio que ele poderia alugar para a ocasião, uma cripta em uma antiga igreja com acústica perfeita para instrumentos de corda e que "oferece privacidade total para qualquer coisa que você tenha em mente", disse ela. Como se soubesse desde sempre que a casa de Dominik não era apropriada para a ocasião.

Como ela podia adivinhar o que ele tinha em mente?, perguntou-se Dominik, notando um brilho divertido nos olhos dela.

Eles chegaram a um acordo quanto à música e ele anotou informações sobre cada um antes de encerrar a ligação. Agora, todos os elementos estavam em seus lugares e uma data podia ser marcada. Ele pegou o celular.

— Summer?

— Sim.

— É Dominik. Você vai tocar para mim de novo na semana que vem — informou ele, avisando o local e a hora. Também mencionou a música que ela tocaria e o fato de que ela seria uma em um grupo de quatro, o elemento final de um quarteto, e teria a oportunidade de ensaiar por duas horas com os outros músicos antes do concerto particular.

— Duas horas não é muito tempo — observou ela.

— Eu sei, mas é uma música que os outros três já conhecem bem, então vai facilitar um pouco.

— Tudo bem — concordou Summer. Em seguida acrescentou: — O Bailly vai emitir um som divino em uma cripta.

— Não tenho a menor dúvida — disse Dominik. — E..

— E?

— Você vai tocar nua.

5

Uma garota e suas lembranças

Dominik perguntou sobre minha primeira vez.

Pensei depois como foi estranho eu ter concordado em contar-lhe a história, mas tocar *As Quatro Estações* havia me deixado como em um sonho, como sempre.

Foi nisso em que botei a culpa.

E isto foi o que contei a ele.

— Tive minhas primeiras experiências sexuais sozinha, me masturbando. Comecei bem nova. Mais nova do que minhas amigas, eu acho, apesar de nunca falar sobre isso com ninguém. Sempre senti um pouco de vergonha. Na verdade, eu não sabia o que estava fazendo. Eu nem gozava; ao menos, não nos primeiros anos.

"Talvez você tenha reparado, quando eu estava tocando, que chega certo ponto da música em que fico em uma espécie de transe, vou para um mundo só meu. Mas, assim que paro, tudo volta com força total. Tocar violino sempre teve efeito físico em mim. É como uma espécie de libertação, mas também parece aumentar as sensações."

Olhei Dominik para ver sua reação.

Ele tinha baixado o banco do motorista e se deitado, relaxado. Fiz o mesmo, inspirando o aroma do carro, um cheiro limpo e fresco, e, na minha opinião, típico de motoristas de BMW. O interior era impecável, sem marcas de personalidade, sem sinal de uma guloseima consumida recentemente, sem um coldre ou um pacote suspeito à vista, só um livro apoiado no painel. De um autor de quem eu nunca ouvira falar.

Dominik não olhou para mim, só para a frente, pela janela. Sua expressão era a de um homem completamente à vontade, como se estivesse quase meditando. Apesar da situação bastante incomum, a reação dele, ou falta dela, me fez relaxar. Eu estava compartilhando segredos que não havia dividido com ninguém, mas o modo como ele se integrava ao carro fazia parecer que eu estava falando sozinha.

Eu fui em frente.

— Às vezes eu tocava nua, com a janela aberta, apreciando o ar frio no meu corpo. Eu deixava as luzes acesas e as cortinas abertas, imaginava que os vizinhos conseguiam me ver daquele jeito. Se viam, nunca falaram nada.

“Isso continuou por um tempo, e acabei passando tanto tempo sozinha que, quando eu estava no ensino médio, minha mãe começou a ter medo de eu estar ficando desequilibrada, obsessiva, e tentou me fazer praticar um esporte ou entrar no clube de teatro. Ela queria que eu fosse alguém ‘normal’. Brigamos bastante e ela acabou vencendo, apesar de ter me deixado escolher o esporte.

“Escolhi natação, mais para irritar minha mãe, pois eu sabia que ela queria que eu praticasse uma atividade mais sociável, como hóquei ou basquete, mas venci aquela rodada argumentando que minha prática com o violino seria beneficiada se eu tivesse braços mais fortes.”

Um sorriso cruzou o rosto de Dominik quando compartilhei esse detalhe, mas ele permaneceu em silêncio, esperando pacientemente que eu seguisse em frente.

— Acontece que a natação tinha o mesmo efeito em mim que tocar o violino. Eu gostava da sensação da água e do modo como o tempo desaparecia enquanto eu dava voltas na piscina. Nunca fui muito rápida, mas podia nadar uma eternidade. Eu nadava por tanto tempo e com tanta tranquilidade que meu técnico tinha que me cutucar no ombro para me avisar que o horário de treinamento tinha acabado e eu podia ir para casa.

"Ele era um cara bonito e tinha sido atleta profissional quando estava na escola, representando nossa região. Desistiu quando parou de vencer. Começou a dar aulas, mas ainda tinha corpo de atleta. Usava todo o traje de salva-vidas: short curto, camiseta e um apito para deixar claro quem ele era. Eu o ignorava a maior parte do tempo. Achava que ele era muito convencido e que isso não combinava com ele. Como se usasse a autoridade para se exibir. Todas as outras garotas gostavam dele. Não sei quantos anos ele tinha. Era mais velho do que eu.

"Acabou sendo ele. Meu técnico de natação. Minha primeira vez."

Olhei para Dominik de novo. Sua expressão permaneceu impassível, distraída.

— Prossiga — disse ele.

— Certa tarde, ele não me interrompeu. Simplesmente me deixou nadar e nadar. Acabei parando depois de não sei quantas voltas porque de repente notei que estava ficando escuro e que eu era a única na piscina. Todo mundo já havia ido embora. Ele disse, quando eu finalmente saí da água, que queria ver se eu continuaria nadando até ele me mandar parar.

"Peguei minha toalha e fui para o vestiário, e, quando comecei a me secar, descobri que estava... bem, que estava com tesão. Não sei bem por quê, o que era, mas o sentimento era tão forte que não consegui esperar até chegar em casa. Eu estava me tocando quando o vi me olhando pela porta do vestiário. Talvez eu tivesse me esquecido de fechá-la. Não reparei nele abrindo-a.

"Eu não parei. Acho que deveria, mas o modo como ele me olhava... Eu fui em frente. E foi a primeira vez que tive um orgasmo. Com ele observando.

"Ele entrou nessa hora, depois que me viu gozar. E, quando tirou o pau do short, não consegui parar de olhar.

"'Você nunca viu um desses antes, viu?', perguntou ele.

"Eu respondi que não.

"Então ele perguntou se eu gostaria de senti-lo dentro de mim, e eu disse que sim."

Eu me virei para Dominik, para ver se ele queria que eu continuasse, que contasse mais. Ele saiu do devaneio quase imediatamente.

— Ótimo — comentou, erguendo o banco para a posição normal. — Era tudo que eu queria saber. Talvez você possa me contar mais outro dia.

— Claro — respondi, e puxei a alavanca para levantar meu banco.

Talvez a experiência de recontar minha história àquele homem devesse me deixar constrangida, mas não deixou. Se senti alguma coisa, foi mais leve, com o peso dos segredos do passado transferido da minha mente para a de Dominik.

— Onde deixo você?

— Na estação, por favor.

— Tudo bem.

Ele podia saber detalhes da minha história sexual, mas eu não estava pronta para lhe mostrar minha casa, e não tinha certeza se ele queria que eu mostrasse.

De nada adiantaria tentar manter minha privacidade. Em uma semana, Dominik pediu meu endereço e disse a data e a hora em que eu deveria estar lá para receber um pacote. Eu hesitei antes de dar o endereço. Além do entregador de pizza da minha rua, ele seria o único homem em Londres com meus dados pessoais, e eu gostava dessa privacidade. Mas ele tinha algo para me mandar, e eu pareceria rude ou paranoica se me recusasse a contar onde morava.

Como eu esperava, o pacote era o violino que Dominik prometera. Com base na qualidade do violino que ele levou quando toquei Vivaldi, eu supunha que ele escolheria um bom instrumento, mas nunca imaginei que me ofereceria algo tão lindo. Era um Bailly *vintage*, com a madeira amarelo suave, quase caramelo, da cor de um vidro de mel de manuka neozelandês observado contra a luz. Ele me fez lembrar de casa, dos tons dourados suaves do rio Waihou quando o sol bate na água.

De acordo com os certificados incluídos, a última dona foi a Srta. Edwina Christiansen. Sempre curiosa sobre as histórias contidas nos meus violinos, coloquei o nome dela no Google, mas não descobri nenhuma pista. Bem, minha imaginação teria que ser suficiente.

O estojo era novo em folha, preto com forro vermelho-escuro de veludo. Um pouco mórbido para o meu gosto, e não combinava com o calor do Bailly, mas Dominik parecia inteligente, e não romântico, no sentido tolo da palavra, então supus que o estojo novo era uma forma de disfarçar o valor do conteúdo.

Ele tinha incluído instruções: eu deveria comunicar a chegada do pacote e passar o máximo de tempo possível ensaiando com ele, mas não em público. E deveria esperar a próxima instrução. Ensaiar e esperar.

Ensaiar com o Bailly era uma alegria. Ele se encaixava em mim com perfeição, como se meu próprio corpo tivesse evoluído para segurá-lo. Eu havia pedido uma licença das apresentações no metrô e, naquelas circunstâncias, depois da confusão, os organizadores foram muito compreensivos. Eu tocava o Bailly o tempo todo, todos os dias, melhor do que jamais tinha tocado antes, com a música escorrendo pelos meus dedos como se as melodias estivessem presas dentro de mim e o violino de Dominik fosse a chave que as libertou.

Esperar era outra história. Sou paciente por natureza, e sempre preferi esportes de resistência. No entanto, eu queria saber exatamente em que estava me metendo. Acreditando firmemente que a vida não dá nada de graça, supus que Dominik estaria esperando um retorno para seu investimento e, até entender quais seriam os termos de pagamento, decidi pensar no violino como um empréstimo, e não como um presente. Ele sugeriu um acordo, um contrato de satisfação mútua, e não que me bancaria. Eu teria recusado se a proposta fosse essa. Mas, ainda assim, até eu saber o que ele queria, eu não poderia decidir se estava disposta a concordar.

Eu não estava querendo outro relacionamento, tendo terminado com Darren tão recentemente. Queria passar um tempo solteira. E Dominik não parecia um homem procurando namorada. Era arredio, solitário; não tinha o ar desesperado de alguém em busca de companheira. Pensei em sua primeira mensagem. Talvez ele fosse um pouco viciado em tecnologia, provavelmente tinha uma grande coleção de arte pornô no computador, mas não uma pessoa com perfil em sites de busca do par perfeito.

Se ele não queria me namorar, o que queria?

Olhei o violino de novo, passei a mão pelo corte gracioso do braço, supus que devia ter custado dezenas de milhares de libras.

Qual seria a natureza e o tamanho da retribuição que Dominik esperava? O que poderia satisfazer um homem assim?

Sexo? Era a resposta óbvia. Mas não a resposta correta, pensei.

Um homem à procura de sexo teria me convidado para jantar. Um rico aficionado por música clássica em busca de alguém para patrocinar teria me mandado um violino sem tanto drama.

Havia algo mais na abordagem de Dominik. Ele não tinha jeito de psicopata, mas parecia estar apreciando o jogo, fosse qual fosse. Eu me perguntei se ele tinha um objetivo, um alvo, ou se era apenas rico e estava entediado.

Eu podia ter devolvido o violino, é claro, e talvez essa fosse a coisa certa a fazer. Mas não era só o violino que me interessava; sinceramente, eu estava curiosa.

O que Dominik faria agora?

Alguns dias depois, meu telefone tocou.

Ele falou antes mesmo de eu ter a chance de dizer "alô". Sob outras circunstâncias, eu talvez ficasse irritada, mas decidi ouvir o que ele tinha a dizer.

— Summer?

— Sim.

Ele me comunicou tranquilamente que eu tocaria para ele na semana seguinte, de tarde. O "Quarteto de cordas nº 1" do compositor tcheco Smetana, uma melodia de que eu felizmente gostava e com a qual estava razoavelmente familiarizada, pois era uma das favoritas do Sr. van der Vliet. Eu tocaria com três integrantes de um quarteto, que conheciam a música bem, pois a pessoa tocava viola e a que tocava violino já haviam se apresentado em outras ocasiões, ao que parecia. Eu não precisava me preocupar com minha privacidade nem com a discrição dos outros músicos envolvidos, pois eles haviam jurado nunca revelar qualquer detalhe do evento.

E isso era uma coisa boa, pois eu iria tocar nua.

Os outros instrumentistas teriam que usar vendas antes de eu me despir, então minha nudez ficaria aparente apenas para Dominik.

Assim que ele falou, uma onda de calor se espalhou pelo meu corpo. Mais uma vez, eu achava que deveria dizer "não". Ele tinha acabado de me pedir à queima-roupa que me despisse na frente dele. Mas, se me recusasse, jamais saberia o que ele estava tramando. E, pensei preguiçosamente, tecnicamente seria nosso terceiro encontro. Considerando que eu às vezes ia para a casa dos homens no primeiro encontro, aquilo não era muito diferente, só que eu concordei em fazer tudo abertamente.

Concordei mesmo?

Dominik não disse que queria me comer.

Talvez só quisesse me ver.

O pensamento me encheu de tremor, mas, apesar dos meus melhores esforços para ignorar o sentimento, eu me vi excitada e molhada.

Mas isso não era surpresa. Eu andava tão envolvida com a perda do meu violino, sem grana e agora dedicada ao Bailly que não tive chances de sair com ninguém, e não fazia sexo desde a última vez com Darren. Mas era irritante pensar que Dominik tinha esse efeito. Isso o colocava um passo à minha frente em qualquer negociação que ele tivesse em mente.

Nua, com ele observando, eu tinha medo de ele saber o efeito que exercia sobre mim. Depois das minhas revelações no carro naquele dia em Hampstead Heath, eu duvidava que ele fosse se surpreender. Eu provavelmente estava prestes a lhe dar exatamente o tipo de reação que ele desejava.

Se era para ser uma batalha de vontades, eu tinha dado a ele a munição de que precisava.

* * *

Uma semana depois, fui até o local alugado por Dominik, uma cripta particular no centro de Londres. Eu não conhecia o lugar, mas não fiquei espantada ao saber de sua existência. Londres é uma cidade cheia de surpresas. Ele me deu o endereço durante o telefonema, mas me aconselhou a não investigar o local antecipadamente, para poder manter a surpresa. Eu tinha considerado ir lá de qualquer jeito, mas me senti estranhamente compelida a seguir as instruções ao pé da letra. Ele comprou o violino, então o recital era o show dele, afinal.

A cripta ficava em uma rua lateral, e a única pista que confirmava sua localização era uma placa de latão no lado esquerdo de uma porta de madeira. Empurrei a porta com cautela e entrei. Me deparei com um lance de escadas que levava a uma área completamente escura.

Eu tinha trocado os sapatos baixos por outros de salto uma quadra antes de chegar, mas agora eles estavam prendendo no piso irregular de pedra, o que me fez perder o equilíbrio e quase cair de cabeça pela escadaria enquanto tateava a parede, sem sucesso, em busca de um corrimão.

O ar ficou preso na minha garganta. Não de medo, apesar de o bom senso dizer que eu deveria estar nervosa, que deveria ter dito a alguém aonde estava indo, que deveria ter planejado um telefonema de segurança. Não contei a ninguém, nem a Charlotte, sobre o Bailly e sobre a cripta. Essa nova virada na minha vida parecia estranha demais para ser compartilhada. Além do mais, se Dominik quisesse me matar, já tivera oportunidade.

O aperto no estômago e os batimentos rápidos do coração não eram apenas de nervosismo. Eu estava excitada. Tocar com três novos músicos seria um desafio, claro, mas eu tinha ensaiado até conseguir tocar todas as notas em qualquer circunstância. E eu sabia que Dominik não teria prazer em uma tarde que não fosse como ele queria. Fosse lá o que ele tivesse planejado, eu tinha certeza de que havia calculado cada detalhe buscando alcançar a perfeição, incluindo minha performance.

Havia a questão adicional da minha nudez iminente, é claro, mas a ideia de tocar nua para Dominik me excitava mais do que atrapalhava. Eu sempre fui exibicionista, uma informação que ele evidentemente pescou da narrativa da minha primeira experiência sexual.

Ainda assim, eu estava um pouco reticente, e parte disso, eu acho, era pela ideia de estar em exibição pública. Eu ficava à vontade andando nua na sala da minha casa, mas me despir deliberadamente para um estranho era uma coisa bem diferente. Eu não tinha certeza se conseguiria ir até o fim. Minha mente estava em guerra. Se eu me recusasse, mostraria que ele tinha me atingido, me perturbado, mas, se eu concordasse, seria ele quem ainda daria as ordens. E havia também aquele pensamento no fundo da mente do qual não conseguia me livrar. A situação toda me dava tesão. Mas por quê? Qual era meu problema?

Decidi pelo menos me preparar para a possibilidade de tirar as roupas. Assim, eu poderia escolher quando chegasse a hora.

Meus preparativos para o evento foram intensivos, além do ensaio da música. Tomei banho devagar de manhã, raspei as pernas e parei com a lâmina perto da virilha. Raspar ou não raspar? Essa era a questão. Darren preferia quando eu ficava completamente lisa, e consequentemente eu tinha deixado crescer, como forma de rebelião particular. Ele nunca explorava lá embaixo, de qualquer modo.

O que Dominik preferiria?, perguntei-me.

Ele era um homem incomum, que até agora demonstrara gosto pela riqueza, pelos detalhes, e eu desconfiava que seus gostos sexuais tenderiam ao exótico. Talvez ele gostasse do meu cabelo. Do cheiro ligeiramente almiscarado, do volume. Minha mente disparou por caminhos obscuros, mas interrompi os pensamentos rapidamente com minha sensatez. Afastei minhas fantasias da cabeça. Dominik já tinha aberto uma janela inteira para minha alma. Graças a Deus o resto do quarteto estaria vendado e seria incapaz de testemunhar qualquer coisa.

No final, decidi aparar e ajeitar um pouco, preferindo manter os pelos pubianos como uma cortina, com poucos centímetros de privacidade. Eu não ficaria completamente nua para ele ainda.

Desci lentamente pela escada, encontrei outra porta de madeira e a abri. Meus sentidos foram imediatamente atacados pela densidade quase nauseante do ar na cripta, pela sensação de estar no subterrâneo, sepultada. O teto era alto, mas o aposento era estreito, e uma sequência de arcos fazia com que o teto parecesse mais próximo, claustrofóbico. Fui momentaneamente lembrada do calabouço no clube aonde fui com Charlotte. A cripta se encaixava muito melhor na minha ideia de calabouço.

As paredes estavam banhadas de uma luz elétrica fraca, o que contrastava estranhamente com a sensação de antiguidade do local e com o cheiro de velas recém-acesas. Estava um pouco frio, embora eu tivesse certeza de que, se havia um interruptor de luz, deveria ter algum método de aquecimento. Talvez Dominik tivesse mandado os aquecedores serem desligados em prol da autenticidade. Ou talvez quisesse ver a reação da minha pele quando o ar frio atingisse meu corpo. Apertei a caixa do Bailly com mais força e afastei a ideia da cabeça.

Vi os três músicos no palco ligeiramente elevado à frente e segui em direção a eles, com meus saltos batendo no piso de pedra, o eco ressoando musicalmente. Minha apreensão inicial foi substituída de repente por alegria: a acústica era mesmo incrível, e o Bailly emitiria o som perfeito ali. Dominik em breve vivenciaria o recital da sua vida. Isso, pelo menos, eu podia garantir.

O restante do quarteto estava a postos, esperando por mim, mas, como prometido, não vi sinal de Dominik. Eu me apresentei e a comunicação foi um pouco constrangida a princípio, pois a situação era bastante incomum para todos nós.

Eles estavam usando ternos pretos e camisas brancas impecáveis, contrabalançadas por gravatas-borboleta pretas. Dois deles, o violinista e o violista, eram homens e bastante silenciosos. A violoncelista, que se apresentou como Lauralynn, pareceu ser a líder e falava pelos três. Ela era confiante, mas não a ponto de ser irritante. Era americana de Nova York e estudava música em Londres. Alta, com pernas longas, corpo de amazona, estava vestida como os homens, de camisa e gravata e um paletó preto com cauda, a frente curta para enfatizar a cintura e os quadris. Com cabelos louros e feições delicadas, ela era uma mistura curiosa de masculinidade e feminilidade no sentido tradicional das palavras, e era muito atraente.

— Vocês conhecem Dominik? — perguntei.

— Você conhece? — respondeu ela timidamente.

A expressão fugaz de diversão travessa me fez conjecturar se Dominik contara a ela mais sobre seus planos do que a mim, embora ela continuasse a desviar de todas as minhas perguntas. Acabei parando de perguntar e dei início ao ensaio. Não tínhamos muito tempo.

É uma composição um tanto intensa, um pouco sombria, mas uma escolha excelente para o ambiente, e Dominik estava certo: Lauralynn e os dois colegas tímidos a conheciam bem.

Ouvi os passos de Dominik antes de vê-lo chegando, com os sapatos batendo com intensidade no chão de pedra e o staccato se justapondo ao mi harmônico prolongado do último movimento que eu estava tirando do Bailly quando ele se aproximou do palco.

Ele assentiu para mim em aprovação e sinalizou para os músicos colocarem suas vendas.

Eles assim fizeram.

Evidentemente, ele não tinha dito a eles que eu ficaria nua durante a exibição, pois subiu no palco e sussurrou a instrução baixinho no meu ouvido. Seus lábios quase tocaram o lóbulo da minha orelha, e meu rosto se aqueceu em reação.

— Pode se despir.

Eu estava com meu vestido preto mais curto desta vez, e não com o longo de veludo, pois atraía menos atenção em transportes públicos durante o dia. Era de um ombro só, no formato do corpo e com zíper escondido. Não coloquei sutiã de propósito, para que, quando eu me despisse, se me despisse, minha pele não tivesse marcas. Quase não coloquei calcinha pelo mesmo motivo, mas mudei de ideia no último momento, e fiquei feliz por isso porque o vestido curto subiu quando dei o passo largo entre a plataforma e o metrô na estação Bank.

Dominik desceu do palco e se sentou na única cadeira posicionada à frente, encarando-me com o rosto inexpressivo sob a fachada sempre presente de educação, protegida por uma fina parede de discrição que achei que escondia uma natureza bem mais animalesca do que ele demonstrava.

O que quer que fosse necessário para arrancá-la, eu gostaria de tentar.

Respirei fundo e decidi ir em frente.

Deslizei uma das mãos pela lateral, sustentando o olhar de Dominik, e puxei o zíper.

Ficou preso.

Os olhos de Dominik brilharam enquanto eu brigava com o vestido. Droga. E aquilo era um sorriso se espalhando no rosto de Lauralynn? Será que ela conseguia me ver pela venda grossa?

Minhas bochechas arderam quando imaginei o olhar dela também no meu corpo.

Acho que fiquei da cor de um carro de bombeiros. Tinha esperanças de ao menos conseguir soltar o vestido em um movimento gracioso, como as protagonistas sempre fazem nos filmes. Eu devia ter treinado me despir em casa. Era melhor morrer a pedir a ajuda de Dominik. Por fim, tirei o vestido e fiquei ainda mais vermelha ao me dar conta de que teria que me inclinar para tirar a calcinha. Virei-me um pouco para esconder os seios, mas percebi quão tola devia parecer minha reticência, pois eu sabia que teria que tocar virada de frente para ele.

Peguei meu violino, lutei contra uma vontade repentina de usar o instrumento para esconder a totalidade da minha nudez por mais um momento e me virei, coloquei o Bailly sob o queixo e comecei. Foda-se o fato de eu estar nua e foda-se Dominik. Uma onda de irritação me sacudiu antes de a música tomar conta de mim.

Na próxima vez, se houvesse próxima vez, ele não me veria vulnerável quando eu me despisse.

A música finalmente se aproximou do final e afrouxei o toque no braço do violino. Depois o baixei e, em vez de deixá-lo à minha frente, segurei-o ao meu lado. Encarei Dominik enquanto ele batia palmas de forma deliberada e lenta, com um sorriso enigmático se espalhando no rosto. Notei que minha mão que segurava o arco tremia, eu estava um pouco ofegante e minha testa estava úmida, como se eu tivesse acabado de correr 8 quilômetros. Eu devo ter tocado com tudo, mas não reparei enquanto tocava, pois minha mente estava cheia de pensamentos sobre o Leste Europeu, Edwina Christiansen e a riqueza de histórias que devia existir dentro do Bailly.

Perguntei-me quando teria dinheiro para uma viagem. Devido a minhas dificuldades financeiras, eu não viajava pela Europa tanto quanto gostaria.

Dominik interrompeu meu devaneio com uma tosse delicada.

— Obrigado — disse ele.

Eu assenti.

— Pode ir agora. Eu levaria você até a porta, mas preciso me despedir dos seus colegas e acertar a remuneração deles. Posso confiar que você consegue achar o caminho da saída em segurança?

— É claro.

Coloquei o vestido, fingindo indiferença proposital desta vez, apesar de não sentir nada disso, e ignorei a ironia sobre encontrar a saída em segurança.

Talvez ele soubesse que quase caí na escada quando entrei.

— Obrigada — falei para os três músicos que me acompanharam, todos ainda sentados e vendados, esperando a próxima instrução de Dominik. Era evidente que ele tinha fornecido instruções precisas para todos quanto à sequência de eventos e à conduta deles.

Desejei, não pela primeira vez, saber exatamente o que ele tinha feito para que concordassem. Que efeito era esse que ele exercia sobre as pessoas? Principalmente a garota.

Lauralynn não me parecia o tipo obediente, mas exatamente o contrário.

Eu tinha reparado no modo como suas coxas abraçavam o violoncelo e lembrei como, apesar da aparente gentileza inicial no braço, ela o tocou quase com crueldade, como se estivesse arrancando melodias contra a vontade do instrumento.

Lauralynn sorriu maliciosamente de novo, diretamente para mim; desta vez, eu tinha certeza de que ela estava envolvida no planejamento ou conseguia me ver pela venda.

Peguei o estojo, me virei e andei até a saída, com a postura mais profissional que consegui. Tínhamos, ambos, cumprido nosso papel no acordo; eu tinha meu violino, ele teve seu recital nu.

Abri a porta que levava da cripta à base da escada, parei e me recostei na parede fria de pedra para organizar meus pensamentos.

Era só isso mesmo, nosso acordo estava concluído? Eu devia estar satisfeita, mas não conseguia afastar uma sensação de arrependimento. Como se eu não tivesse dado o suficiente em troca do instrumento. Charlote diria que me saí bem, mas eu me sentia incompleta de alguma forma.

Respirei fundo e subi a escada sem olhar para trás.

Cheguei ao meu apartamento em Whitechapel e fiquei feliz ao encontrar o corredor e o banheiro compartilhado vazios. Meus vizinhos tinham saído. Ótimo. Eu não precisaria conversar por educação nem me preocupar de eles desconfiarem do que eu estava planejando quando entrei no quarto para aliviar o latejar quase doloroso de excitação que me distraiu durante todo o caminho para casa.

Eu já estava com a mão entre as pernas assim que fechei a porta do quarto. Enfiei o indicador dentro de mim em busca de um pouco de lubrificação para fazer círculos rápidos em sentido horário com a ponta do dedo. Olhei meu laptop rapidamente e pensei em assistir a um vídeo do YouPorn para acelerar um pouco as coisas.

Darren odiava quando eu assistia a pornografia. Ele me pegou uma vez com uma revista que achei debaixo do colchão dele e fez cara feia a noite toda. Quando perguntei o que o havia aborrecido tanto, ele disse que sabia que as mulheres se masturbavam, mas não achava que fosse *assim*. Nunca entendi se ele ficou com ciúmes ou se apenas me achou vulgar, mas desde nosso rompimento eu passei a aproveitar minha nova liberdade para fazer o que quisesse. Ainda assim, no estado em que eu estava agora, não demoraria para chegar ao orgasmo, e encontrar um vídeo que me excitasse demoraria mais do que valia a pena. Então, repassei as aventuras da tarde na cabeça.

Lembrei-me de repente do modo como meus mamilos ficaram duros em reação ao ar frio da cripta — ou teria sido em reação ao olhar de

Dominik? E de Lauralynn? Abri a tranca da janela com a mão esquerda, sem diminuir a pressão dos dedos da direita, ainda ocupada com a tarefa. Abri o vestido com facilidade desta vez (típico) e o chutei para longe. Eu tinha colocado a calcinha na bolsa em vez de vesti-la novamente na frente de Dominik, e agora estava completamente nua exceto pelos sapatos de salto alto, apreciando o ar frio da janela aberta acariciando meu corpo.

Fechei os olhos e, em vez de cair na cama como eu costumava, eu abri as pernas e enfiei o dedo diante de uma plateia imaginária lá fora.

Foi a lembrança da última ordem de Dominik que me levou às alturas, o tom da voz quando me inclinei para desafivelar os sapatos.

— Não. Fique com eles.

Não era nem um desafio; não havia dúvida alguma na voz dele, nem a desconfiança de que eu poderia não fazer o que ele mandou, apesar de eu achar que não parecia do tipo obediente. Essa postura de autoridade, por alguma razão que não conseguia explicar, me levou a ondas de êxtase.

Gozei de repente, com espasmos maravilhosos percorrendo minha boceta, os choques resultantes aquecendo agradavelmente o resto do meu corpo.

Eu sempre fui assim, agora que pensava no assunto. Eu lembrava como o Sr. van der Vliet me excitava, o prazer que tive em me dedicar tanto às aulas dele, apesar de ele não ser bonito no sentido tradicional. Como fiquei excitada quando meu treinador de natação me disse que queria ver quanto tempo eu nadaria se ele não me mandasse parar. Como me senti quando o mestre do calabouço bateu na minha bunda no clube de fetiche.

O que significava?

Fiquei deitada na cama tentando afastar esses pensamentos da cabeça e acabei caindo em um sono agitado.

Acordei à noite, ainda perturbada. E ainda com tesão. Tentei afastar a sensação, mas não conseguia pensar em mais nada. Nem brincar sozinha aliviou minha frustração.

Pensava no tom dominador de Dominik, no seu hábito de dar instruções tão precisas. Até o modo como ele me deu o endereço da cripta me excitou. Pensei em ligar para ele e afastei a ideia imediatamente. O que eu diria?

Por favor, Dominik, me diga o que fazer?

Não. Fora a natureza ridícula dessa ideia, eu teria mais poder se não demonstrasse quanto ele tinha me afetado. Eu sabia que ele ligaria em algum momento por causa daquele breve brilho faminto nos seus olhos; ele não resistiria a inventar um novo plano. E, apesar de me irritar um pouco o fato de estar em desvantagem, eu iria gostar quando ele ligasse.

Por enquanto, precisaria encontrar outra forma de satisfazer essa nova necessidade.

Pensei novamente em ligar para Charlotte, mas ainda não estava pronta para compartilhar essa porção da minha vida.

O clube de fetiche. Era uma ideia louca, mas talvez eu pudesse ir sozinha, dar uma olhada de novo, só para ver. Eu não sabia direito o que me deu, o que era essa nova sensação de coragem, por um lado apavorante e, por outro, revigorante. Eu sempre podia ir embora se não desse certo.

Eu me senti segura lá. Não que não conseguisse cuidar de mim mesma, mas clubes do West End eram cansativos, cheios de caras bêbados e com mãos bobas em grupos que se aproximavam de todas as garotas que tentavam ir sozinhas do bar ao banheiro feminino.

Apesar ou talvez por causa da mente aberta de quem frequentava o clube de fetiche, os clientes pareceram respeitosos e não sórdidos.

Sim, era o tipo de lugar aonde eu podia ir sozinha.

Uma rápida busca no Google indicou que o clube que visitei com Charlotte só abria no primeiro sábado do mês, e era uma quinta à noite. Nenhum dos clubes grandes de fetiche estava funcionando, mas encontrei um link para um pequeno, não longe de Whitechapel se eu fosse de táxi, que se gabava do espaço do calabouço, de ter "áreas de brincadeira", o que quer que isso fosse, e de ter uma vibração íntima e simpática. Serviria. A norma de vestuário indicava que certas regras rigorosas tinham que ser seguidas. Eu teria que encontrar um traje que se encaixasse. Não queria ficar deslocada.

Eram onze da noite. A festa estaria começando. Chamei um táxi, revirei meu armário e peguei uma roupa que achei ser adequada, vesti-a e observei meu reflexo no espelho. Escolhi uma saia-lápis azul-marinho de cintura alta colada ao corpo, com grandes botões brancos na frente e atrás que prendiam suspensórios grossos, com tiras que se cruzavam atrás e, na frente, passavam retas sobre meus seios. Eu a tinha comprado em uma liquidação numa butique estilo anos 1950 na Holloway Road, no norte de Londres. Eu a havia usado no começo do ano com uma blusa branca de gola alta, um chapéu de marinheiro vagabundo, mas nada brega, e sapatos de veludo vermelho de salto para ir à festa a fantasia no aniversário do meu vizinho, cujo tema era uniforme.

Agora, eu estava usando um sutiã vermelho para combinar com os sapatos e nenhuma blusa. Será que passaria por roupa de fetiche? Lembrei-me dos trajes estranhos da noite em que saí com Charlotte e pensei que provavelmente não. Eu queria me encaixar, e, nesse caso, atrairia menos atenção se usasse menos roupas. Dei uma olhada final no espelho e tirei o sutiã. Os suspensórios esticados sobre meus seios os seguraram, cobrindo meus mamilos. Além do mais, eu já havia passado boa parte do dia pelada, não é mesmo?

Usei uma jaqueta no táxi e senti uma onda rebelde e emocionante de liberdade ao pensar que estava seminua por baixo dela.

Uma garota de cabelos escuros, jovem, simpática e com piercing no nariz recebeu o valor da entrada na recepção. Reparei que ela tinha uma pequena tatuagem de lágrima debaixo do olho esquerdo quando pediu que eu esticasse o pulso para carimbar minha entrada. Eu me perguntei que outros segredos ela esconderia sob o paletó estilo smoking de látex.

Látex. Talvez eu economizasse um pouco para investir em alguma peça se eu fosse transformar isso em hábito, apesar de eu não saber bem se gostaria dessa borracha brilhosa. Charlote teve grande dificuldade para botar e tirar o vestido, e eu sentia que não conseguir me despir seria algo problemático para mim e meus desejos.

Prefiro encarar situações novas e incertas sóbria, mas parei no bar para tomar uma bebida e avaliar o local.

Com um Bloody Mary com o toque perfeito de tempero na mão, passei no meio da pequena pista de dança, ocupada não por dançarinos, mas por alguns frequentadores conversando, e segui para o calabouço. A entrada estava aberta. Era um aposento perto do bar, mas escondido de quem estava na pista de dança por dois biombos verdes médicos, do tipo que se encontra ao redor de leitos de hospital. Interessante.

A maior parte dos frequentadores estava no calabouço. Alguns, em assentos nas extremidades, conversavam baixinho; outros estavam de pé mais perto da ação, mas a alguns passos dos participantes. Alguns avisos, impressos em papel branco A4, estavam espalhados nas paredes do aposento. "Não interrompa uma cena", dizia um, e outro, com apenas duas palavras, dizia: "Pergunte. Primeiro." Os avisos me deixaram estranhamente à vontade.

Várias duplas de "participantes" e um trio estavam envolvidos em atos de vários graus de violência consensual (ou ao menos eu supunha), com o uso de diferentes instrumentos e equipamentos. Minha atenção foi imediatamente atraída pelos sons no salão, o golpe regular de uma vara, o som mais suave de um flogger de muitas pontas, como o que Mark usara, o modo como o som e o ritmo mudavam de acordo com os movimentos do executor e da ferocidade aplicada por cada indivíduo.

Nem me dei conta do quanto tinha chegado perto do trio, dois homens batendo em uma terceira pessoa que a princípio pensei ser outro homem, devido ao corpo quadrado e à cabeça completamente raspada. Mas depois pensei ter visto a curva de seios pressionados contra o acolchoado da cruz, e ouvi o tom agudo de um gemido feminino. Homem, mulher, talvez nenhum dos dois, talvez um pouco de cada. Uma criatura bonita, e o que o gênero significava, afinal? Não muito aqui. Esqueci os avisos nas paredes e cheguei mais perto para ver melhor. Ainda era chocante para mim, de certo modo, mas ao mesmo tempo totalmente envolvente.

Senti a mão de alguém vinda de trás tocar de leve meu ombro e uma voz no meu ouvido.

— São adoráveis, não são? — sussurrou a voz.

— São.

— Não chegue perto demais. Você pode tirá-los do transe.

Olhei o trio de novo. Eles pareciam estar perdidos em outra dimensão, um lugar que ainda era o salão, mas que, ao mesmo tempo, não fazia parte dele. Como se cada um estivesse no meio de uma viagem pessoal.

Onde quer que eles estivessem, eu queria me juntar a eles.

O dono da voz talvez tenha sentido meu desejo.

— Você gostaria de brincar? — disse a voz.

Hesitei por um momento. Nem tínhamos sido apresentados, e ele, ou ela, foi tão direto. Por outro lado, talvez fosse exatamente o que eu precisava, e ninguém jamais saberia.

— Gostaria, sim.

A mão pegou a minha e me guiou até um equipamento livre no aposento, outra cruz.

— Tire a roupa.

Meu corpo reagiu à ordem imediatamente; foi quase a mesma instrução que Dominik usou, e fui logo inundada de desejo, luxúria pura, mas também anseio por alguma coisa mais do que isso. Eu só ainda não sabia direito o quê.

Tirei os suspensórios, libertei meus seios e baixei a saia, sentindo mais uma vez a emoção de saber que estranhos estavam me observando, apreciando o show. Abri os braços e as pernas na cruz, completamente nua de novo pela terceira vez no mesmo dia. Isso estava se tornando um hábito.

Uma tira de couro foi presa ao redor de cada um dos meus pulsos e apertada, mas não de maneira desconfortável. Desta vez, não me foi dada nenhuma "palavra de segurança", nem algum gesto. Ah, bem. Meu parceiro misterioso parecia ser experiente o bastante, se confiança pudesse ser considerada sinal disso, e, se a coisa passasse dos limites, eu gritaria "pare". Eu só tinha tomado uma bebida, minhas faculdades mentais estavam funcionando perfeitamente e eu estava em um aposento cheio de pessoas que poderiam intervir se necessário.

Eu relaxei encostada na cruz e esperei que os golpes chegassem.

E chegaram.

Com mais força desta vez, bem mais força que minha última "surra" e sem as carícias reconfortantes na bunda que seguiam a cada pancada de Mark, apagando parte da dor. Sufoquei um grito, e meu corpo balançava a cada explosão de força que chegava não só à minha bunda, mas também às laterais das minhas costas. Ele, ou ela, eu não sabia bem qual dos dois, nem tinha tentado descobrir, por preferir manter a experiência anônima, devia estar usando algum acessório ou instrumento, mas eu não tinha certeza de qual. Parecia um flogger, mas era muito sólido e duro, bem mais duro do que as tiras macias e moles de couro presas ao cabo curto.

Meus olhos se encheram de lágrimas, que desceram pelo meu rosto, e me dei conta de que, quanto mais eu contraía o corpo e lutava contra o impacto, mais doía.

Assim, relaxei. Tentei encontrar aquele lugar, fosse lá qual fosse, para onde os outros pareciam ir. Imaginei meu corpo derretendo sob a mão, o flogger, ou qualquer objeto que estivesse me atingindo. Ouvi o som ritmado da música do meu parceiro, a dor acabou diminuindo e a sensação de paz se espalhou enquanto eu me tornava parte da sua dança, e não vítima.

Pouco depois, as tiras em torno dos meus pulsos se afrouxaram. Uma carícia delicada percorreu as partes surradas da minha pele, ardendo um pouco a cada toque.

Uma risada leve, outro sussurro no meu ouvido, e a voz desapareceu de novo no meio da multidão.

Fiquei ali de pé, esticada e imóvel na cruz não sei por quanto tempo, até que consegui me soltar, me vestir e chamar um táxi para ir para casa.

Eu tinha conseguido o que queria.

Não tinha?

Tive aquela sensação de paz, de desaparecer em outra dimensão, essa outra consciência que fora meu refúgio, meu lar de uma maneira ou de outra, pelo tempo que eu conseguisse lembrar.

De volta ao meu apartamento, caí na cama e, apesar da pele latejante, dormi melhor do que em semanas.

Só na manhã seguinte, no espelho do banheiro, reparei nos hematomas.

Um padrão quase belo de marcas em vários tons fazia uma linha abaixo da minha lombar e nas laterais, e uma inspeção mais de perto no espelho de corpo inteiro no meu quarto revelou o leve contorno da mão em um dos lados do meu traseiro.

Porra.

Eu esperava que Dominik demorasse alguns dias para ligar de novo.

6

Um homem e sua luxúria

Dominik dirigiu em transe, com a mente voltando sem parar para cada momento daquela tarde. No piloto automático, ele guiou o BMW cinza pelo labirinto de ruas que cercavam Paddington, a fim de se aproximar lentamente de Westway.

A cor da pele dela.

A palidez sobrenatural. Os milhares de tons viajando em velocidade subatômica entre branco e branco, com microscópicos tons de rosa, cinza e uma forma embotada de bege pedindo em uníssono permissão para um dia de sol. A intrincada geografia de pintas e pequenas marcas espalhadas pela geografia da pele. O modo como a luz artificial da cripta realçou-lhe as curvas, dançando sobre a superfície, iluminando as áreas de escuridão. O brilho dos músculos sob a fina proteção da pele, os tendões nas panturrilhas quando ela se mexia imperceptivelmente para alcançar outra nota, o modo como a parte arredondada do violino roçava no pescoço. A velocidade dos dedos navegando nas cordas enquanto a outra mão mexia vigorosamente o arco firme, que atacava o instrumento como um guerreiro em fuga.

Ele quase perdeu a saída, e teve que afastar as lembranças por um momento ao fazer uma curva fechada, o que resultou no motorista de um Fiat apertando a buzina por não aprovar sua manobra repentina.

Sempre disseram a Dominik que ele tinha era cara de pau e que raramente traía seus sentimentos em público, muito menos em situações mais íntimas. Ele assistira ao recital em estado de oração silenciosa, com o rosto impassível como uma máscara, observando, atento à música e a todas as suas nuances sutis. Registrando os movimentos dos músicos enquanto eles faziam seu trabalho delicado, vestidos de branco e preto, exceto, é claro, ela, despida. Summer.

Foi como um ritual. Uma sinfonia de contrastes entre os ternos escuros e as camisas brancas formais e a audaciosa nudez do corpo de Summer, enquanto ela literalmente lutava contra o instrumento para extrair cada nota, cada trecho de melodia da música, montando-a, domando-a. Em determinado ponto, uma pequenina gota de suor rolou pela ponta do nariz, caiu sobre um dos mamilos marrom-claros e eretos, e encerrou sua breve vida no chão duro de pedra da cripta a poucos centímetros dos sapatos de salto, que ele a mandara não tirar.

Talvez o ritual tivesse sido mais excitante, pensou Dominik, se ele lhe tivesse pedido que usasse um par de meias sete oitavos. Pretas, é claro. Talvez não.

Ele observara tudo com uma mistura de desejo ardente e contenção correndo sob o escudo de sua própria pele. Como um grande inquisidor em um banquete especial, em aparência de suprema indiferença, ao menos seria a opinião de qualquer hipotético observador, mas na verdade febrilmente envolvido, com sua mente correndo em todas as direções, seu pensamento uma confusão louca e informe, olhando, examinando, avaliando, questionando. Tudo com o gracioso acompanhamento dessas melodias imortais que o quarteto improvisado tocara tão bem, evocando imagens e palavras como as melhores músicas sempre fazem.

O formato dos seios dela, a delicadeza do tamanho, o leve vale que os separava, o crescente escuro sob eles como uma promessa de mais segredos, a fenda em miniatura que era seu umbigo, com sua caverna vertical apontando como uma seta para o território de seu sexo.

Ele gostava do fato de que, ao contrário de tantas outras jovens modernas, ela não estava completamente depilada lá embaixo, e sim com uma fina camada de cachos pubianos aparados em tons escuros de castanho-avermelhado, como uma barreira necessária a seu bem mais precioso. Ele já havia decidido que um dia a depilaria. Ele mesmo. Mas guardaria isso para um dia muito especial. Uma cerimônia. Uma comemoração. O rio Estige além do qual ela ficaria para sempre ainda mais nua para ele. Aberta. Exposta. Dele.

A solidez daquelas coxas, o comprimento das panturrilhas, as cicatrizes infinitesimais em um dos joelhos (sem dúvida herança de alguma queda na infância), a surpreendente cintura estreita como se ela fosse um líquido derramado dentro de um espartilho vitoriano e colocado na doce prisão da sua pele.

A rua agora subia por Hampstead e o carro passou por uma cobertura de árvores baixas. Dominik respirou fundo, arquivando mentalmente cada som e cada imagem sedutora que vivenciara, criando um álbum de lembranças de emoções para os dias ruins.

Agora em ruas familiares, ele distraidamente se lembrou do leve sorriso nos lábios da violoncelista loura, cujo nome não recordava mais, quando ela ajustou a venda preta de veludo e lançou um olhar final para ele antes de mergulhar na escuridão pessoal. O brilho nos olhos dela dava a impressão de que ela sabia o que estava prestes a acontecer, como se tivesse adivinhado a natureza dos seus planos. Ele até pensou brevemente que ela piscara para ele, cúmplice, maliciosa.

Além disso, lembrou-se de como o rosto de Summer viajara por um espectro cor-de-rosa quando chegou a hora de se despir, depois que a vista dos outros músicos foi coberta, do modo como se virou de costas para ele para tirar a calcinha, exibindo a bunda pálida e redonda em toda a sua majestade e a fenda no traseiro quando se inclinou, revelando um estreito vale de sombras. Em seguida, ela se virou para encará-lo e passou o violino rapidamente em frente aos genitais, como se quisesse escondê-los de Dominik, apesar de saber muito bem que teria que tocar de pé e não estaria em posição de esconder suas partes íntimas por muito tempo.

Dominik já sabia que se esbaldaria com esses fragmentos por bastante tempo. Quando parou na entrada da garagem, olhou a própria calça. Estava rijo.

Dominik se serviu de água com gás e se sentou na cadeira preta de couro do escritório, com os pensamentos em Summer enchendo sua cabeça.

Suspirou e tomou um gole d'água, deliciosamente fria em sua língua.

Imagens de Summer tocando nua se misturavam ligeiramente em sua tela imaginária com outras de Kathryn embaixo dele em uma cama, no chão, contra uma parede. De fazer amor, de foder, do brilho do suor na pele, de lembranças, da dor, do prazer.

Ele lembrou a maneira como, certa vez, um som gutural tanto de repulsa quanto de expectativa passou pelos lábios dela quando ele a penetrou por trás, com o foco, como sempre, pornograficamente na flor que era o cu dela e com pensamentos de sodomia enevoando sua mente já perturbada. O som agira como gatilho e ele bateu no traseiro dela com força, duas vezes seguidas, com tanta força que, poucos segundos depois, a marca vermelha da mão apareceu como uma Polaroid ganhando vida sobre a pele branca e delicada do traseiro dela. Ela gritou de surpresa. Ele repetiu a agressão, dessa vez do outro lado, enquanto sentia os músculos da boceta apertando como um torno ao redor do pau penetrante, uma traição óbvia demais do efeito que os tapas exerceram sobre ela.

A questão era que ele nunca batera em uma mulher antes, nem de brincadeira nem de raiva. Nunca sentira a necessidade nem pensara nisso. Também não tinha levado palmadas durante o sexo, ou alguma perversão menor. Ele sabia que a prática era popular. Muitos romances vitorianos em que havia envolvimento entre patrão e serviçais estavam cheios disso, e não escapou à atenção dele que atores de pornô hard-core levavam a mão regularmente à bunda das parceiras nos espasmos de uma foda, mas ele supunha que era uma convenção, uma coisa que muitos faziam quando encaravam a câmera para aliviar a monotonia do movimento de ida e vinda dos genitais em batalha.

Mais tarde, ele perguntou a Kathryn:

— Doeu?

— Nem um pouco.

— É mesmo? Mas você gostou?

— Eu... não sei. Foi parte do momento, eu acho.

— Não sei bem por que fiz aquilo — admitiu Dominik. — Simplesmente fiz. Impulsivamente.

— Não tem problema — disse Kathryn. — Não me importei.

Eles estavam no chão do escritório, deitados sobre o tapete, ainda recuperando o fôlego.

— Vire-se — pediu ele. — Quero ver.

Ela mexeu o corpo, apoiou-se na lateral e ofereceu a ele a visão de sua bunda magnífica. Dominik observou. A marca da sua mão na pele de Kathryn tinha quase desaparecido. O modo como as marcas do sexo desaparecem tão rapidamente do corpo e como nunca dá para saber o que elas estavam fazendo em particular depois que estão vestidas e incorporando sua identidade convencional e civil, tudo isso sempre o desnorteou. Como se, lá dentro, ele quisesse que as pessoas ficassem marcadas pelo sexo que compartilharam, que aquilo estivesse escrito em seus rostos. Fosse como fosse, o contorno de seus dedos abertos agora era apenas uma lembrança no traseiro de Kathryn.

— A marca da minha mão quase sumiu.

— Que bom — disse ela. — Teria sido bem estranho tentar explicar pro meu marido se ela ainda estivesse aí!

Mais tarde, durante o curto caso deles, na única ocasião em que ele conseguiu roubar Kathryn do marido durante um fim de semana inteiro, usando o pretexto para se entocar em um quarto de hotel em frente ao mar em Brighton, sem nunca ver a luz do dia e a praia, ele marcou a bunda dela com selvageria e ela reclamou de uma dor forte e insistente quando teve que se sentar para comer em um restaurante ali perto. Dominik ficara surpreso pela natureza compulsiva da forma como a espancara e sentiu uma breve vergonha, pois a violência contra as mulheres o enojava. Ele nunca tinha pensado em bater em uma parceira antes. Agressor e agredida, era isso que eles estavam virando? De onde viera essa compulsão para dominar, para expressar as profundezas de seu desejo de modo violento?

Mas Kathryn nunca fizera objeção.

Isso continuou a surpreendê-lo bem depois de eles se separarem. A pergunta não respondida em sua mente era o que ela sentia quando ele fazia aquilo.

Ele abriu o zíper da calça e se libertou por fim, reparando no fino padrão de veias que percorria o comprimento de seu pau duro como pedra, nos sulcos abaixo da cabeça do pênis, no tecido na área da circuncisão feita na infância e em tons mais escuros de carne contornando a parte superior da haste. Pensou na visão pálida da bunda frágil e bem-torneada de Summer quando ela se despiu, antes de mergulhar na música.

Colocou os dedos ao redor do pênis e puxou. Para cima, para baixo, para cima, para baixo.

Imaginou silenciosamente o bater de suas bolas na bunda firme de Summer e o som que suas mãos fariam a cada contato intenso e seco, o modo como a pele dela tremeria sob cada impacto repetido, que melodias privadas isso extrairia forçadamente dos pulmões dela e que soariam por seus lábios repuxados.

Ele fechou os olhos. Sua imaginação agora estava a toda e preenchia o tamanho de uma tela IMAX.

E gozou.

Sim, Dominik sabia que, quando a hora chegasse, ele certamente bateria em Summer Zahova, sua violinista, mas só se bate nas mulheres por quem ainda se sente tesão depois da foda inicial. As que você deseja muito. As especiais.

Dominik mal esperou 48 horas para voltar a fazer contato com Summer. Ele pensava ininterruptamente nos encontros anteriores dos dois. O instinto lhe dizia que ela não tinha embarcado nessa aventura ambígua apenas por causa do violino, o Bailly *vintage* caro que ele lhe deu e cujos tons cristalinos dominaram a tarde na cripta com claridade intensa e melodiosa. Isso, ou o que isso estava se tornando, não era apenas uma transação entre benfeitor e beneficiária, vendedor e comprador, um homem cheio de luxúria e uma jovem com atitude flexível quanto à moralidade. Ele viu alguma coisa nos olhos dela desde o primeiro momento em que se encontraram. Uma curiosidade, um desafio silencioso, uma disposição de assumir riscos nada razoáveis na busca de manter a chama interior acesa. Pelo menos, foi assim que Dominik explicou a si mesmo as palavras e os gestos dela, e a forma como aceitou facilmente suas exigências nada convencionais. Ela não era uma puta amadora fazendo isso pelo dinheiro ou pelo violino.

É claro que ele a desejava. Muito. O modo como ela tocou para ele, nua, com apenas aquela sombra de rubor se espalhando pelas bochechas quando se despiu, até que o divino fluxo da música acabou com as reservas finais e, de pé, tocou com orgulho exibicionista. Era inegável. A leve curva dos lábios dela durante a performance especial traiu sua entrega. Ela se sentiu em paz consigo mesma, flutuando em uma parte privada e estranha de sua mente durante todo o show, sem perceber o local e as circunstâncias. Ela tinha se excitado.

Dominik agora sabia que queria mais do que levá-la para a cama.

Aquilo seria apenas o começo da história.

Ele acabou ligando para ela no final da manhã de sábado, quando sabia que ela estaria no emprego de meio período no restaurante de Hoxton. Queria que a conversa fosse breve; não queria dar a ela a oportunidade de fazer perguntas. Sem dúvida seria um horário movimentado lá.

O telefone tocou várias vezes antes de Summer atender.

Ela pareceu apressada.

— Sim?

— Sou eu. — Dominik sabia que não precisava mais dizer o nome.

— Eu sei — disse ela calmamente. — Estou no trabalho. Não posso demorar.

— Sei disso.

— Eu achei que você ligaria.

— Estava esperando?

— Sim.

— Quero que você toque para mim de novo.

— Entendo.

— Você vai estar disponível na segunda. Que seja no começo da tarde. — Dominik, seguro da disponibilidade e da disposição dela, já havia feito os planos. — Mesmo lugar.

Eles combinaram o horário.

— Nesta ocasião, você tocará sozinha.

— Certo.

— Estou ansioso para que chegue logo.

— Eu também. Devo preparar alguma música em particular?

— Não. Pode escolher o que quer tocar. Quero me encantar.

— Ótimo. O que devo vestir?

— Mais uma vez, a escolha é sua, mas use meias pretas por baixo. Sete oitavos.

— Pode deixar.

— E os sapatos pretos de salto.

As imagens na mente dele já estavam se materializando.

— É claro.

Ele pegara as chaves da cripta na noite anterior e pagara um suborno alto ao zelador para garantir que, mais uma vez, não houvesse funcionários por trás da porta fechada durante o tempo que passariam lá.

Dominik desceu pela escada íngreme e estreita e empurrou a porta. O aroma abafado da área subterrânea o atingiu, seguido de um substrato delicado de cera, lembranças apagadas de velas queimadas e devoções há muito esquecidas. Ao olhar para a escuridão, ele passou a mão contra a parede de pedra fria, primeiro do lado esquerdo e depois do lado direito, e acabou por encontrar o interruptor. Tinha esquecido, desde o recital anterior, que o interruptor ficava do lado errado da porta. Ele deslizou o botão de plástico para cima, pelo vão estreito, até a cripta ser tomada por um delicado véu de luz, não com intensidade total, mas discreto, aveludado, no nível certo para a ocasião. Dominik sempre fora uma pessoa organizada, precisa, atenta aos detalhes, e aquele era um ritual que ensaiara infinitamente em pensamento desde sua breve conversa com Summer no sábado, quando os planejamentos de hoje foram concluídos.

Depois de olhar o relógio, um caro Tag Heuer de prata, ele carregou apressadamente algumas cadeiras isoladas que estavam espalhadas pela cripta e as empurrou contra a parede dos fundos. Tinha que ficar perfeito. Olhou o teto e reparou em uma linha de pequenos refletores. Andou até o fundo da cripta e pegou uma das cadeiras, levou para o centro, subiu nela, com cuidado por conta da instabilidade no piso irregular de pedra, e ajustou a posição do refletor do meio para que brilhasse sobre uma área em particular. Para aumentar o efeito, desenroscou levemente duas das outras lâmpadas em cada extremidade da fileira. Sim, agora funcionaria bem melhor.

Ele olhou o relógio. Summer estava alguns minutos atrasada.

Ele flertou brevemente com a ideia de chamar a atenção dela por isso e com a possibilidade de infligir alguma punição por essa infração, mas, quando ouviu a delicada batida na porta de madeira, decidiu que era melhor não.

— Pode entrar — gritou ele.

Ela estava usando o vestidinho preto de novo, com um xale de tricô cinza cobrindo os ombros e os braços, segurando com firmeza a alça do estojo do violino com uma das mãos. Os saltos a faziam parecer mais alta.

— Me desculpe — disse ela. — Houve atrasos na linha Jubilee.

— Não tem problema — disse Dominik. — Temos todo o tempo do mundo.

Ele olhou nos olhos dela. Ela sustentou o olhar, tirou o xale e procurou um local para colocá-lo, não querendo deixar no chão.

— Aqui — sugeriu Dominik, e esticou as mãos.

Summer entregou-lhe o xale. A lã ainda estava quente do contato com seu corpo. Ele desavergonhadamente levou-o até o nariz e o cheirou, procurando o aroma dela, alguma coisa verde, pungente e distante no fundo da fragrância. Enquanto ela observava, Dominik virou as costas para ela e levou a peça delicada até uma das cadeiras que havia deixado contra a parede dos fundos.

Ele andou em direção a ela.

— O que você vai tocar? — perguntou.

A resposta dela foi hesitante.

— Na verdade, é um certo improviso, baseado na abertura *Fingal's Cave*. Sou grande fã do concerto para violino de Mendelssohn, mas é muito técnico e ainda não domino seus detalhes. O que vou tocar tem as mesmas melodias maravilhosas, e ao longo dos anos venho brincando com os sons, apesar de ter sido escrito para uma orquestra, e não para um violino solo. Espero que não se importe de eu não permanecer em um repertório estritamente clássico.

— Não tem problema — comentou Dominik.

Summer sorriu. Durante o dia anterior, ela sofrera com a escolha da música que tocaria.

Ainda a poucos metros da porta de madeira que levava à cripta, ela olhou para a frente e reparou em como Dominik tinha posicionado a iluminação, no modo como o refletor lançava um círculo de luz branca incandescente no piso de pedra, e se deu conta de que ali seria seu "palco", onde ele queria que ela tocasse hoje.

Deu alguns passos naquela direção. Dominik a seguiu com os olhos, alerta aos movimentos, à maneira como as pernas dela dançavam elegantemente sobre o chão apesar da evidente inadequação dos saltos às pedras irregulares da cripta.

Assim que Dominik abriu a boca para dar as instruções seguintes, Summer colocou o estojo do violino delicadamente no chão e abriu o zíper lateral do vestido preto.

Dominik sorriu. Ela previra sua ordem, adivinhara que ele queria que ela tocasse nua de novo, apesar de não haver outros músicos ao seu lado desta vez. Nesta ocasião, ele seria a única pessoa vestida.

O vestido escorregou para o chão e exibiu o tronco de Summer. Em seguida, com um rápido movimento de quadris, Summer fez com que ele descesse por suas pernas e caísse no chão, enrugado como um acordeão aos seus pés.

Ela não estava usando calcinha.

Só as meias pretas que iam até o meio das coxas leitosas.

E os sapatos de marca de saltos de 12 centímetros. Ele concluiu que Summer tinha poucas roupas de classe.

Ela olhou para a frente, diretamente para Dominik.

— Era isso que você queria.

Não era uma pergunta, apenas uma constatação.

Ele concordou.

No círculo de luz, ela ficou de pé com as costas eretas, orgulhosa, consciente do modo como estava audaciosamente se exibindo. Nos termos dela, mais do que nos dele.

Mais uma vez, o frio impregnado nas velhas pedras da cripta começou a envolver seu corpo; seus mamilos ficaram duros e sua boceta ficou úmida.

Dominik prendeu a respiração.

— Venha aqui — ordenou ele.

Summer hesitou por um breve momento, mas saiu do estreito círculo de luz onde estava em inconfundível exibição e seguiu na direção dele. Enquanto se movia lentamente, Dominik notou, na penumbra, uma linha fina na lateral do corpo dela, uma leve vermelhidão ligando a curva do traseiro à fina cintura. Ele apertou os olhos, pensando a princípio ser apenas uma sombra conjurada quando ela saiu da área de luz que ele montara para uma sombra convidativa. Não, definitivamente havia alguma espécie de marca na pele dela que ele não percebera quando ela virou de costas para ele e tirou o vestido depois que os alunos de música estavam vendados. Hoje, ela estava completamente de frente o tempo todo.

Dominik franziu a testa.

— Vire-se — disse ele. — Quero ver suas costas.

Summer prendeu a respiração. Ela sabia que ainda havia marcas visíveis em seu traseiro, desde o dia do clube. Tinha observado pelo espelho mais cedo, quando tomou banho ao se arrumar para o recital. Não tinha se dado conta de que não sumiriam a tempo para a apresentação de hoje. Era por isso que ela tinha tomado o cuidado de não expor o traseiro para ele quando se despiu. Teve uma longa sensação de apreensão, incerta de qual seria a reação dele, apesar de parte dela querer exibir com orgulho as marcas de sua infâmia.

Ela suspirou e fez o que ele mandou.

— O que é isso? — perguntou ele.

— Marcas — respondeu ela.

— Quem as fez em você?

— Uma pessoa.

— Essa pessoa tem nome?

— Não sei. Um nome significaria alguma coisa para você? Eu não me apresentei. Não quis.

— Doeu?

— Um pouco, mas não por muito tempo.

— Você é masoquista?

— Normalmente, não. Eu... — Summer fez uma pausa, gaguejou, pensou. — Não fiz pela dor.

— Por que, então? — Dominik prosseguiu com o interrogatório.

— Preciso da... emoção...

— Quando? — perguntou ele, apesar de achar que já sabia a resposta.

— Logo depois que toquei para você naquele dia com o quarteto — confirmou ela.

— Então você tem uma tara por dor? — perguntou ele.

Summer sorriu com a descrição. Já havia escutado Charlotte dizer isso quando estava descrevendo algumas das suas conhecidas do clube.

Ela parou, pensou, considerou. Será que tinha mesmo uma tara por dor? Já tolerara e até apreciara a dor em alguns momentos, mas, nessas ocasiões, a dor fora apenas o veículo, o meio para transportá-la para aquela outra dimensão, não a motivação da experiência.

Ao pensar nisso, Summer sentiu que atingira um ponto sem volta e sabia que Dominik achava o mesmo. Instintivamente, empertigou as costas e exibiu os seios firmes. Conseguia senti-lo examinando as linhas finas e os leves hematomas espalhados sobre sua bunda, a tatuagem temporária que traía sua devassidão íntima.

Dominik ponderou, e o ritmo regular de sua respiração era como um suave sibilar na atmosfera pesada da cripta.

— Isso foi mais do que alguns tapas — comentou ele.

— Eu sei — disse Summer.

— Chegue mais perto.

Summer caminhou alguns centímetros mais nas pontas dos pés até estar bem ao lado dele, com o calor do corpo de Dominik chegando a ela através das roupas.

— Incline-se.

Ela obedeceu, consciente do espetáculo que estava oferecendo.

— Abra as pernas.

Agora ele conseguia ver não só as marcas, mas também sua intimidade.

Ela sentiu a mão dele no lado esquerdo da bunda, a princípio como uma carícia gentil enquanto ele explorava a superfície da pele, como uma luva áspera percorrendo suas curvas. A mão estava bem quente.

Mas a pele dela também estava.

Ele demorou um tempo, seguindo as linhas paralelas cor-de-rosa que cruzavam os dois lados da bunda, cutucando as ilhas de hematomas isolados marrons e amarelados.

Um dedo desceu lentamente pelo vão do traseiro dela, sem tocar o esfíncter pulsante exposto enquanto ela prendia a respiração, deslizando pelo períneo, o que a fez dar um pulo, e com lenta deliberação chegando à entrada. Ela sabia o quanto já estava úmida naquela parte e não sentiu vergonha de estar tão obviamente exposta, tanto psicológica quanto mentalmente. E daí que ela achava o toque de Dominik, suas palavras e seu jeito excitantes? E daí?

A mão se afastou.

Por um momento, a perda de contato foi insuportável. Ele não ia parar, ia? Será que podia ser tão cruel? Será que ela desejava tanta crueldade?

— Você gosta disso, não gosta?

Summer permaneceu em silêncio, em guerra com o desejo de contar a ele o quanto realmente gostava.

— Diga-me. — A voz no ouvido dela não era mais que um sussurro.

— Gosto — disse ela por fim. — Gosto, sim.

Dominik deu um passo para trás e andou ao redor dela de novo. Ele iria devagar desta vez. Observou o corpo dela com atenção, notou o calor primitivo que emanava dela. Ela estava quase suando, apesar do frio. Ele reparou no modo como as palavras dele pareciam afetá-la.

Interessante, pensou Dominik.

— Por quê?

— Não sei.

Ele a pressionou ainda mais.

— Diga-me o que deseja.

As pernas de Summer estavam doendo agora, mas ela não se mexeu. Permaneceu na mesma posição, apreciando as pequenas correntes de ar que percorriam seu corpo enquanto Dominik continuava a andar ao redor dela, chegando mais perto, mas nunca tocando sua pele.

— Diga o que quer, Summer.

— Quero que você me toque.

Ela falou baixo, mas Summer sabia que Dominik conseguia ouvi-la. Será que ele ia mesmo fazê-la implorar?

— Mais alto. Fale mais alto.

Sim, parecia que ia.

O corpo dela se moveu imperceptivelmente em reação às palavras dele. Sinais de excitação minúsculos, porém inconfundíveis, pensou ele. Ela pediria que ele a comesse.

Disso ele tinha quase certeza. E não estava com pressa.

Dominik esperou.

— Me toque. Por favor.

Finalmente.

Ele deu um passo para trás, satisfeito com o desespero, a necessidade na voz dela.

— Primeiro, você vai tocar.

O corpo de Summer tremeu de desejo frustrado. Ela empertigou a coluna lentamente, sabendo que ele estava brincando com ela, incapaz de se defender.

Ela voltou para o círculo de luz e se virou para encará-lo.

— Uma improvisação sobre os temas de *Fingal's Cave*, de Mendelssohn — disse ela, fazendo uma reverência delicada na direção dele.

Summer dobrou os joelhos e, com toda a graça que conseguiu reunir naquele estado de nudez, esticou a mão para pegar o estojo do violino que tinha colocado no chão. Ainda um pouco abaixada, ela o abriu e pegou o Bailly.

Ela sabia que o olhar de Dominik estava grudado em suas genitais, como se o voyeur que existia dentro dele estivesse com esperança de que, quando ela se abaixasse, os lábios da boceta fossem se abrir um pouco e entregar a crescente umidade. Com esse mero pensamento, a temperatura corporal dela se elevou, afastando o frio da cripta.

O verniz amarelo-alaranjado do instrumento antigo quase brilhou sob o raio de luz concentrado no qual Summer estava. Ela ajustou a pegada no arco e se entregou à música de olhos fechados.

Cada vez que tocava essa música em particular, ela imaginava ondas batendo contra a orla rochosa dos fiordes escandinavos, com espuma se elevando como uma névoa no ar contra um fundo de céu cinzento e com vento. Para Summer, cada música tinha uma paisagem, e era para esses lugares que ela se transportava quando tocava, levada por ventos exóticos nas jornadas da mente. Ela sabia que a gruta de Fingal do mundo real ficava na área da Calçada dos Gigantes, mas não conhecia nenhum dos dois lugares na vida real. Às vezes, a imaginação era uma recompensa suficiente.

Ela sentiu sua respiração ofegante diminuir, seu corpo relaxar. O tempo parou.

Além da parede hipnótica da música e da cegueira voluntária, para a qual não precisava de venda, ela conseguia sentir a presença de Dominik. O som de seu silêncio, o som distante e mudo de sua respiração. Ela sabia que ele a estava observando, não apenas ouvindo cada nota à qual ela dava vida, mas ciente de que seus olhos penetrantes estavam viajando pela geometria de seu corpo como um explorador investiga terras não mapeadas, prendendo-a a esse mapa imaginário como um lepidopterologista toma posse de uma borboleta, apreciando a vulnerabilidade da nudez, a dádiva do corpo dela.

Por fim, com um movimento supérfluo de pulso cheio de exibicionismo, Summer concluiu sua improvisação. Houve ainda um instante de som, quando a melodia continuou a ecoar entre as paredes de pedra, antes que o silêncio total retornasse, um silêncio tão profundo que ela pensou, por um instante, estar sozinha na cripta. Mas, quando abriu os olhos, viu Dominik, parado no mesmo lugar onde ela o vira pela última vez, imóvel, com um leve sorriso de prazer colorindo seus lábios.

As mãos dele se elevaram e ele aplaudiu lentamente, com deliberação e apreciação.

— Bravo — disse ele.

Summer balançou a cabeça, aceitando o elogio como se estivesse em um palco.

Ela se inclinou para colocar o precioso violino no piso de pedra, ciente do fato de que seus seios balançariam, ganhariam vida.

Olhou para Dominik de novo, esperando mais palavras, mas ele permaneceu em silêncio.

Os lábios dela estavam muito secos e ela passou a língua por eles. Pensou que o calor que irradiava de seu corpo devia formar uma espécie de aura ao redor dela, como um extraterrestre em um filme de ficção científica ou um cientista nuclear que acabou de ser contaminado por lixo radioativo após uma catástrofe atômica.

— Fantástico — comentou Dominik.

— Eu ou a música? — perguntou Summer, com sarcasmo.

— Ambas.

— É gentileza sua — disse ela. — Posso me vestir agora?

O olhar dele não hesitou.

— Não.

Com a graça e a ameaça latente de uma pantera caçando a presa, Dominik andou em direção a ela. Summer ergueu o olhar, e seus olhos se encontraram. Cara a cara, ela não saiu de sua posição e sentiu mais uma vez ondas de calor excruciantes devido à proximidade dele.

Dominik segurou o ombro dela, girou-a e a empurrou, de forma que ela ficou de frente para a parede da cripta. Colocou uma das mãos na lombar dela para acentuar o arco formado pela pélvis e pela bunda arrebitada.

O toque dele enviou um relâmpago de prazer pelo corpo de Summer.

Ela queria virar a cabeça e fitá-lo, mas sabia que ele não aprovaria. Seus olhos estavam fixos no chão de pedra, com uma visão turva e invertida do delta de suas pernas abertas e dos lábios protuberantes da boceta na periferia da visão.

Ela ouviu um movimento, tentou interpretar o som e, antes que entendesse o que estava acontecendo, sentiu o calor do pau dele contra sua fenda, tão perto, quase encostando. Ele não devia estar a mais do que um fio de cabelo de distância.

Se Summer ajustasse sua posição bem de leve, se empurrasse o corpo para trás um pouco, ela o sentiria dentro dela. Mas ele ainda não tinha pedido que ela fizesse isso.

— É isso que você quer? — perguntou Dominik. — Diga-me.

— É — sussurrou ela. Não tinha certeza de sua capacidade de segurar um gemido se falasse mais alto.

— É o quê?

Summer não conseguia mais esperar. Ela apertou o corpo contra ele, mas, mal tinha se movido, nem tinha sentido direito a cabeça pulsante em sua entrada, quando, em um movimento rápido, Dominik prendeu os cabelos dela com a mão e empurrou-a para a frente de novo, para longe de seu membro.

— Não — disse ele, com a voz rouca. — Quero que você me peça. Diga-me o que você quer.

— Quero que me foda. Por favor, me foda. Quero que você me foda.

Dominik agarrou o cabelo dela e a puxou para trás de novo, irrompendo dentro dela em um movimento rápido. A lubrificação intensa que ela vinha produzindo tornou extremamente fácil a entrada nas profundezas do corpo dela, em um instante.

Ela se rendeu à sensação, apreciando a maneira como ele a preenchia, se perguntando se ele já estava completamente duro ou se ainda cresceria e ficaria mais duro dentro dela, como acontecia com alguns homens. De qualquer modo, ele já parecia maravilhosamente grande.

Ele começou a se movimentar.

O encaixe foi perfeito, refletiu ela, abandonando-se às sensações que começavam a inundar todo o seu corpo, enquanto a mão dele em sua cintura a mantinha exposta.

— Diga de novo — ordenou Dominik, sentindo a forma como ela se apertou em volta dele em reação à instrução, penetrando-a de novo com um movimento forte e quase brutal, massageando as paredes internas dela como um aríete.

— Ahh — foi a única palavra que ela conseguiu emitir em resposta.

— Estamos fodendo — disse ele.

— Estamos — suspirou ela. — Eu sei.

— E isso é o que você queria?

Ela assentiu em concordância na mesma hora em que uma estocada mais forte quase empurrou a testa dela contra a parede de pedra da cripta.

— Responda — disse ele.

— É.

— É o quê?

— É o que eu queria.

— E o que você queria?

Sim, ele estava crescendo dentro dela, abrindo espaço, preenchendo-a. Forçando as paredes internas a se afastar.

— Eu queria que você me fodesse.

— Por quê?

— Porque sou uma puta.

— Ótimo.

O ritmo intenso dele se acelerou. Não havia nada de sutil nisso, os dois sabiam; era luxúria animal da mais primitiva, mas era o certo para o momento.

Para a primeira vez deles.

A emoção, a fome que existia entre eles durante essas últimas semanas estava finalmente exposta, expressando-se.

Ele segurou o cabelo dela e puxou-o agressivamente com uma das mãos, cavalgando-a, montando nela como se monta em um cavalo. Summer ofegou. Sentimentos incomuns estavam passando por sua cabeça, cheia de confusão e até mesmo uma sensação de pânico. O encontro era assustador, mas também era bem-vindo. De repente, ela se deu conta de que ele não estava usando preservativo. Ela estava sendo usada cruamente. Mesmo com Darren, ela sempre insistira que ele protegesse o pau. Mas era tarde demais agora, e ela soubera, sentira a pele exposta do membro esperando que ela reagisse. Mas isso sempre podia ser remediado depois; havia pílulas para isso, ela sabia.

Ela sentiu a respiração de Dominik começar a falhar, a ficar irregular.

Quando ele gozou como uma torrente dentro dela, bateu com a mão esquerda aberta em sua bunda com uma força terrível. A violência do golpe foi instantânea e dolorosa, até que a sensação rapidamente diminuiu, mas ela sabia que a marca dos dedos dele em sua bunda branca permaneceria ali por horas e horas.

Ele ficou dentro dela por mais um minuto aproximadamente e se afastou. Summer sentiu como se agora estivesse oca, não mais invadida, preenchida ao extremo. Incompleta, até. Ela começou a se endireitar, mas o toque firme da mão dele na lombar indicou que Dominik queria que ela permanecesse na mesma posição, ainda aberta e em exibição.

Summer deu um sorriso interior: Dominik era o tipo de homem que gozava em silêncio. Summer fazia uma distinção clara entre os silenciosos e os barulhentos. Sempre preferira o primeiro tipo. Nos espasmos da luxúria, havia uma hora certa e uma hora errada para palavras.

Em determinado momento, Dominik disse:

— Consigo ver meu gozo escorrendo de você, pelo interior das suas coxas, manchando seus pelos pubianos, fazendo sua pele brilhar... É uma das visões mais excitantes que há.

— Não é obsceno? — arriscou Summer.

— Ao contrário, é lindo. Jamais vou esquecer. Se eu tivesse uma câmera agora, tiraria uma foto.

— Para me chantagear depois? Com hematomas e tudo?

— Talvez as marcas aumentem o efeito — comentou Dominik.

— Você iria... me querer se eu não tivesse mostrado os hematomas? — perguntou Summer.

— É claro — disse ele. — Levante-se agora. Pegue suas coisas e o violino. Vou levar você para minha casa.

— E se eu tivesse outros planos? — perguntou Summer, pegando o vestido.

— Você não tem — disse Dominik, e, com o canto do olho, Summer o viu prendendo o cinto de couro preto. Ela foi comida, mas ainda não tinha visto o pau dele.

A casa de Dominik tinha cheiro de livros. Ao passar pela porta da frente e acompanhá-lo pelo corredor inicial coberto de prateleiras, tudo que Summer conseguia perceber eram as fileiras paralelas de livros lado a lado e o arco-íris das lombadas. Depois de uma sucessão de portas abertas dos dois lados do corredor, ela notou que vários aposentos eram cobertos de estantes. Fora em livrarias, ela nunca tinha visto tantos livros em um lugar só em toda a sua vida. Perguntou-se se ele teria lido todos

— Não — disse ele.

— Não o quê?

— Não li todos. Era o que você estava pensando, não era?

Será que ele conseguia ler a mente dela, ou esse era o primeiro pensamento que qualquer pessoa tinha ao entrar naquela casa?

Antes que ela pudesse ponderar mais sobre isso, sentiu um braço sob suas pernas e outro apoiando suas costas quando Dominik a elevou no ar. Ele a carregou pelo corredor até seu escritório, chutou a porta para abri-la e foi direto até a escrivaninha, deixando-a no meio da grande superfície de madeira, sem nada exceto um porta-lápis com canetas, uma pilha de papéis em um canto e um abajur de leitura, um objeto cônico com um cabo maleável.

Ela se sentou olhando-o com nervosismo, com o cheiro da cripta e da foda intensa ainda no corpo sob o tecido amassado do vestido preto.

— Levante seu vestido — ordenou ele — e abra bem as pernas.

Summer obedeceu, completamente ciente do traseiro nu sobre a escrivaninha e de sua situação, cheia de secreções que a preenchiam, que ele não tinha permitido que ela limpasse.

Ele segurou cada uma das coxas dela na altura do traseiro e a puxou em direção a si, de forma que a bunda ficou apoiada na beirada do tampo. Em seguida, ele se virou para a cama baixa atrás deles, contra uma parede (uma cama no escritório, pensou Summer, homem estranho) e pegou um travesseiro, levantou a cabeça dela com delicadeza e o colocou debaixo. Ele pegou o abajur, ligou-o e o direcionou para a boceta.

Summer inspirou. Nunca estivera tão aberta, tão exposta. Não era pudica, do tipo que exigia quartos escuros, luzes apagadas, mas isso era outro nível de exibicionismo.

Ele puxou a cadeira, sentou-se e encarou a umidade do sexo dela, ainda aberto, ainda relaxado depois do ato anterior.

— Brinque consigo mesma — disse ele. — Quero ver.

Summer hesitou. Isso era infinitamente mais intenso, mais pessoal, do que foder. Ela mal conhecia aquele homem, mas isso a excitava tanto, com as pernas tão obscenamente abertas e um foco de luz em suas partes mais íntimas.

Dominik se recostou na cadeira com os olhos fixos nela, uma combinação de concentração e interesse no rosto, enquanto os dedos dela navegavam com aptidão pela geografia íntima das dobras internas e externas, com círculos firmes e rápidos no clitóris, o movimento da mão que ela orquestrava com a mesma habilidade e precisão que demonstrara com o violino.

Ele observou com interesse enquanto ela reagia aos comentários e as instruções dele, pedidos que acelerasse ou fosse mais devagar, promessas do que faria com ela. Foi uma dessas promessas que a fez gozar em uma torrente, com um gemido leve escapando de seus lábios, enquanto seu corpo tremia. De seu ponto de vista perfeito, ele conseguia ver os músculos da vagina dela em espasmos, conseguia perceber que ela não estava fingindo. Não que ele pensasse que ela faria isso.

Ele a levantou de novo em um abraço, passando as pernas dela pela cintura dele e encostando a boceta molhada contra o corpo ainda vestido.

— Quero que você me beije — disse ele.

Os lábios dele eram macios, de uma maneira incomum para um homem, pensou ela.

Enquanto a língua dele criava gentilmente uma passagem para si nos lábios dela, atingindo a barreira que eram os dentes, até chegar à língua e ela senti-la se entrelaçando à sua, Summer percebeu a mão dele puxar o zíper do vestido preto e afrouxá-lo. O beijo prosseguiu e agora ela conseguia sentir o gosto dele, um coquetel misto de impressões sem nota dominante, com o aroma do Tic Tac de menta no hálito e o vigor masculino de sua proximidade. Não havia sinal de perfume nem de loção pós-barba para incomodá-la. Era como entrar em um novo território, um país estranho que ela jamais havia explorado.

— Ponha os braços para cima — ordenou ele.

Ele puxou o vestido dela pela cabeça e bagunçou seu cabelo quando o tirou. Inclinou-a para trás de forma que ela foi forçada a baixar as pernas para ficar de pé no chão de novo enquanto as mãos dele começaram a percorrer a pele agora nua, acariciando, testando, sem deixar nenhum centímetro intocado nas costas, nos ombros, na bunda machucada.

Enquanto ele fazia isso, sua outra mão segurava o queixo dela frouxamente, direcionando os lábios dela para um segundo beijo. Mas o primeiro beijo tinha parado, tinha sido interrompido? Ela nem reparara.

Ele a empurrou para a cama.

Summer caiu para trás e o observou se despir. A camisa foi primeiro, seguida da calça, que ele chutou para longe, e depois a cueca boxer preta Summer vislumbrou o pênis dele, grosso, extenso, cheio de veias.

Ele a puxou para a beirada da cama, onde se ajoelhou, abriu as pernas dela em um ângulo agudo e passou a ponta do dedo pela parte interna da coxa até deliciosamente perto da boceta. O corpo dela tremeu em reação ao toque. Dominik colocou os lábios na pele macia da perna dela, provocando-a com beijos em todas as partes, menos onde ela mais queria. Summer gemeu de expectativa, arqueando-se na direção dele. Ele se afastou e fez com que ela esperasse um momento agonizante até afundar o rosto entre as pernas dela. Summer suspirou em êxtase maldisfarçado, tremendo quando a língua dele começou a percorrer os grandes lábios.

Por um breve momento, ela recuou daquele ardor insistente. Estava suja, tinha acabado de ser fodida, ainda não tivera oportunidade de se limpar, mas lembrou-se de que tinha sido ele quem a comera, e, se ele não se incomodava, por que ela deveria?

A sensação que a língua dele provocava se intensificou até ser a única coisa em que ela conseguia se concentrar. Todos os pensamentos do mundo, sua situação, foram esquecidos, flutuando, voando, fora de controle, pairando entre a noite e o dia, a vida e a morte, a zona onde só as sensações importavam, onde o prazer e a dor se misturavam em alegre esquecimento.

Por fim, ele emergiu do triângulo escuro da boceta, subiu sobre ela na cama e posicionou o pau.

— Isso — disse ela, e, ainda em silêncio, Dominik a penetrou.

Mais uma vez ela foi preenchida até o limite, com a extensão dura do pau dele afastando os lábios da boceta, ferindo as paredes internas com seu ataque insistente.

Isso prosseguiu por uma eternidade enquanto as mãos dele continuavam a percorrer cada canto e cada greta do seu corpo, público ou ousadamente privado, orquestrando a progressão do desejo deles. A língua dele entrou por um momento na orelha, e no momento seguinte estava no pescoço, com os dentes delicadamente mordiscando um lóbulo, um dedo puxando uma mecha de cabelo, outra mão apertando-lhe a bunda, e depois duas (quantas mãos ele tinha?), afastando os lados da bunda. Dominik viajava para dentro e para fora, e cada estocada era o degrau para a conquista de um destino desconhecido, porém sedutor.

Não havia dúvida na mente dela de que Dominik era habilidoso, um homem que poderia ser vigoroso ou brincar com ela lentamente como estava fazendo agora. Quantas outras faces ele revelaria?

Por fim, Dominik gozou. Com um rugido alto. Apenas o som de uma selva distante, sem nenhuma palavra que ela pudesse entender.

Summer suspirou quando os movimentos para dentro e fora dela gradualmente diminuíram e ele recuperava o fôlego.

Então ele não era mais o Sr. Silencioso...

7

Uma garota e uma empregada

Era final de tarde e o sol do fim do dia lançava um brilho quente sobre o rosto de Dominik, banhando-o em uma luz que não lhe caía bem. Iluminado de forma nada natural pelos últimos raios pálidos que desciam de um céu cada vez mais escuro, ele dava a impressão de não se encaixar no mundo normal, apesar de ele parecer funcionar perfeitamente bem naquele mundo. Talvez simplesmente suas feições escuras e comuns se alinhassem melhor com temperaturas menos quentes. Dominik era atraente, não havia dúvida disso, mas sua aparência estivera melhor na palidez da cripta, pensei.

Ele estava encostado casualmente no batente da porta, com o corpo projetando uma longa sombra na varanda da frente, onde eu agora estava, um degrau abaixo dele, preparando-me para ir embora. Eu tinha dito a ele que precisava trabalhar naquela noite, apesar de não ser verdade. Estava tentando fugir de qualquer constrangimento que pudesse surgir se ele me convidasse para ficar. Ou se não me convidasse.

Uma brisa suave soprou pelo gramado, e a cada lufada de ar eu sentia o cheiro suave dos livros que ocupavam o saguão e o resto da casa. Eles pareciam uma parte tão grande dele que imaginei que sua pele poderia ter a sensação de um papel, mas é claro que era como a pele de todos os homens, embora os lábios fossem agradavelmente macios.

Os livros, apesar de combinarem com ele, não eram o que eu esperava. Sempre associei coleções de livros a pessoas bagunceiras, professores malucos e tipos mais obviamente acadêmicos. Eu achava que Dominik fosse um figurão, banqueiro, ou estivesse envolvido com o setor financeiro, não o imaginava um professor universitário, como ele me contou quando perguntei por que sua casa parecia uma biblioteca.

A julgar pelo brilho de seus sapatos e pelo dinheiro que presumi que tivesse, que lhe permitiu me comprar o violino e fazer os outros planejamentos, eu esperava que ele me levasse a um apartamento monocromático em Bloomsbury ou Canary Wharf com eletrodomésticos de aço inoxidável e decoração em tons variados de prata e preto, a cor do carro dele. Eu não esperava aquilo: uma casa de verdade, um lar até, com escritório, cozinha e livros para todos os lados, de todas as cores e tamanhos, um caleidoscópio literário cobrindo as paredes. A princípio, achei que ele devia ter um gato, que provavelmente estava enroscado me observando da segurança das prateleiras, mas deduzi, pouco depois da minha chegada, que Dominik não era o tipo de pessoa que tinha bichos de estimação. Ele não conseguiria conviver com um animal descontrolado se enroscando em suas pernas, mesmo uma criatura tão independente quanto um felino.

Ele não era exageradamente discreto, não parecia estar conscientemente escondendo nada, mas ofereceu bem poucos detalhes sobre sua vida, a rotina de sua existência fora de nossos encontros. Acho que ele apreciava a privacidade, e eu conseguia entender isso, pois sempre fui reticente em convidar qualquer pessoa para ir à minha casa. Fiquei surpresa de ele me levar à dele. Mas os livros lhe davam mais humanidade, de alguma forma. Pelo menos, se não tinha uma história própria, ele parecia gostar de colecionar histórias de outros. Talvez aquilo não fosse diferente do modo como eu gostava de imaginar as histórias dos meus instrumentos e da música que eu tocava, cada uma com uma imagem e uma aventura diferente.

O pensamento me fez gostar mais dele. Não éramos tão diferentes, aquele homem e eu, apesar das primeiras impressões.

Eu me lembrei do modo como ele tocou em mim com tanta habilidade depois de insistir em me ver me masturbar. Tremi de novo ao lembrar. Eu tinha feito sexo com um número razoável de homens, isso era verdade (tive mais do que a quantidade comum de encontros casuais e pela internet, planejados nos ímpetos do tesão ou da solidão), mas ninguém nunca me examinara assim, olhando com tanta atenção o modo como eu passava o dedo ao redor do clitóris, sob o calor intenso do abajur, como um médico, mas sem ar de desinteresse profissional. Ele não tinha vergonha, e parecia apreciar afastar minha vergonha camada a camada. Era como se ele estivesse assistindo a uma demonstração que planejava encenar precisamente mais tarde. Ele me pedira que fosse mais devagar ou rápido, aumentasse ou diminuísse a pressão. Não para me excitar dessa vez, eu pensei, mas para conseguir avaliar minha reação, ver o que fazia meu corpo reagir e o que não funcionava tão bem. Ele me colocou em exibição como um cientista examinando um novo espécime. Quase esperei que começasse a fazer anotações.

— Um dia — dissera ele — vou ver você fazer isso de novo, e vou mandar você enfiar o dedo no cu.

Foi isso que me levou à loucura. Não gozo com tanta facilidade, principalmente com um novo amante, mas pensar nele me observando e na direção em que a mente dele parecia viajar, na sordidez dos pedidos dele... Dominik apertou botões que eu nem sabia que tinha.

Ele dissera que não tocava nenhum instrumento, mas achei que, provavelmente, seria ótimo instrumentista.

Sim, pensei, eu definitivamente gostaria de vê-lo de novo.

Mudei de posição e parei de apertar a alça do estojo do violino. Ele não parecia pronto para me deixar ir. Esperei pacientemente que falasse.

— Acho que vou deixar que você planeje a próxima vez — disse Dominik.

Fiquei em silêncio por um momento, pensando. Outra mudança de tática. Bem na hora em que achei que o havia compreendido.

— E se eu planejar uma coisa que não seja do seu gosto? — perguntei.

Dominik deu de ombros.

— Você teria prazer em alguma coisa de que eu não gostasse?

Eu pensei nisso. Não, não teria. Se era para termos outro encontro, então é claro que eu iria querer que nós dois nos divertíssemos. Será que alguém não sentiria isso? De qualquer modo, eu ainda não sabia ao certo o que exatamente ele queria de mim, nem o que eu queria dele, e isso tornaria o planejamento do próximo encontro mais difícil.

Balancei a cabeça, de repente sem palavras.

— Imagino que não — acrescentou ele. — Vou esperar sua ligação.

Concordei, me despedi e me virei para ir embora.

— Summer — disse ele, assim que cheguei ao portão.

— Sim?

— Você escolhe a data e o lugar. Pode ser até aqui se você quiser, mas eu vou escolher a hora e vou decidir alguns outros detalhes.

— Combinado.

Eu me permiti dar um pequeno sorriso quando me virei.

Ele não conseguia resistir a dar ordens.

E fiquei surpresa ao descobrir que eu preferia assim.

Minha mente ficou em torvelinho durante todo o caminho para casa. Logo ficaria escuro, então dispensei a ideia de fazer uma caminhada por Hampstead Heath para arejar a mente, embora o exercício e o ar fresco fossem exatamente o que eu precisava.

O sexo havia sido excelente. Quente e intenso. Meus músculos estavam doendo um pouco agora, principalmente minhas panturrilhas, provavelmente por causa do modo como ele me fez ficar inclinada para a frente na cripta. Eu tinha ficado lá de pé com as pernas queimando durante uma eternidade enquanto ele andava ao redor de mim antes de fodermos. Acho que foi minha recompensa por ser tão teimosa e me recusar a deixar claro que estava desconfortável.

Houve também o modo como ele caiu de boca na minha boceta, direto depois de eu gozar me masturbando, com a porra dele ainda dentro de mim, antes de eu poder tomar banho. Eu nem consegui usar o banheiro para me limpar antes. Lembrei como ele me pegou e me carregou até o escritório assim que chegamos à porta da frente, me colocou na escrivaninha e abriu minhas pernas. Tive que segurar uma gargalhada quando percebi que ele me carregou no colo para entrar em casa.

Ironicamente, foi o sexo mais romântico que já fiz, apesar de não termos usado camisinha, um ponto sobre o qual, como regra geral, sou paranoica. Eu teria que fazer um exame. Uma onda de vergonha cruzou minha mente quando me imaginei contando ao médico ou à enfermeira que fiz sexo sem proteção. Era uma coisa burra de se fazer, mas o calor do pau dele afastou toda a sensatez da minha mente, assim como o modo como ele me comeu com força, como um homem possuído, e como ficava puxando meu cabelo como se estivesse montando um cavalo.

Não era surpreendente eu estar com dor.

Dominik podia ser um pouco convencido, mas era excelente na cama e não era egoísta. Seu comportamento não tinha as marcas costumeiras de arrogância, tão comuns em homens do tipo dele.

Fui para o chuveiro assim que entrei em casa e continuei a refletir enquanto lavava todos os resíduos da aventura do dia.

Quase todos os resíduos, eu pensei, assim que vi os leves hematomas no espelho do banheiro.

Será que Dominik tinha acrescentado algum?

Pelo menos (graças a Deus pelas pequenas dádivas), nenhuma das marcas era nos meus pulsos e nem nos braços, mas em áreas que eu podia cobrir a maior parte do tempo, e nenhuma parecia tão violenta a ponto de alguma história desastrada, como esbarrar em uma porta ou cair, não servir de desculpa.

Eu me perguntei como isso funcionava para as pessoas que vi nos clubes de fetiche. Como elas conseguiam encaixar os hobbies noturnos (e talvez diurnos) em suas vidas comuns. Para algumas, era apenas uma noitada, eu tinha certeza, mas, pelo que Charlotte dissera, não era assim com todos eles. Se era possível acreditar nela, havia homens e mulheres em toda a cidade de Londres em casa com seus parceiros na frente da televisão, com um prato de curry em uma das mãos e um chicote na outra.

Será que logo me juntaria a esse grupo?

Não com Dominik, eu achava. Ele não tinha aparecido com palmatórias nem algemas, apesar de eu me perguntar se o faria, considerando o interesse que demonstrou em meus hematomas. Fiquei ligeiramente decepcionada quando ele não me amarrou, não me pendurou no teto nem me prendeu a algum equipamento que imaginava que ele pudesse ter em algum lugar da casa. Mas só tinha visto o escritório e a cozinha até agora, não o quarto. Era estranho ele ter uma cama no escritório. Ele disse que era para pensar. Pensar em quê? Maneiras de me confundir e seduzir mais, eu imaginava.

Quanto mais eu pensava, mais me via em uma confusão sem estratégia de fuga discernível. Fora o problema para entender minha revolução sexual pessoal e o modo como eu me encaixava nesse novo mundo de desvios no qual havia tropeçado, eu não sabia como lidar com Dominik.

A ideia de ligar para ele para marcar nosso próximo encontro me confundia. Era uma tarefa bem simples, mas, quanto mais eu refletia sobre ela, mais eu concluía que, apesar da irregularidade do comportamento dele até agora, eu gostava do modo como ele me dava ordens. Gostava da simplicidade e da surpresa das instruções. Sentia falta da excitação de descobrir o que ele planejaria em seguida. Mas até mesmo admitir isso internamente me fez imaginar as sufragistas se retorcendo no túmulo. E isso foi antes de eu acrescentar minha experiência com chicotes e tapas.

Isso não daria certo.

Pensei em ligar para Chris, da banda. Ele vinha trabalhando sem parar na gravação do primeiro EP do grupo e eu não o via havia meses, apesar de termos trocado alguns e-mails. Darren sempre tivera ciúmes de nossa amizade, e, para manter a paz, eu gradualmente diminuíra o contato. Agora me arrependia. Chris sempre fora o cara que eu procurava, meu copiloto, meu refúgio quando eu precisava que alguém entendesse as excentricidades e dificuldades inerentes a seguir o caminho criativo.

Mas não havia como eu explicar tudo isso para ele. Ele era protetor; eu sabia que ficaria desconfiado de um homem que me dava presentes caros e que me mandava me despir na frente dele em locais subterrâneos e secretos. Eu desconfiaria de Dominik se ouvisse essa história de outra pessoa.

Acabei ligando para Charlotte. Esse problema era bem a praia dela.

— Oi, querida — disse ela. — Como você está?

Ela estava sozinha desta vez. Ótimo. Era bem difícil descrever minha história para uma pessoa. Eu não queria que outra a ouvisse.

— Lembra aquele cara que me mandou o e-mail? O dos termos e das condições?

— Leeeeembro — respondeu ela, de repente toda ouvidos.

Contei a história sobre o Bailly, a cripta, sobre eu tocar nua, tudo. Descrevi Dominik e todas as instruções intrigantes.

— Então não tem surpresa nenhuma aí — disse Charlotte.

— Como assim, não tem surpresa? A coisa toda é doida.

— Não, não é doida; ele só é dominador.

— Dominador?

— É. Todos são assim: arrogantes, querem controlar tudo. Mas parece que você está gostando.

— Humm.

— Qual é mesmo o nome dele?

— Dominik.

Charlote riu.

— Bem, isso é típico — comentou ela. — Você não conseguiria inventar.

— Então, o que devo dizer a ele? Sobre o encontro?

— Isso depende totalmente do que você quer.

Eu refleti. Eu realmente não sabia o que queria dele. Alguma coisa, sim. Eu não conseguia tirá-lo da cabeça, mas por quê?

— Não sei ao certo — respondi. — Foi por isso que liguei.

— Bem — disse ela, sempre pragmática —, você precisa descobrir o que quer, senão nunca vai conseguir obter.

Um conselho bem sensato.

Charlotte prosseguiu:

— Não vai fazer mal nenhum deixá-lo esperando. Talvez uma semana ou duas. Sugira tocar para ele de novo, nua, obviamente, pois isso o excita muito, e na casa dele, o que evita de você ter que convidá-lo pra ir à sua. Além do mais, ele vai achar que você devolveu a bola pra ele. Mas, obviamente, não é o que você vai fazer.

Eu quase conseguia ouvir o sorrisinho se abrindo no rosto dela.

— Certo — respondi.

— E, enquanto isso, você pode vir servir em uma festinha que vou dar na semana que vem, se quiser.

— Servir?

— Como garçonete. Empregada. Os convidados são fetichistas de todos os tipos. Posso apresentar você a algumas pessoas e você pode ver se gosta mesmo de ser dominada. Ou dizer pra todo mundo que você só está experimentando por uma noite, e, se não gostar, pode largar o avental e se juntar à festa. Alguns escravos de verdade virão. São eles que vão trabalhar. Você pode só carregar alguns pratos e ser gostosa.

— Ser gostosa como? O que devo vestir?

— Ah, não sei, use sua imaginação. Por que você não liga pro seu namorado rico e pede que ele compre alguma coisa?

— Ele não é meu namorado! E não vou pedir nada pra ele, de jeito nenhum.

— Não precisa tirar a calcinha pela cabeça. Só estou brincando. Você é tão sensível.

— Tudo bem — concordei, meio irritada. — Eu aceito.

— Excelente — disse Charlotte. — Mas acho que você deve tocar no assunto com ele, pra ver como ele reage. E vejo você no sábado. Traga meu casaco, tá?

Seguindo o conselho de Charlotte, esperei três dias para ligar para Dominik.

— Summer — disse ele, antes de eu ter a chance de me identificar.

— Nosso encontro — falei. — Eu estava pensando na próxima quarta.

Ele fez uma pausa e ouvi movimento de páginas. Presumivelmente, ele estava verificando na agenda.

— Não tem problema. Estou livre. O que você tem em mente? Para que eu possa tomar as providências necessárias.

— Vou tocar para você de novo, na sua casa.

— Excelente escolha, se você me permite dizer.

Relaxei por ele parecer satisfeito com minha sugestão. Discutimos a escolha de música. Considerei experimentar alguma coisa diferente, por ele ter gostado tanto da improvisação na cripta. Pensei em tocar algo que ele não conheceria de Ross Harris, o compositor neozelandês, ou talvez alguma coisa fora do repertório clássico, talvez Daniel D., mas fiquei nervosa demais e aceitei a escolha dele, um trecho do movimento final do concerto para violino de Max Bruch.

— Vejo você na quarta — falei, com alegria forçada. Eu odeio telefonemas.

— Summer — disse ele de novo, quando eu estava prestes a desligar. Ele sempre tinha a última palavra.

— Sim?

— Você está livre no sábado à noite?

— Desculpe, já tenho planos.

— Entendo. Não tem problema.

Ele pareceu decepcionado, e me perguntei se ele queria me ver antes. Mas então me lembrei da sugestão de Charlotte de que eu mencionasse a festa.

— Na verdade — eu disse —, vou a uma festa um tanto incomum.

— Humm. Incomum de que maneira?

Ele pareceu divertido, não irritado, então prossegui.

— Minha amiga Charlotte, a que me apresentou aos clubes de fetichismo, vai dar uma festa.

— Ela parece uma amiga interessante.

— Ela é. Ela... hum... me pediu para trabalhar como empregada.

— Empregada? Não garçonete? Sem pagamento, suponho.

— Acho que sim. A questão do dinheiro nunca surgiu.

— Só pela onda, então, como você diz?

— Acho que sim.

— Que curioso.

Eu não sabia direito se ele queria dizer que aprovava ou não.

Na sexta seguinte, recebi outro pacote. De Dominik. Novamente, precisei assinar o aviso de recebimento, mas desta vez ele não procurou saber se eu estaria em casa.

Ele deve ter concluído que eu estaria, ou arriscou, mas mesmo assim foi um detalhe que me perturbou um pouco. Eu não estava completamente à vontade com o fato de ele saber tantos dos meus segredos.

Dentro da caixa de papelão comum, sem identificação, havia outro pacote menor, embrulhado em papel de seda branco e amarrado com um laço preto. Abri com cuidado, dobrei o papel e o deixei de lado. Dentro havia um saco preto de seda e, no interior do saco, um espartilho preto. Era lindo, não do tipo brega que você encontra em araras de lojas de lingerie barata. Era todo armado e tinha quadris largos com pontas, e um diamante de veludo no meio para acentuar as formas de quem o usasse. Detalhes sutis de veludo em tiras de 2 centímetros desciam pelas laterais das partes mais grossas de cetim, com um padrão com toque geométrico, art déco, o tipo de coisa que ficaria perfeita em uma estrela de cinema dos anos 1930. Era inegavelmente glamoroso, não era uma peça de roupa vulgar. No entanto, pareceu-me um pouco curto demais. Quando o coloquei na frente do corpo olhando no espelho, reparei que o corte era abaixo do busto, não cobria os seios. A não ser que quem o usasse colocasse um sutiã ou adesivos nos mamilos, ela exibiria completamente os seios.

A ideia me excitou e, na ansiedade de ver como ficaria no corpo, comecei a soltar os laços. Em seguida, me dei conta de que parecia improvável que Dominik quisesse que eu tocasse parcialmente vestida, quando já havia me visto nua. E ele não parecia tão ligado nas peças que eu vestia, apesar de eu achar que ele gostava de ver as mudanças sutis e variações de cada traje que eu escolhia, dependendo dos detalhes específicos de cada ocasião. O espartilho era mais meu estilo do que dele. Procurei mais pistas na caixa e encontrei dois pequenos pacotes sob o papel que a forrava, protegendo o conteúdo, e um bilhete, que dizia: "Use isso por mim. D."

Um dos outros dois pacotes continha uma calcinha branca de renda, um pacote de meias sete oitavos e uma cinta-liga. As meias eram de verdade, de náilon e com costura. Eu tinha ouvido falar de meias de náilon, é claro, mas nunca tinha visto um par. Eram muito escorregadias, um pouco ásperas contra a pele e não tinham stretch, como paraquedas longos e finos em vez das meias elásticas macias que eu estava acostumada a usar.

O outro pacote continha um pequeno avental, de algodão branco com um adorno branco e preto de renda. Havia ainda um chapeuzinho combinando, do tamanho de um pires.

Uma fantasia de empregada. Para sábado. Para a festa de Charlotte.

Não havia sinal de sapatos. Ou Dominik esqueceu esse detalhe, o que parecia improvável, ou supôs — corretamente — que eu teria meu próprio par. Eu tinha mesmo sapatos de salto fino com plataforma na frente e detalhe branco, comprados de segunda mão de uma ex-dançarina de Hackney, que desistiu de dançar para se dedicar à manufatura de chapéus e estava vendendo todos os sapatos que tinha. Eles ficariam perfeitos, mas eram desconfortavelmente altos. Mesmo assim, eu estava preparada para fazer sacrifícios, não necessariamente pelo glamour, mas para ter o visual certo.

Encontrei mais um item no fundo da caixa. Um pequeno sino. A forma e o estilo eram dos sinos de igreja, mas com um cabo não muito maior do que meu dedo. Emitiu um som surpreendentemente claro quando o balancei. Parecia mais o repicar de um instrumento de percussão do que o som leve de uma coleira de animal ou da sineta de uma bicicleta.

Agradecer pelo pacote parecia a coisa educada a se fazer, mas eu não queria encorajar o hábito dele de me presentear. Eu já estava em grande débito por causa do violino. Apesar disso, tinha a distinta impressão de que ele havia comprado o traje para ele, não para mim, de modo que pudesse me imaginar usando-o e ter alguma espécie de viagem de poder, em que eu serviria comida com os peitos de fora como uma garçonete do Hooters, mas com roupas bem mais refinadas. Eu achava que o sino era para os convidados da festa me alertarem quando desejassem algo.

No fim das contas, não avisei a ele que tinha recebido. Mais porque eu não sabia o que dizer do que por querer deixá-lo na dúvida. Mas não faria mal nenhum fazê-lo imaginar que havia suposto errado que eu estaria em casa para a entrega e que o pacote teria sido devolvido à loja.

Mas mandei uma mensagem de texto a Charlotte, para verificar se o traje estava apropriado e que não iria ofender nenhum dos convidados.

— Tudo bem ir de topless?

— Claro. Mal posso esperar.

Coloquei tudo dentro da caixa, fechei a tampa e deixei no canto do meu quarto, olhando para mim com reprovação, como se uma criatura solitária estivesse presa ali dentro, esperando que eu a libertasse.

Na manhã seguinte, para desviar minha mente da roupa e da festa de Charlotte corri para a piscina local e nadei com vigor, com o estímulo da música de Emilie Autumn em repetição nos fones de ouvido à prova d'água. Depois fui olhar vitrines em Brick Lane e parei para um café da manhã no meu café favorito dessa parte da cidade, na rua com o apropriado nome de Bacon Street. O café também funciona como loja *vintage*, com araras de roupas desde o começo do século XX, e consequentemente tinha aquele aroma doce e quase empoeirado de coisas velhas, como o cheiro dos livros de Dominik.

Ainda era razoavelmente cedo, bem mais cedo do que eu costumava acordar, mas a rua lá fora já estava cheia, cada calçada coberta de araras de roupas, antiguidades e bibelôs espalhados sobre cobertores, espreguiçadeiras com estofamento de oncinha ao lado de mobília de escritório, barracas de comida vendendo de tudo, de costelas com molho barbecue a vitaminas de frutas servidas em cascas de coco; o ar estalava da energia ansiosa dos vendedores e dos turistas animados que iam lá pela primeira vez. Enquanto eu caminhava, passando por uma pista de obstáculos de vendedores zelosos e caçadores de ofertas, reparei que minhas aventuras sexuais recentes também haviam aberto minha mente de outras maneiras. Antes, eu olhava as muitas barracas vendendo chapéus, jaquetas e máscaras de gás militares e achava que seriam comprados por colecionadores de artigos de guerra, que deviam frequentar mercados do tipo com regularidade incomum, pois sempre havia muitos desses artigos.

Agora, para todos os lados que eu olhava, em vez de itens de colecionador, eu via roupas de fetiche, as jaquetas e os chapéus preferidos daqueles que Charlotte chamaria de "dom" nos clubes que frequentei. As máscaras eram usadas pelos tipos submissos, com as cabeças cobertas, ou pelos punks nos quais não identificávamos imediatamente nenhuma peculiaridade sexual, mas que aparentemente tinham interesse em moda fetichista. Por reconhecer essas coisas de uma forma que, tenho certeza, outros passantes não reconheciam, tive a sensação agradável de ter sido aceita como membro de um clube secreto, uma sociedade cheia de pessoas que viviam no extremo do mundo, despercebidas por todas as outras. Também notei, com alguma trepidação, que eu jamais conseguiria apagar essas coisas da minha mente. Sem pretender, eu tinha entrado em uma rua da qual, mesmo que quisesse, jamais conseguiria sair.

Fiquei sentada no café boa parte do dia, observando o movimento e o fluxo dos outros clientes, perguntando-me quais deles, se houvesse algum, também eram membros desse mundo secreto. Eu me perguntei se eles reconheciam em mim uma semelhante — como se párias fossem atraídos uns pelos outros como um bando de gansos seguindo inexoravelmente para o sul —, ou se eu apenas parecia uma pessoa comum quando estava com minhas roupas do mundo normal.

Foi esse sentimento de resignação a seguir o caminho que meus pés evidentemente escolheram para mim que me levou a vestir o traje que Dominik me dera para aquela noite e usá-lo como ele sugeria, com meus seios completamente à mostra.

Passei cerca de uma hora com o folheto de instruções à mão, brigando com as fitas em frente ao espelho. Acabei conseguindo vestir, apesar de não tão apertado quanto deveria, e segui para a casa de Charlotte pela Hammersmith and City Line, de Whitechapel até Ladbroke Grove. Coloquei meu sobretudo longo e vermelho por cima do traje, apreciando a ideia de que, por baixo da cobertura, eu era uma pessoa completamente diferente, quem eu desejava ser, sem me sujeitar a todas as regras comuns da sociedade, como usar sutiã em público.

Não tive tanta coragem quando cheguei à casa de Charlotte e tive que tirar o casaco de novo. Cheguei cedo de propósito, para que pudesse me acomodar e acalmar os nervos antes de os outros convidados aparecerem. No final, simplesmente respirei fundo e tirei o casaco como se não estivesse nada nervosa para a festa. Charlotte implicaria comigo se notasse minha timidez.

— Que espartilho lindo! — disse ela.

— Obrigada. — Não comentei que havia sido presente de Dominik.

— Mas você pode amarrar ainda mais apertado. Vem cá.

Ela me virou para a parede, colocou a mão na minha lombar e me empurrou para a frente.

— Coloque as mãos na parede.

Eu me lembrei da transa com Dominik na cripta, do modo como ele me empurrou quase na mesma posição. Desejei que ele estivesse ali, me fodendo da mesma maneira de novo. Meus mamilos se enrijeceram com esse pensamento, e fiquei mais tensa quando me dei conta de que havia chance de eu achar o "serviço" de hoje excitante, e, se meus mamilos permanecessem duros assim, era improvável eu conseguir esconder isso. Será que Dominik havia pensado nisso? Ele era observador, e eu tinha certeza de que havia reparado nas coisas que me excitavam, mas não sabia se pretendia que eu achasse excitante o trabalho de empregada e, particularmente, o fato de usar o traje que ele escolhera para mim. Será que ele queria que eu ficasse com tesão hoje, sem ele? Com as possíveis consequências disso? Ou será que apenas quis exercer seu controle, para ver se eu seguiria suas instruções cada vez mais ousadas? O tópico de exclusividade não havia surgido. Era cedo demais para isso. Eu nem tinha certeza se estávamos tecnicamente saindo juntos.

— Está gostando, né?

Eu estava tão perdida em meus pensamentos que não reparei em Charlotte apertando mais as amarras.

— Inspire.

Eu ofeguei quando ela colocou o pé nas minhas costas e puxou com toda a força.

O espartilho agora estava amarrado completamente, com apenas alguns centímetros sobrando atrás. Dava uma sensação completamente diferente do espartilho que Charlotte tinha me emprestado, que ficara frouxo demais e era um pouco rígido. Dominik tinha escolhido o tamanho perfeito, apesar de eu saber que os laços permitiam um pouco de ajuste no tamanho. Bem-amarrada, minha respiração estava comprimida, e minhas costas, perfeitamente eretas. Achei surpreendentemente prazeroso, um pouco como estar em um abraço bem apertado. Fiquei feliz de ter colocado os sapatos antes, porque agora eu não conseguia me inclinar. Se precisasse pegar alguma coisa no chão hoje, eu teria que me agachar com as costas retas de alguma maneira. A ideia me excitou, e tive certeza de que Charlotte conseguiria sentir o cheiro do meu tesão quando se abaixou na minha frente para ajeitar as meias.

Passei a maior parte da noite na cozinha, arrumando pratos de comida e aproveitando a rara oportunidade de ser mais criativa do que era no trabalho; o chef lá insistia que seguíssemos as ordens dele ao pé da letra. Quando a sineta tocava, eu atendia imediatamente, e a cada viagem até a área de jantar e de volta à cozinha eu via pequenos flashes da festa, dos convidados variados de Charlotte aproximando-se mais uns dos outros, menos vestidos a cada copo. Havia aproximadamente o mesmo número de homens e mulheres, vestidos como os frequentadores do barco, a maior parte em uma mistura de látex e lingerie. Um dos homens estava vestido de empregada, com um vestido rosa-chiclete curto e um avental rendado por cima, mas sua atitude sugeria que ele não estava no papel de servir. Apesar da garantia de Charlotte de que eu teria companhia na cozinha e não faria nada pesado, eu era a única convidada trabalhando.

Durante toda a noite, cada vez que tinha dificuldade de respirar ou precisava me inclinar ou me agachar de uma maneira estranha, com os movimentos restringidos pelo espartilho, eu sentia como se Dominik estivesse controlando meus movimentos, como se tivesse até o poder de alterar o modo como meu peito subia e descia, apertado com força como estava contra os pedaços de cetim e a armação de aço que cercavam meu tórax. Cada vez que a sineta tocava e eu corria para pegar um prato ou encher uma taça de vinho, imaginava que era Dominik quem a estava tocando, e uma miríade de imagens inundava minha mente, imagens de todas as formas como eu esperava que ele fosse me possuir e me usar, como se um fluxo mental de desejo violento tivesse sido libertado em minha mente.

Charlote me observou com curiosidade.

— Tenho uma surpresa pra você mais tarde — sussurrou ela em meu ouvido, quando eu enchi o copo dela. Ela tinha tocado a sineta para me chamar mais vezes do que qualquer outra pessoa.

— É mesmo? — respondi, com certo grau de desinteresse. As fantasias se desenrolando na minha mente eram mais excitantes do que qualquer coisa que ela tivesse na cabeça.

O jantar já havia terminado, e ela estava sentada no colo de um homem que reconheci. Levei alguns minutos para lembrar onde o tinha visto. Ele era o cara de calça de lantejoulas e chapéu militar em quem reparei no clube de fetiche no barco, antes de entrarmos no calabouço. Charlotte sabia que havia me sentido atraída por ele, eu tinha certeza. Perguntei-me se ela o convidara de propósito e se estava sentada no colo dele para me irritar. Era um pouco bobo, talvez, pois eu nem tinha falado com aquele amigo dela, mas Charlotte brincara com homens de quem eu gostava no passado. Acho que ela gostava de me ver reagir, então fiz meu melhor para parecer indiferente.

Eu estava na cozinha, colocando sobremesas em tigelas, quando ouvi o som claro de uma viola sendo tocada na sala de estar, e as vozes dos convidados de Charlotte se silenciaram para ouvir a música. Era um cover do Black Violin, mas sem o violino habitual acompanhando a viola. Chris. Era um dos covers que tocamos juntos na noite em que o apresentei a Charlotte. Ela ficou com ele depois, um fato que me irritou e o constrangeu, apesar de nossa amizade nunca ter tido nem uma remota fagulha sexual, um fato que sempre achei estranho: eu sentia uma fagulha sexual com praticamente todo mundo, até o leiteiro. Mas era bom ter um amigo homem com quem eu podia relaxar sem me preocupar com as consequências.

O que ele pensaria de mim agora?

A música terminou e ouvi o som agudo da sineta, chegando aos meus ouvidos junto com os aplausos. Sem dúvida era Charlotte, apressando a sobremesa. Peguei o máximo de tigelas que consegui e levei para a sala, em parte porque o sino de Dominik me chamava como o canto de uma sereia e eu me sentia compelida a segui-lo, em parte porque sabia que Charlotte estava me desafiando e eu jamais a deixaria vencer. Não me acovardaria na cozinha nem tentaria me esconder, e Chris teria que aceitar a situação.

Os olhos dele se arregalaram quando apareci. Fitei-o rapidamente e baixei o olhar, na esperança de ele entender meu gesto silencioso e não dizer uma palavra. E não disse.

Foi Charlotte quem falou primeiro.

— O que você acha de nossa garçonete? — perguntou ela a Chris.

— Acho que ela é linda — respondeu ele sem hesitar.

Em seguida, ele recomeçou a tocar, interrompendo qualquer conversa. Dei um suspiro de alívio e desapareci na cozinha. Graças a Deus pelos bons amigos. Resolvi nunca mais abandonar Chris, independentemente da opinião de qualquer futuro amante sobre nosso relacionamento platônico.

Ele concluiu a performance e me encurralou na cozinha na hora de sair, claramente chocado pelo comportamento dos convidados de Charlotte, que agora estavam comemorando na sala como se estivessem terminando um banquete romano. O ar estava tomado de tensão sexual e eu desconfiava de que uma orgia talvez estivesse no cardápio, logo depois da sobremesa.

— Sum — disse ele, mantendo decididamente o contato visual, sem uma olhada rápida sequer para meus seios nus —, você conhece essas pessoas?

— Bem, não exatamente, só Charlotte.

Era verdade. Ela não tinha me apresentado pelo nome aos convidados, algo inerente a minha função naquela noite. Eu agora pensei que era estranho o modo como o papel que ela me dera me consumira completamente, desde o momento em que botei o avental e ouvi o primeiro toque da sineta.

— Meio estranho, não é? Você sabe — acrescentou ele em um sussurro, olhando uma garota, agora de topless na mesa de jantar, que claramente passava a mão na coxa do homem de uniforme cor-de-rosa de empregada —, se eu soubesse que você estava precisando tanto de dinheiro, teria ajudado você, querida. Você devia ter me ligado.

Meu coração despencou. Ele achava que eu estava fazendo isso pelo dinheiro. Não consegui contar a ele que estava trabalhando vestida assim de graça. Como eu poderia explicar a pura loucura disso tudo?

Eu assenti sem falar nada, envergonhada demais para olhar em seus olhos. Ele apertou meu ombro com delicadeza.

— Tenho que ir, gata. Tenho um show daqui a pouco. Eu te daria um abraço, mas... você sabe... seria estranho.

Meus olhos se encheram de lágrimas. Chris sempre fora a única pessoa que eu achava que realmente me entendia. Eu não sabia bem o que faria se o perdesse por causa disso.

Ele se esticou para a frente, evitando com cuidado meus seios, e me deu um beijo suave na bochecha.

— Me liga, tá? Ou apareça se quiser, quando você, hum, tiver terminado aqui.

— Tudo bem — respondi. — Até mais.

Ele saiu e a sineta tocou de novo.

Charlotte demorou um momento para articular seu pedido, pois ela estava ocupada, ajoelhada no chão, nua, com o rosto afundado na boceta de outra garota. Esperou até eu ter visto bem o que estava acontecendo e me pediu para trazer uma colher e outra tigela de sorvete.

— Fique aqui — disse ela. — Quero que você assista.

Fiquei presa ao chão, não apenas por ela ter me mandado ficar ali. Charlotte estava delicadamente colocando colheradas de sorvete na vagina da parceira e mergulhando a cabeça para sugar. A mulher se contorcia a cada mudança do calor para o frio, mas seu prazer era óbvio. O homem do clube, em cujo colo Charlotte estava sentada antes, também estava assistindo, com o pau forçando a frente da calça jeans. Eu queria abrir o zíper e puxá-lo para fora, mas meus braços não reagiram em resposta ao pensamento, ou por lealdade a Dominik, ainda limitada aos movimentos permitidos pelo espartilho, ou porque não pareceu apropriado, em minha posição de empregada, ser tão ousada.

Charlotte virou a cabeça para fitar os olhos do homem atrás dela, assentiu levemente em aprovação e abriu bem as longas pernas. Ele tirou o jeans e o pênis pulou para fora, sem a limitação de uma cueca. Ele tinha um membro particularmente bonito, perfeitamente reto, de cor homogênea, e com comprimento e grossura promissores. Era como uma coisa que se esperaria ver entalhada em mármore em uma galeria de arte. Ele parou por um momento, pegou o jeans e revirou os bolsos atrás de uma camisinha.

Em seguida, dobrou os joelhos o suficiente para conseguir enfiar o pau nela por trás. Quando ele a penetrou, o rosto de Charlotte foi tomado de puro prazer, de um êxtase quase religioso. Eu fui esquecida, pois ela estava perdida na sensação do membro grosso sendo bombeado dentro dela.

Eu a perdoei naquele momento. Charlotte não era menos cativa de seus desejos do que eu, e evidentemente ficava bem bonita entregue aos espasmos da paixão.

Peguei o prato agora vazio e a colher e voltei para a cozinha. A sineta não voltou a tocar, mas esperei, trancada no espartilho e nos saltos altos, com os pés agora latejando. O desconforto me deu uma sensação de paz, nada diferente do modo como eu me sentia quando meu corpo doía após algumas dezenas de voltas em uma piscina.

Depois de um tempo, os convidados foram embora e Charlotte chamou um táxi para mim.

— Foi tudo bem pra você, querida? — perguntou ela, com o braço afetuosamente ao redor de meus ombros.

— Foi — respondi. — Na verdade, até gostei.

— Que bom — disse ela.

Ela ficou no degrau da frente, segurando um lençol, sua única proteção do olhar curioso do motorista, e me viu desaparecer na noite.

Dominik ligou no dia seguinte para confirmar nosso encontro.

— Tem alguma coisa diferente na sua voz — disse ele.

— Tem — respondi.

— Conte para mim.

Pensei ter detectado uma pontada de preocupação, mas não tinha certeza. Ele poderia realmente estar preocupado comigo, ou então era apenas outra estratégia no jogo dele, mas eu não me sentia menos compelida a responder a sua pergunta do que me sentia a reagir ao toque de sua sineta. Contei a ele sobre o espartilho, sobre Charlotte e como me senti ao vê-la sendo penetrada por trás.

Ele me mandou uma mensagem de texto na noite anterior ao nosso encontro. "Venha às dez horas amanhã. Você vai ter plateia. De mais de uma pessoa."

8

Um homem e seu convidado

Era um aposento na casa de Dominik que Summer ainda não tinha visitado. No andar de cima. Podia muito bem ter sido um sótão no passado, mas tinha passado por uma grande reforma. Aqui e ali o teto se curvava, seguindo o caminho do telhado. Só duas das paredes eram cobertas de prateleiras, e a maior parte delas abrigava longas carreiras de revistas literárias e de cinema, com as lombadas amareladas, apesar de a prateleira de cima da parede esquerda ser dominada por uma variedade de livros mais velhos e com capa de algum tipo de couro, a maioria com títulos franceses. Summer não teve tempo de ver melhor e investigar mais. Não havia janelas, e a única luz vinha de duas claraboias quadradas no teto.

O aposento não tinha mais nada, como se Dominik o tivesse esvaziado deliberadamente de mobília e de qualquer coisa que pudesse representar uma distração.

Ele tinha pedido que ela chegasse às dez da noite. Era para ser uma performance noturna. A primeira vez que aconteceria tão tarde. Todos os seus encontros anteriores, como parte do contrato não escrito entre eles, aconteceram durante o dia ou no final da tarde.

Dominik a cumprimentou na porta e lhe deu um beijo casual na bochecha. Como sempre, suas feições estavam inescrutáveis, e Summer sabia que não conseguiria nenhuma resposta dele, então permaneceu em silêncio. Ele a acompanhou escada acima e abriu a porta que levava ao andar mais alto da casa.

— Aqui — disse ele.

Summer colocou o estojo do violino no piso de madeira.

— Agora? — perguntou a Dominik.

— Sim, agora — assentiu ele.

Ela estava doida para perguntar quem assistiria além dele, mas concluiu que era melhor esperar. Pontadas de desejo começavam a surgir dentro dela ao pensar em uma plateia que fosse testemunhar seu recital, seu trabalho, observando todos os seus movimentos e gestos.

Ela se despiu. Tinha ido à casa de Dominik usando uma calça jeans velha e uma camiseta branca apertada. Ele tinha dito que não havia motivo para se arrumar hoje. Nem meias e nem saltos altos, dissera ele. Ela ia ficar completamente nua. Pelo modo como orquestrava as performances sucessivas como um maestro louco, porém atencioso, ele parecia apreciar as variações sutis de vestir e despir a cada exibição dela.

Ela retirou rapidamente as poucas roupas e ficou ali de pé, nua, encarando-o. Por um breve momento, desejou que ele a possuísse bem ali, naquele momento, de quatro no chão de madeira, mas se deu conta de que essa não era a intenção dele hoje, ou pelo menos não antes de ela conjurar a música que o deixava com tanto desejo. Mais uma vez, eles combinaram antecipadamente a música que ela tocaria: o solo do movimento final do concerto para violino de Max Bruch.

Os olhos dele continuavam perscrutando-a. O aposento estava quente; as últimas brasas do sol passavam pelas claraboias.

— Esse batom é novo? — perguntou ele, olhando os lábios dela.

Ele era observador. Ela normalmente escolhia o batom dependendo da hora do dia, passando para um tom mais escuro de vermelho quando a noite chegava. Fazia isso havia anos. Achava que assim sentia a transição entre seu eu diurno e o noturno com muito mais precisão.

— Não é novo — respondeu ela. — Costumo usar um tom mais escuro e quente à noite.

— Que interessante — comentou ele, mais pensativo que o comum. — Você está com o batom aí?

— Estou com os dois, é claro — disse Summer, apontando a pequena bolsa no chão ao lado do jeans e da camiseta.

Dominik andou até lá, abriu a bolsa, pegou os dois batons guardados ali e examinou-os com atenção, avaliando os respectivos tons.

— Noite e dia — disse ele.

— Sim — confirmou Summer.

Ele descartou um deles, pegou o outro entre os dedos e o girou, fazendo com que o batom escuro em formato de dedo surgisse de dentro da embalagem de plástico. Ele escolheu a cor noturna.

— Venha aqui — ordenou ele.

Summer obedeceu, sem saber o que ele teria em mente.

— Endireite a coluna — disse ele.

Summer fez o que ele mandou, projetando os seios um pouco mais para a frente no processo.

Dominik se aproximou, a mão que segurava o batom ia em direção dos seios, onde cuidadosamente começou a pintar os mamilos endurecidos. Summer engoliu em seco. Um mamilo. Dois mamilos.

Pintada. Decorada. Melhorada. Ela olhou para baixo. A pintura a deixou com um aspecto ousado. Ela sorriu, admirando a perversão da imaginação de Dominik.

Mas ele não tinha terminado.

Ele deu um passo para trás, fitou Summer nos olhos e disse:

— Abra bem as pernas.

Ele se apoiou em um dos joelhos, ainda com o batom na mão. Acompanhou o olhar dela e mandou-a olhar para a frente, não para baixo.

Ela sentiu os dedos dele separando os grandes lábios, se inserindo na umidade dela, beliscando cada vez um lábio e o segurando enquanto a outra mão começou a pintar com o batom verticalmente ao longo da boceta e por cima dos lábios.

Summer sentiu um tremor percorrer todo o seu corpo, e por um momento as pernas abertas ficaram bambas. Ela nem conseguia imaginar como estava agora.

Dominik ficou de pé.

Ela agora estava maquiada para a performance.

— Pintada como a Grande Meretriz da Babilônia — comentou Dominik. — Enfeitada. Perfeita.

Ainda chocada pelo que tinha acabado de acontecer, Summer estava lutando para encontrar palavras.

Dominik tirou um pedaço de tecido negro do bolso da calça e apertou a venda ao redor da cabeça dela. Summer mergulhou na escuridão.

— Não vou saber quem está presente? — protestou ela debilmente.

— Não.

— Nem se é apenas uma pessoa ou mais?

— Você só vai poder supor, e só eu saberei — respondeu Dominik.

Outra variação do ritual.

Enquanto as implicações da situação ocupavam sua cabeça, Summer inspirou fundo.

— Vou deixar você sozinha agora — disse Dominik. — Pode ensaiar se quiser. Voltarei com meu convidado... ou convidados... — Ela notou o toque deliberado de ironia na voz dele. — Quando voltar, em uns 15 minutos, não estarei sozinho. Vou bater na porta três vezes e entrar. Você vai tocar para nós. Entendeu bem as regras?

Summer assentiu.

Dominik saiu do aposento.

Ela pegou o violino e começou a afiná-lo.

Dominik tinha pedido a Victor que deixasse os sapatos no andar de baixo. Assim, quando entraram no aposento do andar de cima, Summer não conseguiu analisar o som suave de meias na madeira com precisão para concluir qual era o número de visitantes.

Ao ver Summer de pé em toda a sua glória, com o violino na mão, as partes íntimas artificialmente melhoradas pelo tom escarlate do batom, Victor sorriu de orelha a orelha e se virou para Dominik como se para parabenizá-lo. Ele sabia que não tinha permissão para falar.

Desde que ajudara Dominik a recrutar o quarteto de cordas incompleto de Lauralynn, ele o perturbava por informações sobre o que especificamente ele vinha organizando. Dominik também desconfiava que Victor tinha mais do que um contato superficial com Lauralynn e que eles passavam bastante tempo juntos. Victor sempre fora uma presença duvidosa no campus e na vida social acadêmica de Dominik. Ele tinha raízes absurdamente complicadas, que estranhamente pareciam variar de acordo com a pessoa a quem ele estava contando a história. Era professor convidado de filosofia e notório aficionado por música, que transitava entre universidades como uma autoridade itinerante e raramente ficava muito tempo no mesmo lugar. Dominava os anfiteatros com perspicácia, tinha entusiasmo ensaiado e teorias complicadas que de alguma forma sempre conseguia publicar em periódicos refinados. Victor tinha estatura mediana, cabelos grisalhos e uma barba curta satânica, que aparava com precisão maníaca.

Dominik não era do tipo que prestava atenção a fofoca, mas sabia que havia muitos boatos acerca de Victor, com frequência maravilhosamente falsos. Ele era o homem a se procurar quando o assunto eram intrigas e questões libertinas, com supostamente um harém de casos com alunas em seu currículo pessoal. Um chefe de departamento certa vez insinuou, reprovando, que havia certos deveres extracurriculares automaticamente envolvidos caso um pesquisador de pós-graduação do sexo feminino desejasse que Victor fosse orientador de sua tese. Realmente, bem poucas alunas que não eram bonitas eram aceitas por ele — Dominik notara.

Por algum tempo, Victor vinha perturbando Dominik em busca de informações sobre o "projeto" dele, como ele mesmo colocou, e Dominik finalmente cedeu e admitiu a existência de Summer e a forma como o jogo vinha se desenvolvendo, embora tivesse mantido alguns dos detalhes mais íntimos em segredo.

— Preciso vê-la — disse Victor. — Simplesmente preciso.

— Ela é fascinante, admito — respondeu Dominik. — Talvez...

— Não talvez, meu querido rapaz. Você só precisa me dar permissão. Pelo menos uma vez. Sem dúvida, ela consentiria, não?

— Bem, ela consentiu em tudo até agora, ou pelo menos tolerou os desvios estranhos que isso está tomando — admitiu Dominik.

— Só como espectador, entende. Embora não um espectador desinteressado, naturalmente. Não existe um voyeur em todos nós?

— Eu sei — concordou Dominik.

— Peça a ela. Por favor?

— Às vezes, o consentimento dela não é expresso em palavras. Eu concluo. Ou está nos olhos, na maneira como ela se move.

— Faz sentido — disse Victor. — Você também consente, Dominik? Estou fascinado pelo objeto do seu experimento.

— Meu experimento?

— Não é o que isso tudo é?

— É, colocando deste modo, acho que sim.

— Bom. Então estamos entendidos, certo?

— Você vai vê-la tocar, e isso é tudo, entendido?

— Claro, meu querido rapaz, claro.

Victor passou o dedo distraidamente na barba curta, de uma maneira metódica, em intervalos regulares, enquanto Summer tocava. Os mamilos vermelho-escuros eram como alvos banhados na suave luz da lua que descia pelas claraboias quadradas, cercando-a de uma aura misteriosa que parecia reverberar ao som da música conforme a melodia era executada, viajando pelas avenidas intrincadas e vielas laterais antes de chegar à perfeição do destino final.

Os dedos dela estavam na escala, e o suave movimento do arco sobre as cordas esticadas parecia com o de um surfista sobre uma onda. A música percorria o corpo dela num nível subcutâneo, transportando-a, e os homens observaram em comunhão silenciosa, apesar da música que envolvia o aposento; ela sabia que estava sendo observada; eles a olhavam e se deleitavam com os encantos físicos e sua vulnerabilidade. Quanto a quem estava no controle, essa era uma questão bem diferente.

De pé ao lado de Victor, Dominik conseguia ouvir a respiração do outro homem subir e descer e se deu conta de que Victor estava tão atônito quanto ele. Summer nua tinha esse efeito, com as costas incrivelmente retas como se ela estivesse, de maneira libertina, se oferecendo para uso, exame ou ataque. Um pensamento louco percorreu sua mente. Certamente não? Ou... talvez? Ele mordeu a língua.

Com um floreio exagerado de autossatisfação, Summer chegou ao final da música. Com o fim do feitiço, Victor estava prestes a aplaudir, mas Dominik fez um gesto rápido para impedir seu movimento e levou um dedo aos lábios para indicar que o silêncio ainda era a ordem do dia. Summer não devia saber quem nem quantos estavam presentes.

Victor e Dominik trocaram olhares. Dominik sentiu como se Victor o estivesse encorajando. Ou será que era sua imaginação? Summer esperava, segurando o Bailly ao lado do corpo, orgulhosamente nua. Os olhos dele pousaram em seu diafragma e desceram mais um pouco. Ele percebeu a fenda por trás da fina cortina de esparsos cachos na suave luz que agora banhava o aposento.

Deu dois passos para a frente, pegou o violino da mão de Summer e delicadamente o colocou no chão atrás dele, onde não seria danificado.

— Quero você — disse ele. — Você me faz desejá-la, Summer.

Ela ainda estava vendada, então ele não podia ler a resposta nos olhos dela. Pousou a mão em um seio. O mamilo estava duro como pedra. Essa resposta era suficiente para ele.

Ele aproximou a boca e sussurrou no ouvido dela:

— Quero possuir você agora, bem aqui.

Houve a sugestão de uma concordância, apesar de ele não poder ter certeza.

— E vai haver uma pessoa assistindo...

Ela respirou fundo. Ele a sentiu tremer por um segundo.

Sua mão esquerda pousou no ombro dela e aplicou uma pressão suave.

— De joelhos, de quatro.

E, então, ele a fodeu.

Victor observou em silêncio absoluto, fascinado pelo espetáculo do pau grosso de Dominik deslizando para dentro e para fora da boceta de Summer, separando os grandes lábios com força implacável, bombeando até as profundidades dela. Ele observou a respiração dela aumentar e diminuir conforme era possuída, o delicado balanço dos seios que se moviam abaixo dela, impulsionados pelo movimento regular do corpo de Dominik contra o dela, os testículos batendo na parte de baixo da bunda.

Victor secou a testa e rapidamente tocou em si mesmo por cima do tecido da calça verde de veludo.

Com o canto do olho, enquanto penetrava e saía de Summer, Dominik conseguia ver o quanto o colega estava excitado, notou que ele estava sorrindo largamente para ele, mas logo foi distraído de novo pelo modo como o orifício anal dela se alargava sob o impacto de seu membro, como uma onda com o ponto de origem no coração da vagina que se abria em círculos concêntricos, atiçando primeiro o rabo e depois o resto do corpo, dando vida a toda a superfície da pele conforme o pico do prazer viajava por ela.

O orifício traseiro abriu microscopicamente, e Dominik não conseguiu deixar de pensar que um dia gostaria de fodê-la ali. Nesse momento, não viu o movimento de Victor, que se posicionou à frente dele, perto do rosto abaixado de Summer. Por um instante, Dominik imaginou que Victor estava prestes a botar o próprio pau para fora e enfiar na boca de Summer, no clássico "espeto", como ele sabia ser chamado esse ato em círculos mais vulgares, e ia protestar, mas tudo que Victor fez foi tirar um lenço do bolso da calça e, com incrível delicadeza, secar o suor na testa de Summer, presenteando Dominik com um sorriso alegre ao fazer isso.

Ao perceber que não era Dominik quem a estava tocando ali, embora com delicadeza, Summer contraiu o corpo por um segundo, e Dominik sentiu os músculos da boceta dela agarrarem seu pau com vigor extremo. Pensamentos tomaram a mente dele com coisas impossíveis, impropriedades e lembranças sem fim, e Dominik refletiu desesperadamente que leu em algum lugar (foi num livro do Marquês de Sade?) que, quando as mulheres morriam nos espasmos do sexo, seus músculos vaginais ficavam paralisados e o membro de um homem podia ficar preso lá, sem conseguir sair. Ou será que foi em outros contos pornográficos envolvendo mulheres e cães? A lembrança chocante o atingiu como um relâmpago e ele gozou violentamente, quase enojado por seus pensamentos.

Quando ergueu o olhar, viu que Victor tinha saído do aposento. Embaixo dele, Summer parecia arfar para recuperar o fôlego.

— Você está bem? — perguntou ele solicitamente, saindo de dentro dela.

— Estou — disse ela com hesitação.

Ela caiu com tudo no chão, tão cansada quanto, à sua maneira, ele também estava.

— Você ficou excitada em saber que estávamos sendo observados?

Ela tirou a venda e virou o rosto para ele. Estava ruborizada.

— Incrivelmente — confessou ela, e baixou os olhos.

Dominik agora sabia como a mente dela funcionava, como o corpo dela reagia ao olhar de um voyeur, mas ainda não sabia bem para onde iria levá-la depois.

O semestre na universidade chegara à metade e Dominik havia, tempos antes, concordado em ir a uma conferência em outro país, na qual seria um dos palestrantes principais, e tinha planejado tirar uns dias de folga na cidade depois da palestra oficial.

Quando Summer perguntou quando se encontrariam de novo, ele a informou da ausência iminente. A decepção foi visível no rosto dela. Eles estavam na cozinha dele no térreo, comendo torrada com manteiga depois da foda no andar de cima. Summer tinha vestido a camiseta, mas ainda estava escorrendo porra obscenamente e, a pedido de Dominik, não colocara o jeans. E estava sentada sem nada na parte de baixo sobre a cadeira de metal em frente à bancada de granito, sobre a qual ele tinha colocado pratos e copos de suco de toranja.

Ela ficou bem consciente de sua nudez quando o padrão quadriculado do assento marcou a pele do seu traseiro. Sem dúvida ele testemunharia outras marcas temporárias na bunda dela quando ela ficasse de pé, e apreciaria visivelmente o espetáculo quando ela tivesse que subir a escada para pegar o jeans; postado atrás, Dominik teria uma visão perfeita.

Ele estava mais uma vez distante e parecia incapaz de falar sobre qualquer assunto importante, muito menos comentar o que queria dela a longo prazo. Mas Summer era pragmática e estava feliz em deixar acontecer. Ele explicaria quando achasse que era a hora certa, assim ela esperava. Por enquanto, restringia-se a assuntos triviais. Ela queria muito fazer perguntas sobre ele, sobre seu passado, em uma tentativa de "lê-lo", entender melhor aquele homem curioso, mas talvez essa reserva, essa distância fosse parte essencial do jogo. Por um lado, ela se sentia enormemente atraída por ele, enquanto, por outro, havia algo sombrio em Dominik, uma escuridão que ela desejava, mas ao mesmo tempo a assustava. Era como se cada passo nessa espécie de relacionamento fosse um progresso astucioso em uma jornada para algum lugar que ela ainda não conseguia conceber.

— Você já foi a Roma? — perguntou ele.

— Não — respondeu Summer. — Tem tantos lugares na Europa que ainda não visitei. Quando cheguei à Europa, vinda da Nova Zelândia, jurei que tiraria vantagem disso e viajaria bastante, mas o dinheiro sempre está curto e raramente consigo. Fui uma vez a Paris passar uma semana com uma pequena banda de rock com a qual às vezes toco, mas só isso.

— E gostou?

— Foi maravilhoso. A comida é deliciosa, os museus são enormes, a atmosfera, elétrica, mas, como eu estava tocando com pessoas com quem não tinha muita intimidade, pois fui uma substituição de última hora, passei muito tempo ensaiando, então não tive chance de visitar todos os locais que queria. Jurei a mim mesma que voltaria pra ver e fazer mais. Um dia. Conhecer Paris direito.

— Eu soube que Paris tem clubes particulares bem excitantes.

— Clubes de fetiche? — perguntou Summer.

— Não exatamente — respondeu Dominik. — Eles chamam de *clubs échangistes*, o que quer dizer "clubes de suingue". Pode quase tudo.

— Você já foi a algum?

— Não. Nunca tive a pessoa certa para levar.

Seria um convite velado?, perguntou-se ela.

— Tem um famoso chamado Les Chandelles, "As Velas". É incrivelmente elegante e não há nada de sórdido nele — enfatizou ele, com um leve sorriso.

Em seguida, deixou o assunto de lado.

Que homem irritante. Logo quando ela estava cheia de perguntas! Será que estava pensando em levá-la lá e pedir que tocasse? Apenas música? Ou também para ser exibida sexualmente? Fodida em público, talvez? Até mesmo por outros? A imaginação de Summer havia disparado.

— Você tem planos para quando eu estiver viajando? Mais aventuras fetichistas, talvez? — perguntou Dominik.

— Nenhuma no momento — respondeu Summer, embora soubesse que era improvável que nada fosse acontecer. Provavelmente aconteceria. Cada nervo no seu corpo agora estava aceso como uma tocha, e ela sabia que sua excitação e sua curiosidade estavam descendo por uma ladeira escorregadia, o impulso aumentando a cada dia.

Era óbvio que Dominik estava ciente disso.

Suas feições ficaram mais solenes.

— Você entende que não me deve nada, certo? — perguntou ele. — É livre para seguir com sua vida na minha ausência, mas peço só uma coisa a você.

— O quê?

— Faça o que fizer, independente de com quem você se envolva além das banalidades normais do dia a dia, trabalhar, dormir, tocar com sua bandinha, quero que você me conte. Escreva para mim. Em detalhes. Me informe. Por e-mail, ou SMS, ou mesmo usando a rara e antiquada carta, se o tempo permitir. Você fará isso por mim?

Summer concordou.

— Posso oferecer uma carona para o seu apartamento?

Ela recusou. A casa dele ficava a poucos minutos da estação da Northern line e ela precisava de tempo para pensar, alguma espécie de tempo livre que não fosse de Dominik.

Dominik recusara quando a Universidade Sapienza em Roma ofereceu que ele ficasse em um hotel perto do campus. Preferia uma acomodação própria e reservou um quarto em um estabelecimento quatro estrelas perto da Via Manzoni, que ficava a dez minutos de táxi da Stazione Termini, onde o trem do aeroporto o deixaria.

Ele se dedicaria à conferência, faria uma palestra de literatura comparada sobre "Os aspectos do desespero na literatura dos anos 1930 aos 1950", concentrando-se no escritor italiano Cesare Pavese, um exemplo de uma longa tradição de escritores que cometeram suicídio pelos motivos errados. Era um assunto, apesar de um tanto triste, no qual ele tinha se tornado uma espécie de autoridade. Ele socializaria com os colegas internacionais, mas também queria tempo sozinho para refletir sobre essas semanas com Summer. Precisava muito esclarecer os pensamentos, analisar os sentimentos e decidir para onde queria que as coisas fossem agora. Tinha a sensação de que havia uma profusão de conflitos internos a ser resolvidos. Muitos mesmo. As coisas podiam ficar confusas.

Após o discurso principal, no segundo dia de sua estada em Roma, ele se juntou a um grupo de outros palestrantes e participantes e jantou em um restaurante perto do Campo dei Fiori, onde os *fragole di bosco*, os morangos selvagens, tinham o toque certo de acidez e aroma, e o açúcar de confeiteiro com o qual foram polvilhados acentuou o sabor com perfeição quando a fruta tocava na língua.

— Gostoso, não?

Do outro lado da mesa retangular estreita, uma mulher de cabelos escuros, a quem ele não tinha sido apresentado, sorria para ele. Dominik a fitou, afastando os olhos do suculento concerto de cores primárias em seu prato.

— Delicioso — opinou ele.

— São plantados nas montanhas, nas encostas — disse ela. — Não nas florestas, como dizem.

— Ah.

— Gostei muito da sua palestra. É um assunto interessante.

— Obrigado.

— Também gosto do livro que você escreveu há três anos sobre Scott Fitzgerald. É um assunto muito romântico, não?

— Obrigado de novo. É sempre uma surpresa agradável encontrar uma verdadeira leitora.

— Você conhece bem Roma, professor Dominik? — perguntou a mulher, enquanto o garçom andava ao redor da mesa equilibrando uma bandeja de espressos fumegantes.

— Não particularmente — disse ele. — Já vim aqui algumas vezes antes, mas não sou um bom turista. Não sou fã de igrejas nem de pedras velhas, sabe. Mas adoro o clima e as pessoas. Dá para sentir a história sem fazer um safári cultural propriamente dito.

— Isso é melhor ainda — comentou ela. — É bom decidir sozinho, não seguir o caminho comum. Aliás, meu nome é Alessandra — disse ela. — Moro em Pescara, mas trabalho na Universidade de Firenze. Dou aula de literatura antiga.

— Que interessante.

— Por quanto tempo vai ficar em Roma, professor Dominik? — perguntou Alessandra.

— Tenho mais cinco dias.

A conferência terminava na noite seguinte, e ele tinha planos para depois. Tinha pensado em relaxar, apreciar a comida e o clima, tirar um tempo para refletir.

— Se quiser, posso levar você para passear. Revelar a verdadeira Roma, não a dos turistas. Nada de igrejas, prometo. O que você me diz?

Por que não?, pensou Dominik. Os cabelos pretos desgrenhados eram formados por uma confusão de cachos indomados, e o bronzeado profundo de sua pele era uma promessa de calor. Será que ele havia deixado claro para Summer ainda em Londres que o que estava se desenvolvendo entre eles não era de natureza exclusiva? Ou não tinha? Ele sabia que não havia pedido promessa nenhuma a ela, nem ela exigira nada dele. Dava para chamar de aventura, não de relacionamento, no estágio em que estavam.

— Digo que sim — respondeu para Alessandra. — É uma ideia maravilhosa.

— Você conhece bem Trastevere? — perguntou ela.

— Espero conhecer em breve. — Dominik sorriu.

A sedução é basicamente um jogo entre um homem adulto e uma mulher adulta, em que nenhuma das partes está ciente de quem é o sedutor e quem é o seduzido. Foi assim com Alessandra de Pescara. O fato de que terminaram no quarto de hotel dela foi apenas uma questão de conveniência geográfica, pois o bar aonde eles foram de madrugada e onde tomaram os últimos drinques (martíni doce para ela e um copo habitual de Coca-Cola sem gelo para Dominik, pois ele era abstêmio por vontade, e não por princípio, pois nunca apreciou o gosto de álcool quando era mais jovem e consumia normalmente) era mais perto da *pensione* simples e estilizada dela do que do quarto simples, impessoal e caro do hotel de rede dele.

O telefone de Dominik vibrou quando ele entrou na suíte dela, segurando a mão de Alessandra depois de tê-la beijado no elevador e de ter tido permissão de acariciar o traseiro dela pela fina saia de algodão que ela usava.

Ele pediu a compreensão de Alessandra, com o pretexto de assuntos importantes de trabalho de natureza não acadêmica, e consultou a mensagem de texto que acabara de chegar. Era de Summer.

"Me sinto vazia", dizia a mensagem. "Penso em seus desejos distorcidos sem parar. Estou confusa, com tesão, meio perdida." Estava assinado apenas "S".

Quando Alessandra pediu licença e foi ao banheiro se arrumar, Dominik andou até a sacada onde as colinas de Roma cercavam o ambiente no ar quente e respondeu a mensagem de texto.

"Faça o que precisar, mas me conte tudo quando eu voltar. Assuma sua natureza. Considere isto um conselho, e não uma ordem. D."

Ele passou pelas cortinas flutuantes que protegiam a sacada ao voltar para o quarto. Alessandra estava esperando por ele e tinha servido duas taças. A dela parecia ter vinho branco, e a dele, água mineral.

Ela havia aberto os dois botões de cima da blusa branca, o que deixou à mostra duas curvas altas dos seios fartos, e estava sentada em uma cadeira estreita. A porta do quarto à direita dela estava entreaberta, com sua escuridão como uma caverna atraente. Dominik andou até Alessandra, ficou de pé atrás dela e segurou-lhe os cabelos, juntando os cachos selvagens. Ele apertou o cabelo, que se esticou sobre a cabeça de Alessandra, que gemeu baixinho em resposta. Dominik soltou, se inclinou e beijou-lhe enquanto suas mãos lhe circulavam o pescoço.

— *Sì* — disse Alessandra, claramente ofegante.

Ainda de pé atrás dela, ele conseguiu sentir o calor subindo-lhe pelo corpo.

— *Sì?* Significa? — perguntou ele.

— Significa que fodemos, não?

— Claro — confirmou Dominik, e suas mãos desceram, entraram sob o tecido da blusa e seguraram-lhe os seios. O coração dela estava disparado, seu ritmo como uma bateria sob a superfície da pele.

Ele passou o polegar pela textura vulcânica dos mamilos. Supunha que fossem marrom-escuros, por causa do tom de pele dela, e lembrou-se da delicada sinfonia de bege e rosa que delineava o contorno dos mamilos de Kathryn e o fato de raramente ficarem duros, e da natureza marrom-clara e mais áspera dos de Summer, e também dos seios de outra e mais outra das mulheres que habitaram seu passado, as que vieram, as que se foram, as que ele amou, desejou, abandonou, traiu, até magoou.

Arrancou a blusa de Alessandra com alguma violência, como se agora estivesse consumido pela raiva de ser ela ali no quarto com ele, e não outra. De a pele dela ser do tom errado, e não tomada de palidez. De a voz dela se expressar com um sotaque estrangeiro curioso que só servia para lembrá-lo do de Summer, do extremo sul do outro hemisfério. Ele sabia que não devia censurar Alessandra pelo corpo dela ser voluptuoso, e não ter uma cintura fina acima dos quadris largos. Ela era apenas o corpo errado na hora certa, ele achava, mas isso não a tornava sua inimiga. Ela esticou a mão para a calça dele e libertou o pau semiduro de dentro da cueca, depois o levou à boca quente e úmida. Droga, pensou ele, Summer ainda não tinha chupado seu pau. Será que isso significava alguma coisa, ou só que ele nunca a tinha convidado a fazer isso? A língua de Alessandra começou a brincar na glande, deslizando em uma dança inteligente ao redor dela, provocando, arrastando os dentes afiados na pele mais delicada de propósito. Com um movimento rápido, ele enfiou com força em sua boca, se forçando o mais fundo que ela conseguiu suportar, se aninhando nela. Por um breve momento, Dominik sentiu que ia fazê-la sufocar, e o olhar de medo e reprovação nos olhos de Alessandra quando o encarou de sua posição submissa o paralisou, mas ele não parou. Ele sabia que era apenas a raiva falando, ditando a rudeza de seus atos. Uma profunda irritação por ela não ser a mulher com quem ele queria estar agora: Summer.

Dominik relaxou e se despiu enquanto Alessandra fazia o mesmo em silêncio e, distanciando a boca de seu pau, se deitou na cama para esperar a união. Pelos olhos dela, os dois sabiam que ia ser uma foda violenta, rude, uma união mecânica sem elementos de romantismo nem gentileza. Estava bom para os dois. Seria a única foda deles. Um erro, talvez. Estranhos se agarrando a uma boia à noite. Talvez ela também desejasse os braços e o pênis de outro homem, especulou Dominik, e era por isso que o encontro dos dois naquela noite não significava nada.

Eles se separariam de manhã com poucas palavras e sem carinhos, seguindo cada um seu caminho. Dominik não tinha planos de voltar a Roma no futuro próximo. Quando os dois estavam completamente nus, ele se jogou em cima dela, pele contra pele, suor misturado com suor, abriu as pernas dela e a penetrou. Sem dizer uma palavra.

Ao fundo, o celular de Dominik tremeu de novo, mas ele não leria a mensagem de Summer até a manhã seguinte.

"Que seja. S."

Summer estava preocupada com suas finanças. Agora que tinha parado de tocar no metrô, o salário baixo e as gorjetas dos shows no restaurante eram pouco. A banda estava em pausa, com Chris improvisando material novo em um estúdio caseiro barato fora de Londres, na casa de campo de um amigo, e ela gravou suas curtas partes no violino semanas antes e não receberia por esse trabalho até que a gravação gerasse lucro. Estava tendo que usar as últimas economias. Eram táxis demais para locais distantes: Hampstead, clubes de fetiche, e assim por diante. Eram encontros e destinos para os quais ela não podia ir de transporte público sem se sentir envergonhada demais. E não havia como pedir que Dominik a ajudasse. Nem mais ninguém.

Ela ouvira que havia um quadro anunciando empregos, músicos de estúdio e possibilidades de dar aulas na faculdade de música de Kensington. Quando chegou, o hall de entrada estava quase deserto e ela se deu conta de que era época de férias, na metade do semestre. Droga. Qualquer coisa que estivesse no quadro seria alguma proposta velha!

Foi até a parede mais distante para observar os recados presos e os cartões retangulares espalhados na superfície do quadro de avisos, pegou um pequeno caderno na bolsa e anotou alguns números, verificando as datas em que foram postados para evitar perder tempo com coisas antigas demais.

Entre pedidos de aulas de violino para crianças de subúrbio e muito poucos pedidos bem-remunerados de grupos de cordas (traga seu vestido preto e maquiagem) para tocar ao fundo em gravações de TV com grupos de rock em busca de credibilidade clássica, ela viu um cartão com um toque familiar e descobriu como Dominik encontrou os três músicos que tocaram com ela na cripta. Ela sorriu. Todas as estradas levavam a Roma, certamente... E então ela teve um momento de dúvida quando notou que o número de telefone não era de Dominik. Talvez ele tenha usado outro número, de acordo com a ocasião. Ela arquivou a informação.

— Está procurando show? — disse uma voz doce de garota em seu ouvido. Summer se virou para sua interlocutora.

— Estou, mas não há muitas oportunidades, não é?

A jovem era muito alta, quase uma amazona, loura oxigenada e um tanto espetacular em uma jaqueta de couro escuro de piloto e calça jeans skinny preta que terminava em botas reluzentes com saltos finíssimos. Havia alguma coisa familiar nela. Era o sorriso torto no canto dos lábios, o modo como contemplava Summer com diversão distante e como assumiu uma postura de superioridade.

— Aquele é interessante, não é? — disse a recém-chegada, apontando o cartão que chamara a atenção de Summer.

— É. Meio misterioso e cheio de segredos — comentou Summer.

— Acho que já deve ter passado a data — disse a mulher —, mas alguém se esqueceu de tirar do quadro.

— Talvez — disse Summer.

— Você não me reconhece, não é? — perguntou a loura.

Tudo veio à mente de Summer de repente e ela se sentiu ruborizar. Era a violoncelista da primeira sessão na cripta.

— Ah, Laura, não é?

— Lauralynn, na verdade. Lamento ter sido tão pouco marcante pra você, mas acho que sua cabeça estava em outras coisas. Na música, sem dúvida?

A malícia na voz dela era evidente, e Summer lembrou-se do dia e de como pensou brevemente que, por baixo da venda, Lauralynn tinha sido, de alguma forma, testemunha de sua nudez.

— Achei que tocamos bem juntas. Apesar de eu não poder ver você — enfatizou Lauralynn de maneira provocante.

— Verdade — confirmou Summer.

Elas rapidamente estabeleceram um contato musical, apesar da natureza peculiar da performance.

— O que você está procurando? — perguntou Lauralynn.

— Um trabalho. Trabalhos. Qualquer coisa. Com música, preferivelmente. Minhas finanças andam muito curtas agora — admitiu Summer.

— Entendo. Bem, alguns dos melhores não estão anunciados aqui. Você não estuda aqui, estuda? Os melhores shows costumam vir do boca a boca.

— Ah.

— Vamos tomar um café, talvez? — propôs Lauralynn. — Tem um café legal no primeiro andar, e estamos em férias, não vai estar cheio. Podemos falar em particular.

Summer concordou e a seguiu pela escada circular para a qual Lauralynn se dirigiu. Os contornos da bunda dela enquanto subia se destacaram contra o tecido do jeans como uma segunda pele. Summer nunca tinha se sentido atraída por mulheres, mas havia uma aura inegável nessa loura, um ar de autoridade e autoconfiança que ela raramente encontrava nos homens.

Elas rapidamente se sentiram próximas, pois descobriram que tinham passado alguns anos na Austrália na mesma época, mas em cidades diferentes, e conheciam muitos lugares em comum, locais populares no ramo da música. Summer sentiu que começava a relaxar e a gostar de Lauralynn, apesar dos tons ambíguos de manipulação que instintivamente sentia nela. Elas concordaram depois de duas rodadas de café em diminuir a cafeína e passaram para Prosecco. Lauralynn insistiu em pagar pela garrafa.

— Quão flexível você é? — perguntou Lauralynn de repente, depois de uma conversa trivial sobre a acústica dos locais de Sydney.

— Flexível como? — perguntou Summer, sem saber a que Lauralynn estava se referindo, se devia atribuir duplo sentido à pergunta.

— Em termos de onde você mora.

— Razoavelmente flexível, eu acho — respondeu Summer. — Por quê?

— Sei que há uma vaga em um grupo clássico de segunda divisão. Acho que você é boa o bastante. Passaria pelo teste com louvor, não tenho dúvida. Mesmo vendada. — Ela riu.

— Parece ótimo.

— Mas é em Nova York. E querem alguém que aceite um contrato mínimo de um ano.

— Ah.

— Tenho contato com a caça-talentos em Bishopsgate que está cuidando disso. Ela também é da Nova Zelândia, então vocês teriam alguma coisa em comum. Eu adoraria passar um tempo em Nova York, mas não há demanda agora para violoncelo.

— Não sei.

— É por causa dele que você está hesitante?

— Dele?

— Seu cara, seu benfeitor, posso dizer assim? Ou ele é seu senhor?

— De jeito nenhum — protestou Summer. — Não funciona dessa maneira.

— Você não precisa fingir, sabe. Eu supus o que estava acontecendo, o que vocês dois estavam fazendo na cripta. Ele queria você nua, não queria? Ficou excitado em ver você tocando assim com todos nós ainda vestidos, não?

Summer engoliu em seco.

— Você também ficou excitada, não? — continuou Lauralynn.

Summer encontrou refúgio no silêncio. Ela tomou outro gole do espumante, que agora já estava ficando sem gás.

— Como você sabia? — perguntou ela.

— Eu não sabia — respondeu Lauralynn. — Eu concluí. Mas um amigo meu com experiência em perversões postou o anúncio pro seu cara, porque eles são amigos, então eu fazia uma boa ideia de que o episódio todo não era nada insípido. E saiba que não desaprovo em nada. Também gosto dessas coisas. — Ela sorriu de maneira conspiradora.

— Conte mais — pediu Summer.

9

Uma garota e sua nova amiga

— Posso fazer melhor — disse Lauralynn. — Vou mostrar a você.

Ainda estávamos no café da universidade, discutindo o envolvimento de Lauralynn com o mundo da perversão.

Ela esticou um braço longo e magro por cima da mesa e pegou minha mão, passando as unhas de leve na parte de trás do meu pulso.

Eu engoli em seco.

Não sabia bem se ela estava afirmando ou fazendo um convite, e nem para quê.

— Você já viu uma *domme* em ação? — perguntou ela.

A ênfase no "M" deixou claro que ela estava se referindo a uma mulher, mais comumente chamada de "dominatrix" fora dos círculos de perversão.

— Algumas vezes — respondi —, mas só em clubes. Não, bem... em particular.

Estávamos em nossa segunda garrafa de Prosecco agora, e eu tinha quase certeza de que eu a havia consumido quase toda. Ou isso, ou Lauralynn tinha uma tolerância extraordinária ao álcool, pois eu já estava mais do que alegrinha, enquanto ela parecia sóbria e controlada.

— Você deveria concluir seu aprendizado com um gostinho do outro lado. Nem tudo é melhor com homens, sabe.

Ela ergueu uma sobrancelha ao dizer a palavra "gostinho", e minha reação foi ficar vermelha. Eu não estava acostumada a flertar com mulheres e me senti confusa. A situação lembrava meu primeiro encontro com Dominik, no café em St. Katharine Docks. Estávamos sentados um de cada lado da mesa, observando-nos, em uma batalha silenciosa entre dominação e submissão, atração e orgulho.

— Hum, o que isso envolveria?

— Só eu saberia, você teria que descobrir. Eu não iria querer estragar a experiência acabando com a surpresa.

Ela tinha tirado a mão de cima da minha e agora estava com o antebraço apoiado na mesa, passando o dedo indicador pela borda da taça em círculos lentos e deliberados. Lauralynn reparou que eu estava observando o caminho da ponta de seu dedo, com pressão firme, sem ceder contra o vidro, e sorriu com malícia.

— Pensando em seu homem — perguntou ela — ou em mim?

Pensei em Dominik. Era verdade que tínhamos concordado que nós dois éramos livres para explorar nossos desejos, e eu o vinha mantendo informado sobre os detalhes das minhas explorações, como ele pedira, mas não sabia bem como ele se sentiria quanto a eu ser deliberadamente dominada por outra pessoa, além de uma foda casual ou de uma brincadeira em um clube. Parecia diferente, de alguma forma. Particularmente por a instigadora ser Lauralynn, que há pouco tempo tinha trabalhado para Dominik, e tecnicamente ainda trabalhava, eu achava, pois ela ainda devia estar executando a tarefa de manter os detalhes do nosso recital em segredo.

Na verdade, eu não conseguiria contar a Dominik sobre isso. Não havia como informá-lo do meu encontro com Lauralynn sem revelar quem ela era. Ele não queria que tivéssemos contato depois do evento, eu tinha certeza disso. Então eu teria que desobedecer a uma instrução se quisesse aceitar a proposta dela.

O pensamento me encheu de um sentimento de rebelião. Dominik não era meu dono. O poder dele sobre meu comportamento só se estendia até onde eu permitisse. Além do mais, ele nunca tinha me instruído especificamente a não fazer sexo com Lauralynn, ou o que quer que ela tivesse em mente.

Eu me lembrei do modo como o jeans dela parecia esculpido sobre a bunda e o modo como o sorriso sempre presente se movia em seus lábios. Eu apostava que era extremamente pervertida.

Fora alguns amassos e umas apalpadas hesitantes, eu nunca havia chegado aos finalmentes com uma mulher. Era uma coisa que sempre quis tentar, mas nunca tive coragem o suficiente para ir em frente em nenhuma das oportunidades, independentemente de quão promissoras tivessem parecido na época.

Eu estava animada por causa do Prosecco e da segurança sexual que Lauralynn exalava. Ela tinha mais do que o suficiente por nós duas.

— Ele não é meu homem — protestei, olhando nos olhos dela.

— Que bom.

Dez minutos depois, estávamos no banco de trás de um táxi preto, percorrendo rapidamente as ruas a caminho do apartamento dela em South Kensington.

Ela também parecia estar se saindo bem na vida, refleti quando chegamos e observei o interior do apartamento. Era velho, é claro, como quase tudo em Londres, mas bem maior do que a maioria dos apartamentos de um quarto que eu tinha visto, com dois andares. O interior era como eu esperava, reluzente, clean, tudo em branco, com poucos enfeites. O efeito poderia facilmente ter sido frio, mas havia uma nota bem-humorada na personalidade misteriosa de Lauralynn e pensei que a postura de rainha do gelo que ela assumia era em parte encenação. Havia uma pessoa mais calorosa por baixo, eu apostava.

Ela me viu olhando ao redor.

— Controle de ruídos — disse ela. — Foi por isso que me mudei pra cá.

— Controle de ruídos?

— O revestimento é grosso.

— Ah.

— Sufoca os gritos.

Lá estava aquele sorriso malicioso de novo.

— Meus outros vizinhos reclamavam, então tive que me mudar — explicou ela, dando de ombros.

Segurei um sorriso. Sempre me divertia nas ocasiões em que o mundano colidia com o obsceno. Esse mundo do qual eu agora fazia parte parecia tão sombrio e glamoroso visto de fora! Mas os pervertidos, como todas as pessoas do mundo, precisam encaixar suas atividades extracurriculares com a rotina diária de pagar o aluguel, explicar a presença de objetos incomuns a colegas de apartamento e senhorios, aprender e praticar sua arte às vezes nos lugares mais comuns.

Lauralynn desapareceu na cozinha, e ouvi o barulho de gelo caindo no copo e o zumbido suave de uma garrafa sendo aberta.

— Sente-se — disse ela, entregando-me uma bebida em um pesado copo e apontando um enorme sofá de couro creme em L que percorria duas paredes da sala. — Só vou trocar de roupa e vestir uma coisa mais... apropriada.

Eu assenti e tomei um gole. Água mineral. Talvez ela tivesse reparado que o Prosecco tinha me deixado meio tonta. Álcool e perversões sexuais mais fisicamente exigentes não são uma combinação inteligente, mas essa era uma das razões para eu confiar tão facilmente em Dominik e no uso que ele fazia do meu corpo: ele não bebia.

Ela se virou para mim de novo quando chegou à base da escada.

— Ah, Summer?

— Sim?

— Um amigo está vindo.

Ela me deixou pensando nisso por uns vinte minutos, tempo que passei prestando atenção na campainha e me perguntando o que eu faria se ela tocasse antes de Lauralynn voltar. Também aproveitei a oportunidade para usar o banheiro do andar de baixo, para me refrescar.

Será que ela me chuparia?, eu me perguntei, e me lavei rapidamente, só por garantia. Ou esperava que eu a chupasse? Eu era bastante experiente em felação, uma tarefa que particularmente apreciava, pois me deliciava com o poder que sentia quando trabalhava profundamente no homem e dava a ele tanto prazer que parecia esquecer todo o resto, como um cativo da minha boca, mesmo sendo eu a estar de joelhos. Mas nunca tinha usado a língua em uma mulher e não sabia bem como proceder. Fiz uma careta quando pensei no quanto era difícil um amante me fazer atingir o orgasmo, e só com um ritmo perfeitamente orquestrado de toque e sugestão mental, e mesmo assim nada era garantido. Será que eu conseguiria fazer Lauralynn gozar? Eu nem tinha certeza se isso estava nos pensamentos dela.

Pelo pouco que entendia, o relacionamento entre submissos, ou escravos, e seus mestres não era sexual, mas sim uma troca de poder, uma dança complexa entre servidão e idolatria, de um lado, e, do outro, uma espécie benevolente e teatral de exercício de autoridade. Em todas essas cenas, parecia que a dominatrix estava no poder, mas na verdade ela costumava ter grande trabalho para entender a psicologia particular de cada cliente e dar a eles exatamente o que queriam.

Não era um trabalho fácil, de jeito algum, apesar de provavelmente ser trabalho para Lauralynn, o que explicaria o apartamento sofisticado e por que os aposentos eram mobiliados de forma tão impessoal e todas as superfícies pareciam fáceis de limpar.

Ouvi os saltos dela na escada de novo e terminei rapidamente de me limpar. Lauralynn estava atendendo a porta quando saí do banheiro.

Ela agora usava um macacão de látex de corpo inteiro, exceto pela cobertura de cabeça, e estava magnífica. Tinha trocado as botas, e as atuais tinham saltos ainda maiores, arranha-céus tão altos que fiquei impressionada por ela conseguir andar com eles sem cair. O cabelo tinha sido alisado, e ela aplicara um produto leve que o fazia brilhar na luz, como uma pesada cortina loura que balançava quando ela andava. Ela parecia saída de um filme de super-heróis.

Uma deusa, realmente. Eu conseguia entender sem hesitação nenhuma por que um homem iria querer idolatrar Lauralynn. Pensei que até as flores abaixariam as cabeças em homenagem a ela quando passasse.

— Marcus — disse ela, para o homem à porta.

Ela tinha se deslocado um pouco para o lado, então consegui ver.

Ele tinha altura e porte médios, com cabelos castanho-escuros. Era razoavelmente bonito, mas nada de espetacular. A roupa não demonstrava personalidade: uma calça jeans comum e uma camisa branca de manga curta com colarinho, bem-passada. Dava para confundi-lo com qualquer outro homem na rua; era o tipo de homem que jamais seria identificado com precisão em uma sala de reconhecimento em uma delegacia.

— Senhora — respondeu ele em um tom de óbvia reverência, baixando a cabeça para beijar a mão dela.

— Entre.

Ela virou-lhe as costas de forma altiva e ele a seguiu para dentro do apartamento como um cachorrinho seguiria seu dono. Ela nos apresentou e ele também beijou minha mão. A ação foi completamente estranha para mim, e fiquei imediatamente constrangida pela demonstração de subserviência. Queria explicar que eu não era *domme*, mas a expressão no rosto de Lauralynn me proibia. A cena era dela, e eu respeitaria o papel que ela quisesse que eu executasse.

Marcus e eu seguimos Lauralynn em silêncio, parando quando ela chegou ao pé da escada.

— De joelhos — disse ela a Marcus, que imediatamente se abaixou atrás de mim. — E não olhe por baixo da saia dela.

Assim, uma espécie de ordem foi estabelecida, com Lauralynn no comando, eu como uma espécie de cúmplice e Marcus como submisso de Lauralynn (se escravo ou servo, eu não sabia, pois não conhecia o suficiente para identificar a diferença, se é que ela existia).

— Sente-se, Summer — falou para mim, indicando com a mão a cama *king size*, adornada inteiramente em preto, uma mudança dramática do branco do andar de baixo. Talvez ela não permitisse que homens tivessem orgasmos ali, eu refleti, senão seria difícil manter os lençóis limpos.

Eu me sentei.

— Lave os pés dela — instruiu Marcus, que ainda estava de joelhos, com o corpo empertigado, aguardando as ordens de Lauralynn com a ansiedade de um cachorro esperando um osso.

Eu me inclinei e comecei a tirar os sapatos.

— Não — disse ela. — Ele fará isso.

Marcus foi imediatamente até ela de joelhos. Ela tinha bacia e pano prontos. Eu desconfiava de que ela já havia feito isso antes.

Ele voltou, ainda de joelhos, com a bacia equilibrada cuidadosamente em uma das mãos e o pano sobre o braço, com bastante elegância, como um garçom.

Ele pegou um dos meus pés, tirou meu sapato e começou a trabalhar, sempre olhando cuidadosamente para longe de mim, para o chão atrás dele, evitando deliberadamente qualquer visão acidental que pudesse ter sob minha saia. Seu toque era delicado, experiente, a julgar pela habilidade, principalmente por ele executar a tarefa sem ver; ele poderia ter sido esteticista, e talvez fosse, em sua outra vida.

Foi bastante agradável, mas o ato todo me deixou desesperadamente desconfortável. Tentei parecer satisfeita, sem querer dar a Marcus qualquer indicação de que eu não estava feliz com os esforços dele, embora ele provavelmente fosse gostar disso. Lauralynn me observava como um falcão enquanto andava pelo quarto, esguia como uma pantera no macacão, o látex brilhando tanto que eu conseguiria ver meu reflexo nele se ela chegasse mais perto. Ela estava com uma chibata agora, que ocasionalmente balançava na frente de nós com um floreio, como ameaça ou promessa.

Por fim, ele terminou. Dei um suspiro de alívio.

— Obrigada — falei com gentileza para o homem aos meus pés.

— Não agradeça — disse Lauralynn. Ela colocou o chicote debaixo do queixo dele, erguendo sua cabeça delicadamente. — Levante-se.

Ele se levantou.

— Tire suas roupas.

Ele tirou a camisa e o jeans obedientemente. Era um homem bonito. Tudo combinava. As feições eram simétricas, o corpo era razoavelmente magro, mas, de alguma forma, não havia nada nele que eu achasse remotamente atraente.

Lauralynn tirava meu fôlego e fazia meus batimentos acelerarem, mas meus sentimentos por Marcus ficavam em algum ponto entre a ambivalência e a repulsa. Ele parecia tão vulnerável ali, de pé sem as roupas, sob o comando dela, mais que simplesmente nu, como um leão que acabou de ser tosquiado por caçadores.

Era isso que as pessoas viam quando me testemunhavam sendo dominada?, perguntei-me. Talvez. Talvez dependesse das idiossincrasias de cada observador. Parecia que minha peculiar composição sexual não incluía atração por homens submissos. E, considerando meu histórico de relacionamentos, aquilo não era surpresa. As outras pessoas também deviam ter suas peculiaridades e seus gostos específicos.

— Suba na cama — ordenou Lauralynn. Ela andava ao redor dele agora, como um felino em volta da presa.

Marcus correu para obedecer.

Ela se inclinou sobre ele e amarrou uma venda em sua cabeça, verificando a firmeza com uma carícia delicada, como se estivesse acalmando um animal de estimação prestes a ser punido.

— Agora você vai esperar que a gente volte.

Ela o deixou na cama e fez sinal para que eu a seguisse até o banheiro. Fechou a porta, agachou-se, abriu o armário sob a pia e pegou dois consolos grandes e pretos dentro de sacos fechados, cada um preso a uma tira. Cintas penianas. Outro item que eu tinha visto em sex shops e filmes pornôs, mas nunca ao vivo. É claro que eu vira ação entre garotas nas festas que frequentei, mas as fodas com penetração, agora que eu pensava no assunto, foram completamente heterossexuais. Era uma pena, na verdade. Eu gostaria de ver duas mulheres, ou dois homens, unidos assim.

Lauralynn me entregou um e a ficha caiu.

— Coloque isto — disse ela.

— Ah, Deus, eu não posso comê-lo!

— Você talvez se surpreenda com o que é capaz de fazer. E ele adora. Você vai fazer um favor a ele, acredite.

Ela deu outra olhada no meu rosto e sua expressão se anuviou.

— Tudo bem — disse ela —, vou deixar você escolher um lado. Qual você quer, a parte da frente ou de trás?

— Quero a da frente, por favor — respondi, certa de que preferia não escolher nenhuma, mas aceitando a cinta que ela me ofereceu. Era surpreendentemente pesada e não parecia confortável. Seria um trabalho difícil. — Devo tirar minhas roupas?

— Não. Ele não tem permissão de ver mulheres nuas. Fique vestida, para o caso de a venda escorregar.

Eu me perguntei qual era o sentido daquilo. Acho que fazia Lauralynn parecer ainda mais intocável, se ele nunca podia ver o lado vulnerável dela, o corpo nu.

Agora, com a cinta, voltamos ao quarto, onde Marcus estava esperando de quatro, pacientemente se oferecendo para nós, para nosso uso.

Engoli em seco. Eu não sabia se conseguiria ir até o fim, mas tinha ido até ali e não queria fazer Lauralynn de boba pulando fora agora.

Ela estava linda com a cinta. Usava-a com o ar de uma pessoa que realmente tinha um pau. De certa forma, acho que tinha. De repente, desejei ser Marcus. Eu queria estar de quatro, prostrada na frente dela, sentindo seu pau grande e preto abrindo espaço na minha boceta. Ele ficaria duro para sempre, eu pensei, com uma pontada de inveja, e depois, de raiva. Ele tomou meu lugar e eu não gostei.

Não consegui vislumbrar meu reflexo, mas me senti estranha e inadequada, tola, com a cinta por cima das roupas. Era volumosa demais, e a tira da cintura era grande demais para mim, de forma que balançava absurdamente enquanto eu andava.

Lauralynn já estava atrás dele. Ela tinha virado a bunda dele para ela, e vi quando colocou uma luva cirúrgica em uma das mãos e cobriu o dedo do meio e o indicador com lubrificante. Ao ouvir o som da luva estalando de leve sobre o pulso dela, Marcus gemeu de expectativa de prazer e ergueu a bunda demonstrando estar pronto, como uma cadela no cio, preparado para montarem nele.

Ela inseriu um e depois dois dedos no ânus dele, com deleite óbvio.

— O que você diz, escravo ingrato? — disse ela.

— Ah, obrigado, senhora, obrigado!

Ele começou a se mexer para trás e para a frente, para trás e para a frente contra os dedos, e suas bolas batiarn com força na palma da mão dela.

Ela fez sinal para que eu me posicionasse na frente do rosto dele.

— Abra a boca e chupe o pau da moça, escravo.

Eu me desloquei um pouco para a frente, para que ele conseguisse me alcançar, e observei quando começou a lamber com avidez a cabeça do meu pau. Comecei a me mexer.

— Já está pronto pro meu cacete? — disse Lauralynn, tirando os dedos do ânus dele e cuidadosamente retirando a luva e colocando-a de lado com um lenço de papel. Reparei que ela havia colocado uma pequena toalha embaixo dele, diretamente abaixo do pênis completamente ereto. Então era assim que ela mantinha os lençóis limpos.

Marcus deu um gemido baixo, um casamento gutural de dor e prazer escapando de seus lábios, quando Lauralynn penetrou seu cu, abrindo seu orifício mais obsceno com o cacete, movimentando-se para a frente e para trás como um pistão.

Ela olhou em meus olhos com firmeza.

— Fode ele — falou.

Eu estava excitada e furiosa ao mesmo tempo. Queria que Lauralynn me fodesse, não esse homem lamentável que gemia na cama dela. Devia ser eu com as pernas abertas na frente dela, não ele.

Segurei na venda dele e o puxei para o meu pau, fiz com que engasgasse com a cabeça do consolo. "A sensação é essa!", eu queria gritar. "Está gostando, seu homenzinho de merda?"

Consegui ouvi-lo começar a se engasgar e soltei a cabeça dele, mas ele não soltou meu pau e continuou a enfiar o consolo o mais fundo que conseguia na garganta.

Lauralynn, do outro lado, esticou a mão, segurou meus ombros e enfiou com força na bunda dele com um empurrão final.

Ele tirou a boca do meu pau e gozou com um grito. Jatos de sêmen branco saíram do pênis dele para cima da toalha, quase encostando na minha saia. Lauralynn delicadamente se soltou do aperto do esfíncter dele e viu-o desabar sobre a cama. Ela se inclinou e tirou a venda, acariciando a cabeça de Marcus com afeição.

— Bom menino — disse ela. — Gostou?

— Ah, sim, senhora.

— Senhoras — disse ela com firmeza, enfatizando o plural.

Eu franzi a testa e a segui até o banheiro, deixando que Marcus se recuperasse.

— Então, Summer Zahova — disse ela com um sorrisinho, enquanto soltava a cinta —, nem tão submissa assim afinal, hein?

Duas horas depois, eu estava em casa de novo, encolhida na cama e olhando pela janela, para a vista decididamente nada panorâmica da parede de tijolos do prédio ao lado, como se pudesse adquirir alguma sabedoria do cimento e do tijolo sempre presentes.

A caça-talentos neozelandesa que Lauralynn recomendara tinha deixado uma mensagem na minha caixa postal para falar de um teste para o emprego em Nova York. Lauralynn devia ter-lhe enviado meus dados imediatamente, logo depois que saí.

Eu queria ir a Nova York há muito tempo, e sonhava com uma oportunidade assim havia anos, mas já estava começando a me sentir em casa em Londres, finalmente criando uma vida na qual me encaixava, mesmo que ainda confusa, com Dominik e agora com Lauralynn.

Eu não sabia mais quem eu era, nem quem queria ser. A única coisa que tinha certeza era meu violino, meu belo Bailly, e mesmo isso não parecia completamente meu. Eu jamais conseguiria segurá-lo sem pensar em Dominik.

O estojo do violino estava no canto, e sua presença agora não era apenas uma alegria, mas também uma acusação.

Eu me sentia terrivelmente culpada depois da aventura com Lauralynn. A única coisa que Dominik tinha me pedido era que eu fosse sincera com ele, e eu não tinha sido, ou, pelo menos, planejava conscientemente não ser. Como poderia contar a ele minha experiência com o escravo de Lauralynn e a cinta peniana? Era um afastamento enorme de tudo que ele sabia de mim. Ele pensaria que não me conhecia em absoluto.

Meu turno iria começar em algumas horas, e eu não podia me distrair. Sabia que não vinha sendo a mesma pessoa alegre e atenciosa nas últimas semanas, tão envolvida como estava em todos os acontecimentos de minha vida pessoal. Eu tinha recebido um aviso informal algumas semanas antes, no dia seguinte ao último recital na casa de Dominik. Ficara tão confusa com o recital que deixei cair e quebrei alguns copos e, é claro, dei o troco errado a alguém, pois, na hora de fechar, faltavam 20 libras no caixa, e tinha sido eu quem havia ficado quase o tempo todo recebendo naquele dia.

Para melhorar meu humor, coloquei tênis e roupa de ginástica e fui correr, seguindo da minha casa até a Tower Bridge e depois pelo Thames Path e pela Millenium Bridge, para completar o circuito do outro lado. Estava ouvindo uma música americana para me ajudar a tomar a decisão, o último álbum do Black Keys. Era uma das bandas favoritas de Chris. Ele e eu tínhamos nos conhecido na fileira da frente do show de sua banda em Hackney Empire durante minha primeira semana em Londres.

Liguei para Chris quando cheguei em casa depois de correr, só para ouvir o som de sua voz, mas ele não atendeu. Eu não o via desde a festa da Charlotte e, quanto mais fundo ia no mundo do fetiche, mais temia não conseguir sobrepor o vão, casar os dois lados da minha vida e manter nossa amizade viva sem ter que esconder dele as partes que eu achava que ele não aprovaria.

A corrida ajudou a acalmar um pouco minha mente, mas eu ainda estava um pouco agitada quando cheguei ao trabalho. Tentei me desligar, tirar de foco tudo que não fosse o zumbido regular da máquina de café, os estalos quando eu colocava o recipiente com os grãos no lugar e o assovio suave do leite virando espuma na jarra.

Não demorou muito para meu poder peculiar de auto-hipnose começar a funcionar, então eu estava completamente consumida por uma longa fila de pedidos de *flat whites* e *lattes* quando um grupo de homens entrou e se sentou sem esperar que indicassem uma mesa. Banqueiros ou consultores de vendas, eu supus quando reparei neles, com ternos elegantes e ar de arrogância.

— Summer, pode nos dar uma ajudinha, por favor?

Saí do meu estado de sonho e percebi que um dos outros garçons ainda estava no intervalo e que meu chefe estava ocupado recebendo um pagamento em outra mesa. Ele indicou a mesa dos recém-chegados e deixei os pedidos de café de lado por um tempo apenas para levar cardápios para eles. Notei que dois já estavam bêbados, alertada pelas risadas altas e pelos rostos suados. Um balde de champanhe no escritório, talvez, para iniciar a comemoração por terem fechado um grande negócio.

O aparente líder do grupo segurou meu pulso quando me virei para sair de perto da mesa.

— Ei, querida, é aniversário do nosso amigo aqui — disse ele, indicando um homem sóbrio e com ar constrangido do outro lado da mesa. — Será que você pode nos dar uma coisinha especial, entende?

Eu puxei discretamente o braço e dei meu sorriso mais doce.

— Claro — eu disse. — Seu garçom estará aqui em alguns minutos para falar dos nossos itens especiais.

Comecei a me afastar. Meus pedidos de café sem dúvida estavam se empilhando, e a maior parte das pessoas era bem impaciente quando se tratava de sua dose de cafeína, principalmente quando era para viagem.

— Ah, não — respondeu ele —, por que você não fica e nos fala sobre os itens especiais, querida?

O aniversariante notou meu constrangimento e tentou interceder.

— Ela não está atendendo nossa mesa — sibilou ele para o amigo bêbado. — Deixe a garota em paz.

O som daquela voz despertou um leve eco, lutando para emergir das profundezas da minha mente.

E, então, lembrei. O aniversariante era a pessoa anônima que tinha batido em mim no clube de fetiche em East London, ao qual fora sozinha depois da primeira vez que toquei nua para Dominik. Eu reconheceria aquela voz em qualquer lugar, pois seu som tinha sido imortalizado na minha mente para sempre junto com o resto da experiência, que, até aquele momento, ainda era tão nova para mim.

Uma expressão de reconhecimento passou pelo rosto dele no mesmo momento em que senti passar pelo meu, e trocamos olhares por um momento longo demais, alertando o outro de que não éramos estranhos.

— Esperem um minuto. Vocês se conhecem?

Ele realmente aumentou a voz ao dizer isso, e os outros fregueses tinham feito silêncio para ouvir a cena se desdobrando na frente deles, apesar de estarem educadamente tentando não olhar.

O rosto do aniversariante foi tomado por um vermelho profundo e vívido, e o outro homem fez uma careta, talvez por ter levado um chute por baixo da mesa.

— Rob, cale a boca.

Rob fez exatamente o oposto, enraivecido agora pelo meu aparente desafio.

— Ah, entendi! — gritou ele, batendo com a palma da mão carnuda na mesa com tanta força que seu garfo deu um pulo. — Você é a garota daquele clube esquisito aonde fomos! Você tem uma bela bunda, querida.

Ele esticou a mão para me apalpar e eu me afastei antes dele encostar em mim, empurrando seu braço para o lado. A pesada abotoadura dele prendeu na toalha que cobria a mesa ao lado e ele puxou o braço, trazendo consigo a toalha, de forma que a garrafa de vinho em cima da mesa virou, derramando o líquido diretamente no colo da mulher sentada ao lado.

Era vinho tinto e, a julgar pelo vestido elegante da cliente agora coberta dele, era caro. Ela deu um pulo da cadeira com choque, e eu aproveitei a oportunidade oferecida por essa nova distração para desaparecer, acompanhando-a até o banheiro para que ela pudesse secar sua roupa.

Escondi-me no banheiro pelo tempo que consegui, e a mulher foi bem gentil.

— Não foi culpa sua — disse ela, passando com tristeza sabonete na roupa. — Conheço aquele cara do trabalho. Ele é um babaca.

Então não era tão refinado, afinal, pensei, dando outra olhada na mulher.

Meu chefe estava a caminho da mesa quando eu fui para o banheiro, e eu sabia que ele teria a situação sob controle, mas provavelmente no clima de que "o cliente tem sempre razão". No mínimo, ele teria retirado o vinho da conta da mulher com a roupa estragada, e provavelmente a comida também, facilmente na casa das 200 libras.

Eu não sabia se conseguiria escapar dessa situação.

Segui para encarar a verdade quando os homens estavam saindo. Rob parecia muito satisfeito consigo mesmo e meu gerente trincava os dentes em uma expressão de educação que escondia um humor do cão.

— Summer — disse meu chefe depois que eles saíram —, venha aqui.

Ele indicou o escritório.

— Olhe — disse ele, quando estávamos lá dentro —, o que você faz em sua vida particular é problema seu, e sei que aquele cara era um babaca... — Eu abri a boca para falar, mas ele ergueu a mão para me impedir. — Mas, quando sua vida pessoal se torna pública, no meu restaurante, passa a ser da minha conta. Não posso manter você trabalhando aqui, Summer.

— Mas não foi minha culpa! Ele tentou passar a mão em mim. O que você esperava que eu fizesse?

— Bem, talvez, se você fosse um pouco mais... discreta... isso não teria acontecido.

— O que você quer dizer com "discreta"?

— Como falei, Summer, o que você faz fora do trabalho é problema seu, não meu, mas tome cuidado, tá? Você vai se meter em confusão.

— Perder meu emprego não é confusão?

— Lamento muito.

Peguei minha bolsa e saí diretamente pela porta.

Droga! Aquele filho da mãe de mãos gordas e desastradas! Agora eu estava ferrada. Já havia pedido um adiamento do aluguel, e sabia que estava alugando o apartamento por um preço baixíssimo. Não queria dar ao senhorio mais uma razão para me substituir. Mais um pagamento atrasado poderia ser a gota d'água.

Merda.

Eu não podia ligar para o Chris, pois teria que contar o que tinha acontecido, e não queria dar a ele mais motivo para reprovar meu estilo de vida. Podia ligar para os meus pais na Nova Zelândia, mas não queria que se preocupassem; além do mais, eu tinha dito a eles que estava indo bem, para eles não me perturbarem de novo pedindo que voltasse para casa. Acho que Charlotte poderia ajudar, mas eu era orgulhosa demais para pedir dinheiro a ela, e tinha a sensação de que ela era capaz de usar esse favor de alguma maneira contra mim.

Só sobrava Dominik.

Eu não ia pedir a ele um empréstimo, nunca, mas queria desesperadamente vê-lo. A voz dele acalmaria minhas preocupações, me ajudaria a pensar em uma solução. Cada tendão meu estava contraído, meus músculos estavam em ponto de ruptura, e minha mente estava a mil de ansiedade. Nada poderia aliviar melhor essa pressão do que Dominik dominando minha mente e meu corpo, me fodendo com aquela combinação absurda de fúria e gentileza que me deixava tão relaxada e fazia eu me sentir tão viva.

Mas eu não sabia se conseguiria encará-lo com a experiência com Lauralynn tão recente em minha lembrança.

Eu teria que ser sincera, conversar com ele. Não havia mais nada a fazer. O pensamento me deixava enjoada, mas era isso ou enrolar para sempre, e eu não queria ter nenhum sentimento de culpa entre mim e meu violino. Se a música parasse de fluir, eu simplesmente deixaria de existir.

Fiz a curta viagem do meu agora ex-local de trabalho para casa, tomei um banho rápido e peguei algumas roupas, uma apropriada para o campus e outra que fizesse Dominik sentir que eu era dele. Coloquei a mesma roupa que usei para ele da última vez, jeans e camiseta, um par de sapatilhas e meu batom diurno, o mais claro. Torci para que isso o fizesse se lembrar da nossa última vez juntos, quando me entreguei completamente.

Liguei meu laptop para buscar no Google universidades no norte de Londres e encontrei um curso de literatura em uma, no qual Dominik estava listado como professor. Achei que haveria uma lista de horários de aula em algum quadro de avisos da faculdade de artes, como havia na de música. Eu o encontraria.

Levei um tempo para encontrar o lugar certo, mas acabei conseguindo na hora em que a aula dele estava começando.

Era um curso popular, cheio de mulheres, muitas delas bastante atraentes, com os olhos brilhando de luxúria quando Dominik limpou a garganta e começou a falar. Senti uma pontada de ciúme e me sentei na frente, diretamente no campo de visão dele. Eu queria ficar de pé e gritar "ele é meu!", mas não fiz isso, e sabia que ele não pertencia a mim tanto quanto eu não pertencia a ele, e tanto quanto ninguém realmente pertence a ninguém.

Ele demorou algum tempo para me notar, pois estava ocupado dando aula. Quando me viu, seus olhos brilharam por um momento. Seria raiva? Desejo? E então suas feições relaxaram e ele prosseguiu como se eu não existisse. Eu não tinha lido o livro sobre o qual ele estava falando, mas segui o ritmo de suas palavras mesmo assim, a musicalidade da língua. Ele era como um maestro, começando devagar, aumentando o ritmo e voltando a cair de novo. Não era surpreendente que suas aulas fossem populares. Ele olhava para mim de tempos em tempos, e eu não fazia movimento nenhum em resposta, mas torcia para que ele se lembrasse da última vez em que me vesti assim, usei esse batom, e ele escolheu a cor mais escura e pintou meus mamilos e grandes lábios, me marcando, me fazendo dele.

A aula terminou e os alunos começaram a sair. Eu prendi a respiração. Não poderia passar o dia ali se ele simplesmente preferisse me ignorar.

— Summer — disse ele baixinho, acima do rumor de bolsas e livros.

Fiquei de pé e desci pela escada até a frente do anfiteatro, onde ele estava guardando suas anotações atrás do púlpito.

Ele empertigou as costas e me lançou um olhar ameaçador.

— Por que você veio aqui?

— Eu precisava ver você.

A expressão dele se suavizou um pouco, talvez ao perceber minha aflição.

— Por quê? — perguntou ele.

Eu me sentei no último degrau, de forma que ele ficou de pé acima de mim, e lhe contei tudo. Sobre Lauralynn, sobre o escravo e como enfiei de maneira selvagem o pau artificial na boca dele e que havia gostado, mas que, apesar de todas essas coisas, eu queria que Dominik me dominasse. Eu queria ser dele.

Contei tudo, exceto a perspectiva de trabalho em Nova York e que agora estava desempregada. Mesmo sentada lá, no coração do mundo dele, aos pés dele, eu era orgulhosa demais para isso.

— Você não devia ter vindo aqui, Summer — disse ele.

Ele pegou a pasta e saiu pela porta.

A mensagem dele chegou mais tarde, quando eu já havia voltado para casa. Eu estava deitada na cama, abraçada ao estojo do violino, torcendo desesperadamente para que, independentemente do que acontecesse entre mim e Dominik, ele me deixasse ficar com o Bailly. Senti uma vergonha enorme de aceitar qualquer coisa desse homem.

Mas meu telefone tocou. Era uma mensagem de desculpas.

"Sinto muito. Fui pego desprevenido. Desculpe-me."

"Ok", respondi.

"Você vai fazer um show para mim de novo?"

"Vou."

Os detalhes de hora, data e local chegaram em outra mensagem. No dia seguinte, em um local novo, não a casa dele.

Desta vez, ele me pediu que providenciasse uma plateia. Que a selecionasse. Seria um teste da minha flexibilidade?

Eu tocaria para ele de novo, e repetindo o formato de nossos últimos e bem-sucedidos encontros, se é que podemos chamar assim. Ele estava tentando voltar no tempo, colocar-nos de volta no caminho que estávamos seguindo.

Pensei em quem poderia convidar. Lauralynn não. Isso seria colocar lenha na fogueira.

Só havia mesmo Charlotte, por mais relutante que eu estivesse em incluí-la nessa ocasião mais delicada. Ela tinha um jeito de assumir o controle e não teria empatia suficiente para notar que as relações estavam tensas entre mim e Dominik, mas era minha única alternativa. Eu tinha conhecido outras pessoas nesse meio, mas, como é normal nesse tipo de festa, não tínhamos ultrapassado o curto espaço de prazer e seguido para alguma coisa mais significativa que poderia ser chamada de amizade.

— Ah, fabuloso — disse Charlotte. — Posso levar um amigo?

— Acho que sim — respondi. Ele disse para levar uma plateia, e seria estranho se eu aparecesse só com Charlotte. Sozinha, ela certamente atrapalharia.

Tudo que eu realmente desejava era fazer sexo com Dominik, mas queria provar para ele que podíamos fazer essa nossa estranha parceria dar certo, e ele havia pedido plateia, então ele a teria.

Coloquei meu vestido longo de veludo de novo, o que usei no dia do coreto, e levei o Bailly comigo. Ele não tinha me dito especificamente, eu pensei, franzindo a testa, mas havia me pedido para fazer um show para ele, então achei que iria tocar. Além do mais, meus braços pareciam vazios sem o violino.

O endereço era no norte de Londres, outro local anônimo, mas, desta vez, era como uma sala de estar grande com cozinha e chuveiro, um tanto luxuosa, mas decorada de maneira sem graça com alguns sofás de couro de cada lado, alguns tapetes no chão e uma mesa de vidro no meio. Havia uma cama *king size* em um canto.

Quase todo o espaço disponível estava ocupado, pois Charlotte apareceu com cerca de 15 pessoas, inclusive o belo garoto de programa, Jasper. Será que ele cobrava por hora?

E Chris.

Ah, Deus, o que ela havia feito?

Mas reparei com alívio que Dominik parecia feliz. Ele andou diretamente até mim, beijou-me calorosamente nos lábios e apertou meus ombros com afeição.

— Summer — disse ele baixinho, parecendo tão aliviado quanto eu. Talvez tivesse pensado que eu poderia não aparecer.

Chris e Charlotte estavam envolvidos em uma conversa com Jasper do outro lado da sala. Estavam absortos e nenhum deles me viu. Bom. Isso me daria oportunidade de conversar com Dominik.

Pouco antes de eu ter oportunidade de abrir a boca para sugerir que fôssemos para um lugar tranquilo só nós dois, mesmo que por pouco tempo, Charlotte veio saltitando e passou os braços ao redor do meu corpo.

— Summer! — gritou ela. — Agora podemos começar a festa.

Chris me abraçou pelo outro lado e me deu um beijo afetuoso na bochecha.

Estava cercada. Um olhar de frustração cruzou o rosto de Dominik, mas foi rapidamente substituído por seu autocontrole habitual. Ele entrou na cozinha e Charlotte foi atrás dele, com expressão mais maliciosa do que o habitual. O que ela estava tramando? Olhei a sala, todos os casais presentes, a maior parte deles pouco vestida, mas nenhum ainda fazendo sexo, apesar da tensão sexual que tomava conta do ambiente. Esse não parecia nada o estilo de Dominik. Eu me perguntei quanto disso era coisa dele e quanto era de Charlotte. Mais dela do que dele, eu supunha.

Não importava. Logo eu começaria a tocar e esqueceria todos.

Chris pareceu feliz em me ver e tentou conversar comigo, mas eu só conseguia pensar em Charlotte e Dominik na cozinha. Eles estavam tendo algum tipo de conversa estranha, e que assunto eles teriam exceto eu? O rosto de Dominik era quase sempre indecifrável, mas eu conseguia perceber, pela rigidez dos seus lábios, que ele não estava feliz com alguma coisa, e que Charlotte não parava de falar sobre isso.

— Terra para Summer... Vamos aquecer? — Chris estava me sacudindo pelo ombro.

— Ah, claro — respondi, pegando o estojo e indo para um ponto na extremidade da sala, onde ele tinha colocado sua viola e que eu achava que seria nosso palco improvisado.

E, então, Dominik falou meu nome.

— Summer, venha cá.

Coloquei o estojo ao lado do de Chris e andei até Dominik.

— Você não vai fazer uma performance esta noite. Não assim, pelo menos.

Ele se inclinou e me beijou na boca. Vi o olhar de Charlotte com o canto do olho assim que Dominik se afastou. Ela parecia orgulhosa. Fosse qual fosse a discussão que eles tiveram, ela venceu. Dominik estava quente e perturbado. Eu conseguia sentir o calor vindo do corpo dele. Não teria me surpreendido vê-lo encher o ar de vapor.

Em algum lugar na sala, ouvi o estalo de um isqueiro.

Fiz uma careta.

Charlotte pegou uma bolsa com uma espécie de corda e vários acessórios. Lembrei que ela tinha me contado que andava lendo sobre isso. Eu esperava que ela tivesse se matriculado em algum curso de verdade, e não andasse simplesmente amarrando qualquer um que permitisse.

Ela empurrou a mesa de vidro alguns centímetros para o lado e subiu em cima, mostrando à sala toda suas pernas longas e bronzeadas e sua bunda, cobertas por um vestido longo branco que percebi ser completamente transparente à luz. Ela não estava de lingerie, mas, por outro lado, eu também não, e eu tinha que admitir que Charlotte tinha pernas lindas.

Dominik apertou minha mão de forma tranquilizadora. Não me senti tranquilizada. Charlotte estava no chão de novo, tirando a mesa do caminho. Ela havia prendido um longo pedaço de corda a um anel de metal no teto.

— Você faz isso por mim? — perguntou Dominik.

Bem, eu ainda não sabia o que ele queria que eu fizesse, mas, fosse o que fosse, eu faria. Eu não confiava em Charlotte quando ela estava assim, mas confiava em Dominik, mesmo com ele agindo de um jeito estranho.

Charlotte me segurou pelos ombros e me puxou até eu estar debaixo da corda.

— Levante as mãos e não se preocupe. Você vai adorar.

Supus que ela ia me suspender.

— Tire o vestido dela primeiro — disse uma voz em tom de brincadeira, vinda de um dos sofás.

Charlotte obedeceu e puxou as tiras finas dos ombros e abriu o zíper atrás antes de eu ter a chance de elevar os braços. Ele caiu direto no chão. Eu estava nua para uma plateia de novo, mas agora estava bem mais acostumada com a sensação.

Felizmente, Chris não estava por perto. Talvez tivesse ficado cansado de esperar ou tivesse se assustado com o grupo, que estava ficando mais excitado a cada minuto, e tivesse ido embora.

Levantei os braços e senti a corda em meus pulsos, ao redor de cada um deles, formando um par intrincado de algemas. Ela passou um dedo entre meu pulso e a corda, para verificar se a pressão não estava exagerada. Talvez ela tivesse coração, afinal.

— Está bom? — perguntou ela. — Não está apertado demais?

— Está ótimo — respondi.

Meus pés ainda estavam firmes no chão e, apesar de eu não conseguir me soltar, ela havia deixado meus braços um pouco curvados para que a posição não ficasse desconfortável rápido demais.

— Ela é toda sua — disse Charlotte a Dominik, de maneira conspiratória.

Ouvi água em outro aposento e o som de uma porta abrindo e fechando.

Chris.

Ele só estava no banheiro.

Merda

— Ei — disse ele a Dominik —, que *porra* você está fazendo? — A voz dele estava tomada de raiva.

Ele não me perguntou o que eu estava fazendo, só o que Dominik estava fazendo. Será que não conseguia ver que eu não estava lutando, que aquilo era escolha minha, que eu estava agindo por vontade própria, e não seguindo a vontade do homem com quem estava?

De repente, fiquei com raiva dele por não me entender, por querer que eu me encaixasse nas suas expectativas.

— Ah, não enche, Chris! Estou bem! Estamos todos bem. Você só não entende.

— Summer, olha só isso! Você virou a porra de uma *pervertida*! Você tem sorte de eu deixar vocês irem em frente com os joguinhos doentios de vocês e não chamar a polícia.

Ele pegou o violão e o casaco e saiu pela porta, batendo-a atrás de si.

— Uau — disse a voz do sofá que falara antes —, e é por isso que não se deve convidar baunilhas para festas pervertidas.

Algumas pessoas riram, o que aliviou a tensão.

Ele que se fodesse! O corpo era meu e eu faria com ele o que tivesse vontade, e isso incluía o que Dominik desejasse fazer.

Dominik acariciou meu cabelo, beijou-me de novo, suavemente, e acariciou meus seios.

— Tem certeza de que está bem? — disse ele.

— Tenho. Estou bem, melhor do que bem.

Eu só queria que ele começasse logo, que me fodesse e me soltasse, para que meus braços parassem de doer e eu pudesse tocar o Bailly.

Em seguida, Dominik pegou uma navalha.

10

Um homem e suas trevas

O calor estava aumentando.

Na sala cheia de fumaça. Nas mentes deles.

Chris tinha ido embora, mas suas palavras ainda ecoavam nos ouvidos de Summer. Parte dela sentia a dor das acusações dele, enquanto outra, mais pervertida e irresponsável, estava com raiva por ele ter coragem de criticá-la e acreditar que entendia a natureza contraditória de seus impulsos.

Summer suspirou e mexeu os pés para redistribuir o peso. Ergueu o olhar e viu Dominik do outro lado da sala, tendo uma conversa profunda com Charlotte em um canto, com as mãos vagando livremente pelo corpo quase todo nu de sua amiga. Ao lado deles estava Jasper, completamente nu e com uma ereção espetacular, acariciando-se preguiçosamente com uma das mãos enquanto a outra se ocupava da virilha de Charlotte. As carícias dos dois homens entre os quais ela estava não pareciam afetar Charlotte, que demonstrava estar no controle daquela situação bizarra. Dominik, ainda vestido de cima a baixo de preto, tinha tirado a jaqueta, sua única concessão à situação, e a lã macia da camisa de caxemira sem dúvida se esfregava suavemente contra os seios de Charlotte enquanto ela se apertava contra ele.

Na luz mortiça, Summer conseguia ver e ouvir os outros casais espalhados pelo chão, no sofá na extremidade da sala e até na mesa grande e retangular, agora sem comida e sem copos. Estavam envolvidos em alguma espécie de atividade sexual, com gemidos, sussurros e abraços.

Os dedos de alguém roçaram seu cabelo, mas ela não se virou, e, fosse quem fosse, não permaneceu lá, mas se deslocou para outro emaranhado de corpos. Seus olhos estavam fixos no trio composto por Dominik, Charlotte e Jasper. Sobre o que eles poderiam estar falando? Sobre ela?

A mente de Summer estava trabalhando a toda velocidade.

O que tinha começado como outro estágio do jogo no qual entrara deliberadamente com Dominik agora estava em queda livre.

Em breves intervalos, os três membros do grupo conspiratório se viravam e olhavam para ela, e parecia a Summer que estavam rindo, como se ela agora tivesse se tornado a parte traseira abandonada do cavalo de pantomima.

Lembranças voltaram com tudo: tocar para Dominik sozinha no palanque da charneca, depois nua com o restante do quarteto de cordas vendado, depois nua para ele, sozinha, na cripta, o que terminou com os dois finalmente fodendo, e o episódio, ainda ardendo em sua mente, em que ele a vendou e ela tocou para um espectador que ela não viu (ela agora acreditava que não havia mais de uma pessoa presente, e seu instinto lhe dizia que devia ser homem) e foi possuída sumariamente por Dominik na frente do ainda desconhecido estranho. O que levara a esta noite.

O que exatamente ela estava querendo, esperando? Alguma espécie de progressão cruel no ritual do relacionamento entre eles? Não havia dúvida de que sentira falta dele enquanto ele estava na conferência italiana. Da segurança silenciosa, das ordens suaves, porém peremptórias. Seu corpo lhe disse isso, e ela compensou com suas próprias aventuras no mundo do fetiche.

Ela queria que aquela noite fosse especial, não apenas uma nova variação, não apenas um evento deturpado e teatral.

Summer tremeu, ainda sentindo o caminho percorrido ainda há pouco pela navalha em sua boceta. Olhou para baixo e viu a maciez nua de seus genitais. Estremeceu; havia alguma coisa muito chocante na imagem de uma nudez tão extrema. Será que se acostumaria, deixaria de sentir vergonha de ter sido raspada na frente dos outros, revelada da maneira mais humilhante? Ela tivera uma vaga esperança de que, depois de ser exibida dessa forma, Dominik soltasse suas mãos e permitisse que ela tocasse seu precioso Bailly para essa nova plateia, mas de alguma forma Charlotte tinha tomado as rédeas da noite e Summer foi deixada ali, não exatamente pendurada, mas nua e inútil, uma mera espectadora enquanto as marés de luxúria que ela involuntariamente gerara fluíam sem esforço entre o pequeno grupo e os desejos eram libertados. Na cabeça de Summer, uma vozinha gritava "Dominik, me foda, me possua na frente de todo mundo, agora, agora mesmo", mas as palavras não conseguiam passar pela proteção de seus lábios fechados e secos. Porque, apesar de tudo que havia feito com ele, sentia que seria degradante dizer isso. Intimamente ela sabia que não devia pedir, implorar, sentia que a ordem devia vir de Dominik. Não dela.

Ela viu Charlotte levar a cabeça até os lábios de Dominik e beijá-lo. Jasper chegou mais perto e começou a morder a orelha de Charlotte. O som de um casal escondido fazendo amor no tapete bem atrás dela reverberava pela sala.

Alertado pelos sons suaves, Dominik se soltou do abraço de Charlotte, andou até Summer e, sem uma palavra, desamarrou suas mãos. Ela baixou os braços, agradecida por ele finalmente ter se lembrado dela antes de ela ter câimbras. Ele beijou-lhe a testa com toda a delicadeza do mundo, e logo Charlotte estava com eles.

— Você estava linda, minha querida — disse a amiga, acariciando sua bochecha. — Simplesmente maravilhosa.

Summer esperava que Dominik agora se dedicasse a ela, mas Charlotte, seguida do sempre ereto Jasper em todo o seu esplendor, pegou Dominik pela mão para levá-lo para longe.

De pé, nua, com a circulação normal voltando aos braços, Summer sentiu uma pontada de ciúme pelo modo como a amiga grudara em Dominik, e não o largara. Será que Charlotte não sabia que, de uma forma curiosa, que não conseguia explicar, Dominik era dela? De Summer? Por que não o deixava em paz? Não era da conta de Charlotte, afinal.

Por fim, Dominik disse:

— Acho que preciso de mais uma bebida. Alguém quer alguma coisa? Summer, um pouco de água, talvez?

Summer assentiu e Dominik saiu em direção à cozinha, passando por corpos em movimento, desviando das várias atividades carnais em desenvolvimento.

Quando ele desapareceu, Charlotte sussurrou no ouvido de Summer:

— Gostei do seu homem, doce Summer. Posso pegar emprestado?

Chocada pelo pedido, Summer ficou em silêncio, com a raiva borbulhando sob a superfície. Se as circunstâncias fossem diferentes, em um bar, em uma festa normal, qualquer coisa menos aquela sala cheia de casais fodendo e se acariciando e se pegando depois de sua exibição forçada e depilação ritual, ela teria manifestado sua objeção em voz alta, mas a natureza distorcida desse ambiente de excessos de alguma forma a impedia. A curiosa etiqueta de orgias, talvez?

Por dentro, no entanto, ela estava fervendo. De raiva. Como Charlotte podia? Não deveria ser sua amiga?

Ainda estava furiosa quando Dominik voltou e percorreu o caminho até elas cuidadosamente segurando os copos.

Ele entregou um copo d'água a Summer, que o bebeu com avidez com seus lábios secos. Charlotte, ainda sob a sombra de Jasper, colocou as mãos de uma forma possessiva ao redor da cintura de Dominik.

— Isso não é divertido, pessoal? — disse Charlotte.

E isso deflagrou o momento de loucura de Summer.

Ou de ódio.

Ela entregou o copo vazio a Dominik e se virou para encarar Jasper. Deliberadamente baixou a mão esquerda e segurou o pau dele audaciosamente.

— É, sim — disse ela. — E tudo entre amigos, não?

— Tão aconchegante — comentou Charlotte, reparando no gesto de Summer com um sorriso divertido no rosto. Em algum lugar na sala, alguém gozou com um suspiro suave de entrega.

Na mão de Summer, o pênis quente de Jasper estava incrivelmente duro. Mais firme do que qualquer pênis que ela tivera oportunidade de segurar antes, pensou. Ao segurá-lo, ela viu a sombra de um sorriso se espalhar pelo rosto dele e sentiu uma onda de calor e desejo. Summer se recusou a olhar Dominik e observar a reação dele.

Ela ficou de joelhos, colocou o pau longo, grosso e aveludado de Jasper na boca e sentiu a circunferência aumentar ainda mais.

— Vai, garota — ouviu Charlotte dizer, e sentiu os olhos de Dominik perfurando-a de cima.

Por um breve momento, Summer se perguntou como seria o gosto do pau de Dominik. Ainda não o tinha chupado e se perguntava qual seria o motivo. Mas voltou a atenção para o trabalho em mãos, com a língua e os lábios brincando com o membro do garoto de programa, sugando, lambendo, mordiscando delicadamente, sincronizando o ritmo à pulsação remota que vinha do coração dele até a ponta do cacete, como uma bateria silenciosa em uma selva exótica. Com o canto do olho, ela reparou em Charlotte levando as mãos ao cinto de Dominik, sem dúvida querendo imitá-la.

Summer sentiu uma pontada intensa de ciúme. Estava determinada a levar Jasper ao clímax. Mas os melhores planos são facilmente deixados de lado e, quando Summer sentiu um leve tremor começar a percorrer o corpo atlético de Jasper em uma viagem que provavelmente terminaria dentro de sua boca, o garoto de programa gentilmente se separou dela, deixando-a com os lábios abertos em um O de interrogação e decepção, puxou-a pela mão e delicadamente a colocou sobre um sofá agora vazio. Ao contrário de Dominik e Charlotte, que estavam ali perto em um estado de confusão, ela de espartilho e meias sete oitavos, ele com a calça abaixada, mas ainda de cueca, tanto Jasper quanto Summer estavam nus, com os corpos como imagens espelhadas de desejo e palidez. Summer se ajoelhou, exibindo-se para todo mundo. Ouviu o som de uma camisinha sendo aberta e colocada sobre o membro ereto de Jasper, e então ele abriu as pernas dela e se posicionou atrás, com o pau dançando provocantemente nos portões da entrada mais do que nua.

Summer respirou fundo, olhou para trás e viu a profunda escuridão nos olhos de Dominik enquanto ele assistia ao espetáculo que ela e Jasper estavam proporcionando, e então sentiu o grosso pau penetrá-la em um movimento único, abrindo-a amplamente e preenchendo-a com sua masculinidade. Porra, ele era grande. Summer expirou, como se todo o ar tivesse sido tirado dos seus pulmões pelo mero poder e determinação da penetração inicial de Jasper. Quando ele começou seus movimentos para dentro e para fora dela, Summer se desligou, permitindo que o corpo flutuasse de novo em um mar de nada, rendendo-se ao momento, deixando de lado todos os fragmentos de defesa, indiferente, aberta para o que pudesse acontecer, propositalmente indefesa, um brinquedo voluntário nas ondas do desejo incontrolável.

Ela fechou os olhos. A carne virou seu condutor, os pensamentos viraram nuvens passageiras, os neurônios se realocaram temporariamente e abdicaram de toda força de vontade em prol do poderoso fogo do desejo.

Em um compartimento escondido da mente (ou seria da alma?), Summer imaginava que agora estava no corpo de Dominik, não para observar o modo como Charlotte talvez estivesse fazendo um boquete profissional, mas para testemunhar como os olhos dele estariam hipnoticamente fixos nela sendo comida por Jasper. Ah, ele devia estar vendo o pau do garoto de programa bombear suas profundezas, bater no corpo dela, provocando suor acima de seus lábios e fazendo sua respiração ficar entrecortada. Observe, Dominik, observe. É assim que outro homem me come, e me come bem, e você não gostaria de ser ele? Ah, como ele é duro. Ah, como ele me possui. Ah, como ele me faz tremer, estremecer, me contorcer. Ah, como ele me come com força. E mais força. Sem parar. Nunca. Como uma máquina. Como um guerreiro.

Ela soltou um grito rouco de prazer e se deu conta de que não foram só os movimentos rigorosos e regulares de Jasper dentro dela que a deixaram tão excitada, mas a certeza de que Dominik estava assistindo.

E, então, ela gozou.

Gritou.

Logo depois sentiu Jasper gozar também, inundando-a por dentro, com o calor da semente quente dentro do látex fino que ele tinha colocado, e uma ideia repentina e louca torturou a mente dela, vindo do nada (Estou louca? Estou doente?), quando pensou como seria o gosto da porra de Dominik se ela o tivesse chupado até ele gozar, e se algum dia faria isso. Os pensamentos absurdos têm o hábito de surgir no horizonte da mente nos momentos mais inoportunos, percebeu Summer.

Ela respirou pesadamente e Jasper se retirou de dentro dela e ficou de pé, com o pênis agora flácido, mas ainda imponente tanto no comprimento quanto na circunferência. Ela fechou os olhos, sentiu uma onda de arrependimento misturada com o prazer. Não queria mais saber nem ver o que Dominik e Charlotte estavam fazendo.

Estava cansada, muito cansada.

Virou o corpo exausto, afundou o rosto no couro cheiroso do sofá e começou a chorar baixinho.

Na sala, ao redor de Summer, enquanto ela estava deitada como um centro de gravidade, a orgia estava caminhando para seu fim.

— Estou decepcionado — disse Dominik.

— Não era o que você queria? — perguntou Summer. Era o dia seguinte e eles estavam sentados no café onde tinham se encontrado pela primeira vez, em St. Katharine Docks. Era final de tarde, e os transeuntes lutavam contra a hora do rush e os carros passavam rugindo pela ponte ali perto. — Você não queria me ver sendo fodida por outro homem e...

— Não. — Dominik interrompeu o fluxo furioso de palavras dela. — De jeito algum.

— Então, *o que* você queria? — Ela quase gritou, com dor e confusão estampadas em seu rosto. Antes que ele pudesse responder, ela prosseguiu, com o demônio dentro de si lançando-a em uma maré de ira e dor. — Mas tenho certeza de que excitou você, não foi?

Ele afastou brevemente o olhar.

— Sim — admitiu ele em voz baixa, como estivesse se declarando culpado de uma acusação menor.

— Está vendo — disse Summer com um toque de triunfo, tendo provado o que dizia.

— Não sei mais o que quero — disse Dominik.

— Não acredito nisso — respondeu Summer, com a mente ainda viajando pela tempestade de raiva.

— Achei que nos compreendíamos.

— Achou?

— Achei, sim. Por todos os meus pecados.

— E que enormidade de pecados eles sem dúvida são. Uma verdadeira horda de pecados.

— Por que você está tão agressiva? — perguntou ele, sentindo que a conversa estava seguindo pelo caminho errado, um caminho bem ruim.

— Então sou eu a culpada de dar um passo grande demais, sou?

— Não é o que eu estava dizendo.

— E quem estava se permitindo ser apalpado por Charlotte como se eu nem existisse e não estivesse ali de pé como uma idiota, nua como no dia em que nasci, raspada como uma escrava qualquer? — prosseguiu ela.

— Nunca pensei em você como escrava, nem no passado, nem no presente, nem no futuro — comentou ele.

— Mas não tem problema em me tratar como uma. — Ela quase engasgou com as palavras. — *Não* sou escrava e nunca serei.

Dominik, em uma tentativa desesperada de tomar o controle da situação, interrompeu Summer.

— Só achei que, ao se rebaixar com aquele... gigolô, você estava decepcionando nós dois, só isso.

Summer ficou em silêncio, com lágrimas de vergonha e raiva fazendo seus olhos arderem. Sentiu uma breve vontade de jogar o copo d'água que estava segurando no rosto dele, mas pensou melhor.

— Nunca te fiz nenhuma promessa — disse a Dominik.

— Nunca pedi nenhuma.

— Foi um... desejo. Não consegui me controlar — disse ela, desculpando-se, mas voltou a se virar contra ele. — Você me colocou naquela situação e me abandonou. Foi como se tivesse despertado meus demônios e se afastado para quilômetros de distância, me deixando sozinha com... Deus sabe o quê. Não sei como explicar, Dominik.

— Eu sei. Foi em parte minha culpa também. Só posso pedir desculpas.

— Desculpas aceitas.

Ela bebeu a água. O gelo já havia derretido e a água estava na temperatura ambiente. O silêncio voltou a cair entre eles.

— Então... — disse Dominik.

— Então.

— Você quer continuar?

— Continuar o quê? — perguntou Summer.

— A me ver.

— Como o quê?

— Um amante, um amigo, um cúmplice no prazer. Você escolhe.

Summer hesitou.

— Não sei — disse ela. — Eu realmente não sei.

— Entendo. — Dominik assentiu com resignação. — Entendo mesmo.

— É muito complicado — comentou Summer.

— É. Por um lado, quero você. Muito, Summer. Não só como amante, como brinquedo, mas como algo mais. Por outro lado, acho difícil explicar essa atração e o modo como se tornou pervertida tão rápido.

— Humm — disse Summer. — Nada de proposta de casamento, então? — Ela sorriu de orelha a orelha.

— Não — confirmou ele. — Talvez alguma espécie de trato?

— Pensei que era o que a gente já tinha.

— Talvez — disse ele.

— E está claro que não funciona, não é? Tem muitos fatores desconhecidos na jogada.

Os dois suspiraram em uníssono, o que os fez sorrir. Pelo menos conseguiam ver graça na situação.

— Quem sabe a gente deveria se afastar por um tempo?

Não importava qual deles tivesse dito essas palavras; estava na ponta da língua dos dois, de todo jeito.

— Você quer o violino de volta? — perguntou Summer.

— É claro que não. Sempre foi seu. Incondicionalmente.

— Obrigada. De verdade. É o presente mais magnífico que já ganhei.

— Você merece cem vezes mais. A música que você criou para mim foi inesquecível.

— Com e sem roupas?

— Sim, com e sem roupas.

— Então?

— Então, esperamos; pensamos; vemos o que vem em seguida e quando, se vier.

— Sem promessas?

— Sem promessas.

Dominik deixou uma nota de 5 libras na mesa e, com o coração pesado, viu Summer sair andando do café. A silhueta dela gradualmente sumiu na noite.

Ele olhou o relógio, o Tag Heuer de prata que tinha comprado anos atrás para comemorar o emprego.

Olhou não a hora, naquela imprecisa e enevoada junção entre tarde e noite, mas o dia. Havia quarenta dias que ele tinha visto Summer pela primeira vez, quando ela tocava na estação Tottenham Court Road com o violino velho, uma data a ser lembrada.

A reunião com a caça-talentos que estava preenchendo as vagas da orquestra nos Estados Unidos foi particularmente bem, e menos de uma semana depois Summer pousou no aeroporto JFK, depois de ter comunicado que deixaria o apartamento em Whitechapel e de abrir mão do depósito. Não se despediu de Charlotte nem de seus outros conhecidos. Só de Chris, a quem se explicou brevemente da melhor forma que conseguiu, pois queria o apoio dele.

Não ligou para Dominik, apesar de a tentação de ter a última palavra ser forte, dentre outras razões.

A agência conseguiu uma acomodação temporária em um apartamento compartilhado com outros membros estrangeiros da orquestra perto de Bowery. Ela tinha sido avisada de que eram todos da seção de metais, como se os instrumentos deles determinassem a personalidade. O comentário (ou tinha sido um aviso?) a divertiu.

Era a primeira vez de Summer em Nova York e, quando o táxi amarelo se aproximou do túnel de Midtown, ela deu uma primeira olhada na silhueta de Manhattan, tão impressionante quanto em todos os filmes que tinha visto. Literalmente tirou o seu fôlego.

Era o jeito certo de começar uma nova vida, pensou Summer. Sua passagem lenta pelos engarrafamentos do Queens e de Jamaica após a saída do aeroporto só proporcionaram uma experiência urbana comum, mas agora, pelas janelas sujas do táxi, com os olhos fixos na silhueta distante de prédios altos e locais reconhecíveis, ela se sentiu tomada de alegria e esperança.

A primeira semana na cidade proporcionou pouco tempo de lazer, enquanto ela lutava para se encaixar nos ensaios urgentes e necessários, preenchia a papelada obrigatória para a residência, acostumava-se com os segredos da geografia peculiar do Lower East Side e aprendia a se localizar nessa estranha e maravilhosa nova cidade.

Seus colegas de apartamento eram reservados, o que não era problema para ela. Ela mal chegara a tratar pelo primeiro nome os colegas que teve em Londres.

O dia da primeira apresentação pública com a nova orquestra, a Gramercy Symphonia, chegou rapidamente, como parte do programa inicial de concertos de outono em uma sala local que tinha sido reformada recentemente e era sensacional. Eles tocaram uma sinfonia de Mahler, que de alguma forma não entrava em sintonia com Summer, e ela teve dificuldade em colocar sentimento na música. Felizmente, era apenas uma dentre seis violinistas da seção de cordas, e era tecnicamente boa o bastante para conseguir se esconder entre eles sem chamar atenção para sua falta de empatia.

Em 15 dias, eles tocariam um repertório mais tradicionalmente clássico: Beethoven, um pouco de Brahms e uma série de peças dos românticos russos. Summer estava ansiosa por isso, mas não pelo concerto final da temporada, que ela viu conter um pouco de Penderecki, um certo pesadelo para músicos de cordas e nem um pouco parte de seu gosto pessoal: era estridente, impessoal e, na opinião dela, incrivelmente pretensioso. Mas ainda faltava algum tempo para isso, e os ensaios só estavam marcados para o final do outono. Tentaria se divertir até lá.

O tempo em Nova York estava incrivelmente agradável, apesar de Summer parecer ter o hábito de ser pega por chuvas repentinas nas raras ocasiões em que saía por Greenwich Village e SoHo. O modo como seus vestidos finos de algodão se grudavam na pele quando molhados enquanto ela corria para algum abrigo ou ia para casa na chuva a fazia se lembrar do final da primavera na Nova Zelândia. Era uma sensação estranha, definitivamente não de nostalgia, como se aquilo tivesse sido em outra vida.

Ela não sentia necessidade de sair e se socializar, de conhecer homens, de fazer sexo. Férias, era isso o que esse período seria. Na solidão de seu quarto pouco mobiliado, à noite, ela ouvia os sons da rua lá fora, sirenes soando pela noite entre cobertores de silêncio, cada som uma respiração dessa nova cidade. Às vezes, pela parede fina que separava seu quarto de um dos outros quartos do apartamento, que era ocupado por um casal que ela achava ser realmente casado, instrumentistas de sopro vindos direto da Croácia, ela os ouvia fazendo amor. Era um minirrecital de vozes em uma língua estrangeira, de sussurros sufocados, com o inevitável som das molas da cama e da respiração pesada. Depois, vinha o inevitável grito da flautista quando ela gozava, emitindo um fluxo de obscenidades em croata, ou pelo menos era o que parecia a Summer, enquanto ela ouvia com atenção os movimentos e tentava imaginar o espetáculo de pau e boceta apaixonados em batalha entre as cobertas, e o feroz gemido do membro do trompetista enquanto ele fodia a esposa. Summer o havia visto várias vezes andando pelo apartamento de cueca, indiferente à presença dela. Era baixo e peludo, e seu pênis parecia esticar a cueca até o limite do material. De alguma maneira, ela supunha que ele não era circuncidado e imaginava a forma como a cabeça emergiria das dobras de pele quando ele chegasse à ereção total. O tempo todo, ela afastava da mente as lembranças dos outros pênis que conhecera, operados ou não.

Em seguida, ela se masturbava, com os dedos delicados abrindo os lábios da vagina e tocando sua melodia lá embaixo. Ah, sim, havia certas vantagens em ser instrumentista... A música do corpo dela rodopiava como uma torrente pelo quarto vazio do apartamento compartilhado e trazia prazer e esquecimento, afastando a dor permanente que ela sentia quando voltava os pensamentos para Dominik.

A primeira apresentação da temporada da orquestra estava chegando, e Summer e os colegas tiveram que passar a maior parte do fim de semana nas profundezas úmidas de um espaço de ensaios perto do Battery Park, executando as partes de cada um até que ela sentiu que ficaria enjoada se tivesse que tocar mais um acorde no Bailly.

Lavou o rosto com água fria no banheiro do térreo do local e foi uma das últimas a sair do prédio. Os raios de sol do fim do dia estavam desaparecendo no rio Hudson. Tudo que ela desejava era comer alguma coisa, talvez um prato de sashimi para viagem do restaurante Toto na rua Thompson, e ter uma boa noite de sono.

Ao sair para a calçada, estava prestes a seguir para o norte, quando uma voz a chamou.

— Summer? Summer Zahova?

Ela se virou e viu um homem de meia-idade atraente, de altura mediana, com cabelos grisalhos e uma barba curta e bem-cuidada nos mesmos tons cinzentos. Usava um paletó risca de giz com listras finas e azuis, calça preta e pesados sapatos pretos engraxados quase ao ponto de refletirem como um espelho.

Ninguém que ela conhecesse.

— Sim?

— Desculpe incomodar, mas, por meio de alguns amigos na gerência da orquestra, pude assistir e ouvir seu ensaio. Fiquei muito impressionado. — A voz dele era grave e profunda, com um sotaque incomum. Não era americano, mas ela não conseguiu identificar a origem.

— Ainda está cedo — disse Summer. — O maestro está estabelecendo nossos ritmos, procurando conseguir mais coesão.

— Eu sei — disse o homem. — Leva tempo. Sou um experiente espectador de concertos, mas achei que você se integrou bem, mesmo nesse estágio tão inicial.

— Como você soube que sou recém-chegada?

— Me contaram.

— Quem?

— Vamos apenas dizer que temos amigos em comum.

Ele sorriu.

— Ah — comentou Summer, pronta para seguir caminho.

— É um violino muito bonito — disse o homem, com os olhos fixos no estojo que ela carregava na mão direita. Ela estava usando uma saia curta de couro que ia até acima dos joelhos, um cinto apertado com fivela grande, estava sem meias e usava botas marrons que iam até o meio da panturrilha. — Um Bailly, eu diria.

— É mesmo — confirmou Summer, com um sorriso brincando em seus lábios por ter, enfim, reconhecido um aficionado como ela.

— De qualquer modo — disse ele —, soube que você era nova na cidade e gostaria de perguntar se quer se juntar a mim e alguns amigos amanhã à noite. Vou dar uma festinha. A maior parte é de amigos do meio musical, então você deve se sentir em casa. Sei que é uma cidade muito grande e que ainda é cedo para você ter feito muitos amigos, não? Não é nada de mais, só alguns drinques em um bar e depois alguns de nós vamos ao apartamento que alugo para conversarmos mais. Você pode pular fora quando quiser.

— Onde é o apartamento que você aluga? — perguntou Summer.

— É um loft em Tribeca — disse o homem. — Só moro em Nova York alguns meses por ano, mas mantenho o apartamento. Normalmente, moro em Londres.

— Posso pensar sobre o assunto? — perguntou. — Duvido que os ensaios de amanhã terminem antes das sete da noite. Onde vocês vão se encontrar?

O homem entregou a ela seu cartão.

"Victor Rittenberg, Ph.D.", dizia o cartão. Ele devia ser do Leste Europeu, concluiu ela.

— De onde? — perguntou ela.

— Ah, é uma história complicada. Talvez um dia...

— Mas originalmente?

— Da Ucrânia — admitiu ele.

De alguma forma, essa notícia era reconfortante.

— Meus avós paternos eram de lá — observou Summer. — Foram para a Austrália e depois para a Nova Zelândia. É de lá que vem meu nome. Eu não os conheci.

— Então é mais uma coisa que temos em comum — disse Victor, com um sorriso largo e enigmático se espalhando pelo rosto barbado.

— É o que parece — disse Summer.

—- Você conhece o Raccoon Lodge, na Warren Street, em Tribeca?

— Não.

— É onde vamos nos encontrar. Amanhã às 7 e meia da noite. Você vai se lembrar?

— Com certeza — disse Summer.

— Ótimo.

Ele se virou com um pequeno aceno para ela e andou pela rua na direção oposta ao caminho de Summer para casa.

Por que não?, pensou Summer. Não podia ser eremita indefinidamente, e especulou sobre quem seria o amigo deles em comum.

Victor seduziu Summer em um processo gradual, em que sua astúcia foi muito bem utilizada. Sabendo o que já sabia sobre ela de Londres, pelo que Dominik havia dito e descrito depois de perguntas casuais, ele logo percebeu que Summer, quer ela soubesse ou não, tinha os traços característicos de uma mulher submissa. Que coincidência maravilhosa foi sua velha cúmplice Lauralynn oferecer um emprego a ela em seu momento de dificuldade, justo na mesma época em que ele estava se mudando para a Big Apple, coisa que já havia sido planejada bem antes, quando ele aceitara um emprego na Hunter College, onde agora dava aula de filosofia pós-hegeliana.

Um libertino tradicional, Victor também era grande conhecedor de submissos e sabia maneiras de manipulá-los e atraí-los das formas mais sorrateiras, explorando as fraquezas e brincando com suas necessidades.

Pelo modo como Summer caíra voluntariamente nos braços de Dominik e pelo que ele observara na única ocasião em que pôde vê-la em ação e tocando, ele sabia quais eram os gatilhos certos a serem utilizados, os nervos a procurar, as cordas invisíveis que poderiam ser puxadas. Ao explorar a solidão dela como novata em Nova York, Victor teve o cuidado de provocar sua submissão natural, um passo cuidadoso de cada vez, dando uma leve cutucada em seu traço exibicionista aqui, ou estimulando ali a imprudente forma de orgulho que a levou a situações de natureza sexual constrangedoras por impulso.

Em comparação a ele, ela era amadora, e nunca percebeu que estava sendo manipulada.

Victor sabia que os desejos de Summer tinham sido provocados, e suas necessidades sexuais, aguçadas pelas experiências com Dominik. Nova York era uma cidade grande e podia ser bem solitária. Dominik estava do outro lado do oceano e Summer estava ali, desprotegida, sozinha.

Durante a primeira noite juntos, na festa que ele deu no loft em Tribeca, Victor cuidadosamente revelou seu interesse por BDSM, levando a conversa para o assunto de alguns clubes privados em Manhattan e a vastidão mais distante de Nova Jersey. Observou a reação de Summer, o desejo ardente em seus olhos, a incapacidade de negar os hábitos sexuais. A chama foi acesa, e Summer rapidamente gravitou em direção a ela como uma mariposa incapaz de controlar sua dança em direção à luz.

Por mais que tentasse, ela não conseguia resistir ao chamado do próprio corpo, da teia complexa que Victor teceu. Summer sentia falta de Dominik, dos jogos estranhos e sensuais e do prazer de tomar parte neles. A voz de Victor era diferente, seu tom era firme e inflexível, sem a suavidade do sotaque de Dominik. Mas, ainda assim, se ela fechasse os olhos, podia quase imaginar que era Dominik dando ordens, fazendo-a obedecer a sua vontade.

Rapidamente ficou claro para Summer que Victor sabia mais do que devia sobre ela, e começou a desconfiar de que Lauralynn tinha sido a informante. Ela não era tola, mas estava disposta a ver aonde isso tudo ia dar. O chamado de pensamentos pervertidos e o canto da sereia de seu corpo em tal estado de desejo não poderiam ser ignorados por muito mais tempo.

No terceiro encontro, em um bar escuro na Lafayette Street, ela se viu à vontade com os modos sutis de Victor e não ficou nada surpresa quando, no meio de uma conversa normal e civilizada sobre a feiura de formas mais modernas de música clássica (embora ela pessoalmente apreciasse os trabalhos de Philip Glass, que Victor não suportava), ele de repente se virou para ela e, do nada, perguntou:

— Você já serviu antes, não?

Ela assentiu em resposta.

— Você é dominador, não é?

Victor sorriu.

A hora dos jogos psicológicos tinha terminado.

— Acho que nos entendemos então, Summer, não? — disse Victor, colocando a palma da mão sobre a dela.

Eles se entendiam. No mundo real, aquele mundo secreto ao redor do qual ela orbitara como um frango sem cabeça a estava chamando de novo, atraindo-a com tons doces.

Você sabe que está embarcando em um caminho sem volta, mas vai mesmo assim, porque não ir deixaria você incompleta.

O encontro seguinte de Summer com Victor foi depois de uma longa sessão de ensaios com a Symphonia, apenas dois dias antes da primeira apresentação oficial da nova temporada de concertos. Ela estava empolgada com a forma como a música fluiu e como o som de seu extraordinário Bailly se misturava com o corpo da orquestra. Seu trabalho árduo estava dando frutos. Com adrenalina no corpo, ela se sentia pronta para encarar qualquer perversão que Victor pudesse conjurar. Na verdade, ansiava por isso.

Foi em um calabouço improvisado, no porão de um imponente prédio de tijolos vermelhos no norte de Manhattan, a apenas uma quadra da Lexington. Ela tinha que se apresentar às oito horas da noite e decidiu vestir o mesmo espartilho que usara como empregada em Londres, experiência que agora parecia ter acontecido há uma eternidade. Ao vestir a roupa que Dominik comprara, ela conseguia imaginar que era uma festa à qual ia a pedido dele, que era a vontade dele que estava cumprindo.

Ao se vestir e se arrumar, Summer ficou mais uma vez maravilhada com a maciez do tecido. Passou o dedo por ele e não conseguiu se impedir de pensar rapidamente em Dominik. Por que era tão difícil afastar a lembrança dele?

No entanto, esse pensamento insistente não teve a oportunidade de perdurar, pois seu celular vibrou. A limusine que Victor tinha enviado estava esperando do lado de fora. Summer vestiu o sobretudo comprido e vermelho de couro. Não era nada apropriado para o tempo quente, mas a deixava toda coberta até o tornozelo, escondendo o espetáculo chocante do espartilho amarrado, dos seios expostos e das meias pretas que ele pediu que ela usasse, que chegavam ao meio das coxas e deixavam livres os territórios de pele pálida e leitosa até a tanga quase invisível. Ela reparou com certa irritação que seus pelos pubianos estavam voltando a crescer em mechas finas e que a aparência era um pouco desleixada, mas não tinha tempo para corrigir aquilo.

Victor estava usando um paletó elegante, assim como todos os convidados homens, enquanto as mulheres ofereciam um coquetel visual de vestidos de alta-costura em todos os tons pastel. Seu sobretudo foi tirado e Summer se sentiu constrangida por ser a única de seios desnudos na grande sala de jantar, onde as pessoas bebiam e fumavam. Uma grossa névoa de fumaça de cigarros e charutos pairava no ar.

— Nossa última convidada! — proclamou Victor. Apontando-a, prosseguiu ele: — Esta é Summer. A partir de hoje, ela está se juntando ao nosso pequeno grupo. Ela vem muito bem-recomendada.

Recomendada por quem?, perguntou-se Summer.

Ela sentiu o olhar de cerca de vinte estranhos pousando nela, explorando-a, interrogando-a. Seus mamilos ficaram duros.

— Vamos? — disse Victor com um floreio, indicando a porta para o porão.

Summer seguiu o movimento da mão dele e andou sem firmeza sobre os saltos altos em direção à abertura. Sentia-se um pouco tonta agora, à medida que o momento se aproximava. Essa era sua primeira cena desde a orgia de Londres, que terminara tão mal e a afastara de Dominik.

Doze degraus a levaram até um porão grande e bem-iluminado, com paredes cobertas de tapetes com aparência exótica e proveniência árabe. Ela sabia qual era o nome, mas a palavra escapou quando reparou na presença de seis outras mulheres de pé em um círculo no meio do porão improvisado. Summer contou quantas eram.

Todas estavam nuas da cintura para baixo. Sem lingerie, sem meias e sem sapatos. Na parte de cima, usavam blusas, camisas ou tops de seda com graus variados de transparência. Todas estavam com os cabelos presos em coque, e as cores variavam de louro quase platinado ao preto. Ela era a única ruiva presente. Duas das mulheres tinham gargantilhas de veludo ao redor do pescoço, enquanto as outras usavam coleiras, algumas de metal, outras mais como de cachorros com uma fila de pontas metálicas, e outra usava uma tira fina de couro fechada por um cadeado pesado também de metal.

Escravas?

Os convidados desceram ao calabouço e ficaram perto das paredes.

— Como você vê, minha querida — Victor tinha seguido silenciosamente para o lado dela e estava sussurrando em seu ouvido —, você não está sozinha.

Summer estava prestes a responder quando ele rapidamente botou um dedo nos lábios dela exigindo silêncio. Não era mais papel dela falar.

A mão dele passou pelo traseiro dela e puxou delicadamente o elástico apertado da tanga minúscula.

— Exponha-se — ordenou ele.

Summer ergueu uma das pernas, empurrou a fina peça para baixo e saiu dela.

— O resto? — disse ele.

Ela olhou as outras mulheres, que não usavam nada embaixo, e entendeu a ordem dele. Ciente de que todos os olhos do porão estavam nela e tentando manter o equilíbrio e não cair no chão, Summer enrolou as meias e tirou os sapatos, sem Victor oferecer ajuda. O chão estava frio sob seus pés. Pedras.

Agora, ela estava como as outras, com apenas o espartilho apertando sua cintura e os seus seios erguidos pelo delicado e firme modelo, toda à mostra.

Ao ver as outras mulheres, silenciosas como ela, de pé em círculo, Summer se deu conta de quanto eram abominavelmente obscenas. A nudez era natural, até em público, mas isso era algo mais, uma caricatura da realidade sexual, uma forma de humilhação instruída.

Sentiu uma cutucada no ombro e foi guiada em direção às mulheres em exposição, que abriram espaço para que ela se encaixasse no círculo. Reparou que todas estavam completamente depiladas. Incrivelmente lisas, como se a depilação fosse permanente. Algo ao qual elas tinham se comprometido em determinado ponto, evidenciando seus status de escravas, a perda de poder. Ela se sentiu envergonhada de seu descuido.

Quando esse pensamento cruzou sua cabeça, Victor disse:

— Você deveria estar mais limpa, Summer. Sua boceta está descuidada. No futuro, você tem que ficar completamente exposta. Vou punir você depois.

Será que ele conseguia ler seus pensamentos?

O rosto de Summer ficou vermelho e ela sentiu um calor sob a pele das bochechas.

Alguém acendeu um fósforo e ela sentiu o coração se apertar, temendo um momento que fosse o começo de algum rito de dor, mas era apenas para acender um cigarro.

— Então, Summer, você se juntou a nós — disse Victor, agora andando ao redor dela e passando dedos pelo emaranhado de seu cabelo, permitindo que a outra mão permanecesse sobre sua bunda.

— Sim — sussurrou Summer.

— Sim, senhor! — rugiu ele, e sua mão bateu com força intensa no lado direito da bunda.

Summer se encolheu. A plateia emitiu uma inspiração coletiva. O sorriso de uma mulher ao observar a cena tinha toda a feiura do de uma rainha má de contos de fadas. Summer viu outra lambendo os lábios. De expectativa?

— Sim, senhor — disse ela obedientemente, reprimindo a relutância em se encaixar no papel tão facilmente.

— Bom — disse ele. — Você conhece as regras: vai nos servir, não vai fazer perguntas, vai nos respeitar. Entendido?

— Sim, senhor. — Ela já sabia como responder.

A mão dele foi até o mamilo dela e o apertou com força. Summer prendeu a respiração para controlar a dor.

Victor agora estava de pé atrás dela, dizendo palavras que penetravam em seu ouvido:

— Você é uma putinha.

Como ela não respondeu, acabou sentindo um tapa forte na bunda de novo.

— Sou uma putinha.

— Sou uma putinha *o quê?*

Mais uma vez, o ardor da palma da mão de Victor provocou um rápido espasmo de dor.

— Sou uma putinha, senhor — disse ela.

— Melhor.

Houve um momento de silêncio, e com o canto do olho Summer reparou em uma das outras escravas dando um sorrisinho de desdém. Será que estavam rindo dela?

Victor prosseguiu.

— Você gosta de todos poderem ver seu corpo, putinha, não gosta? Gosta de ser vista, de ser exposta?

— Sim, senhor, eu gosto — respondeu ela.

— Você vai se sair bem, então.

— Obrigada, senhor.

— Deste momento em diante, eu sou seu dono — proclamou Victor.

Summer sentiu vontade de protestar. Por um lado, havia alguma coisa incrivelmente excitante na ideia, mas, por outro, uma parte de sua personalidade se rebelou.

Mas, por enquanto, ali no calabouço, com os peitos e a boceta mal depilada em exibição total, com a umidade escorrendo do centro dela involuntariamente, confirmando o quanto estava excitada, eram apenas palavras.

Summer se sentiu encorajada a encarar o que o futuro guardava para ela.

11

Uma garota e seu senhor

O primeiro tapa foi tão forte que eu soube que a marca da mão ficaria na minha pele por horas, delineada em rosa como a versão infantil de uma pintura abstrata.

Engoli em seco.

Todos os olhos estavam pousados em mim, esperando minha reação, esperando me ver encolher. Eu apenas trinquei os dentes. Não queria que eles tivessem o prazer. Não ainda, pelo menos.

Havia uma perversidade na voz de Victor que eu não tinha percebido antes, como se sua verdadeira natureza estivesse chegando à superfície agora. Em seguida, ele me fez tirar as poucas peças de roupas que eu estava usando, mas não o espartilho, e finalmente cheguei a um estado de exposição que o satisfez. "Senhor" isso, "senhor" aquilo, autoritário, insistente. Obedeci às suas instruções, embora aquilo me incomodasse. Eu não gostava do modo como tinha que me dirigir a ele. Dominik nunca me pedira para chamá-lo de "senhor". Sempre achei o termo bobo, na minha opinião reduzia a situação de obscena a ridícula. Tentei manter minha dignidade apesar da pura falta de refinamento da situação.

Fiquei ali de pé, imóvel, apenas uma em um desfile de escravas, todas enfileiradas como patos em um estande de tiro. A loura magra com os seios pequenos, a morena de pele e de cabelos castanhos com centro de gravidade mais baixo, a mulher de cabelos castanhos com curvas voluptuosas e uma marca de nascença proeminente na coxa direita, a alta, a baixa, a gordinha. E eu, a ruiva com espartilho apertado, a única cuja roupa chamava ainda mais atenção para sua sexualidade, com mamilos duros, boceta úmida e em expectativa.

— Ajoelhem-se — disse uma voz. Dessa vez, não era Victor, que tinha ido para o meio dos convidados, onde se misturou despercebido entre os homens e as mulheres de roupas escuras.

Todas nós nos ajoelhamos.

— Abaixem a cabeça.

As mulheres ao meu lado obedeceram, com os queixos quase encostando no piso de pedra. Se isso era a subserviência total, não era bom para mim. Baixei a cabeça, mas ainda mantive uma distância mínima do chão. Senti um pé contra minha lombar, forçando-me para baixo e aumentando a curva na minha espinha, para elevar minha bunda ainda mais em oferecimento.

— Essa bunda é suculenta — disse uma mulher. — Ela tem uma cintura tão fina que a bunda domina a paisagem toda.

O pé se afastou. Sapatos pretos engraxados e saltos de 12 centímetros começaram a circular ao redor de mim e das outras escravas, enquanto os convidados caminhavam, nos julgando, avaliando a mercadoria. Com o canto do olho, vi um joelho em uma calça de terno tocar o chão ao meu lado; uma mão apareceu embaixo de mim, pesando meus seios pendurados. Outro participante que eu não conseguia ver enfiou um dedo no meio da minha bunda, na minha boceta, e testou minha umidade, depois retirou o dedo e explorou o aperto da minha abertura anal. Eu me fechei, tentando mantê-lo fora de lá, mas ele penetrou um centímetro. Fiquei surpresa por ele conseguir me invadir ali, mesmo que brevemente, sem nenhuma forma de lubrificação artificial. É claro que a posição em que eu estava, com minha intimidade em completa exibição, tornou tudo mais fácil.

— Não foi muito usada aqui — comentou ele, depois deu um tapa de brincadeira no meu traseiro antes de se deslocar em direção a outro corpo exposto.

De repente, a respiração de Victor estava no meu ouvido.

— Você gosta de ser exibida, não gosta, Summer? — comentou ele, com um tom de diversão. — Deixa você excitada. Consigo perceber pelo quanto já está molhada. Você não consegue esconder. Não tem vergonha?

Estava molhado lá embaixo, e um rubor quente cobriu minhas bochechas enquanto ele continuava a me examinar de perto.

— Ela pode ser usada? — perguntou alguém, um homem.

— Não completamente — comentou Victor. — Hoje, só a boca. Tenho coisas mais interessantes reservadas para ela.

— Para mim, está bom — respondeu o outro.

— Ela gosta de ser exibida, de ser usada publicamente, esta aqui — prosseguiu Victor.

Ali estava de novo o leve movimento enquanto ele caminhava até alguns centímetros do meu nariz. Ele mancava muito de leve, o que tornava seu caminhar reconhecível. Eu estava furiosa, mas não tinha intenção de me entregar à raiva. A mão de Victor estava sob meu queixo, forçando-me a erguer a cabeça. Ele posicionou meu olhar na altura da calça do outro convidado, com o zíper aberto, e o estranho tirou o pau de dentro e colocou em frente à minha boca. Um leve aroma de urina veio em minha direção e quase vomitei, mas a mão de Victor apertou meus ombros, forçando sua vontade. Eu abri os lábios.

O pênis do estranho era curto e grosso. Ele começou suas frenéticas estocadas, segurando-me pelo cabelo para que eu não tivesse alternativa além de engoli-lo inteiro, quase uma paródia de avidez.

Ele gozou rapidamente, e o jato de sua porra atingiu o fundo da minha garganta. O homem continuou a segurar minha cabeça e se recusou a se afastar até eu ter relutantemente engolido e esvaziado a boca do produto dele. Só depois me soltou. Seu sabor amargo perdurou e eu queria correr para um banheiro para esfregar o sêmen dele da minha língua. Naquele momento, eu teria engolido ácido para tirar o gosto da minha boca.

Olhei rapidamente ao redor e reparei que todas as outras desafortunadas escravas estavam em uso, alternadamente sendo fodidas na cara pelos convidados masculinos ou montadas de quatro como pedaços de carne, exceto a que me lembrava uma dona de casa de bairro chique. Ela estava ocupada chupando uma das convidadas, cujo vestido vermelho tinha sido levantado até a cintura e que emitia gritinhos como de um pássaro cada vez que a língua da escrava encostava em seu clitóris, ou onde quer que fosse seu ponto de prazer.

Não tive tempo de avaliar melhor a situação, pois fui abordada por Victor e ordenada a deitar de costas depois de ele colocar um cobertor grosso no piso de pedra. Quando minhas pernas estavam bem abertas, ele avançou para cima de mim, com a calça abaixada até o tornozelo e seu pau de tamanho respeitável já pronto. Notei que, ao contrário de Dominik, ele preferiu usar camisinha. Será que era por não confiar em mim, em minha saúde, ou simplesmente Dominik fora irresponsável?

Ele se enfiou dentro de mim com força e começou a me comer. Percebi de repente que, apesar de eu ter decidido entregar meu corpo à vontade de Victor, a mente ainda era minha, para fazer o que eu quisesse. Procurei aquele lugar na minha cabeça, a porta que me levaria para longe de tudo isso mentalmente, já que não era possível fisicamente. Em pouco tempo, os arredores sumiram, os homens, as mulheres e as escravas passaram para uma dimensão ausente, com seus corpos e seus gemidos e tudo o mais, abandonei a realidade e permiti que as marés da excitação tomassem conta de mim quando fechei os olhos. Ele rapidamente satisfez seu desejo e deu alguns passos para trás.

Mal tive tempo de piscar, antes que o pênis de outro homem fosse apresentado à minha boca ainda em recuperação. Era um tom diferente de rosa e marrom, com cabeça grande, outro cheiro suave, desta vez de sabonete de ervas. Não ergui o olhar para ver a quem pertencia o rosto. Importava? Fechei o espaço entre ele e meus lábios e passei a língua pelo calor imitando apetite.

O resto da noite passou como um borrão indefinido.

Homens anônimos gozando. Mulheres com um toque de crueldade em suas ordens e o aroma doce e enjoativo de suas fragrâncias variadas. Eu rapidamente me desconectei do meu eu racional; minha mente e meu corpo estavam no piloto automático.

Quando voltei a abrir os olhos direito e olhei ao redor, o grupo tinha quase todo se dispersado, e os presentes estavam enrubescidos ou ajeitando as roupas. Só havia o círculo de escravas ainda no meio do aposento, exaustas, sujas, resignadas.

Alguém bateu na minha cabeça como se eu fosse um animal de estimação.

— Muito bem, Summer. Você é muito promissora.

Era Victor.

O comentário dele me surpreendeu. Eu sabia que estava desprendida, distante, mecânica, completamente desligada, apenas uma atriz em um cenário. Um cenário pornô.

— Venha — disse ele, com o braço estendido em minha direção, a mão aberta para ajudar a me levantar da posição inconveniente. Ele tinha pegado meu casaco no saguão, onde tive que deixá-lo ao chegar, e me ajudou a vestir.

Do lado de fora, a limusine estava esperando por nós.

Ele me deixou primeiro. O caminho até o centro aconteceu em silêncio.

Uma pessoa se torna um zumbi por pura exaustão, mental e física. Dias cumprindo ensaios, duas apresentações em média por semana, e, sempre que eu estava livre, Victor me chamava.

É claro que eu podia dizer não, devia dizer não, devia ter dito que ele estava indo longe demais e que eu não era mais uma participante voluntária dos jogos que ele estava orquestrando com malícia deliberada, mas me dei conta de que parte de mim desejava mais episódios com uma espécie de curiosidade mórbida. Como se eu estivesse testando meus próprios limites. Cada encontro era uma ponte mais distante no rio, um desafio para o qual meu corpo era atraído.

Eu estava perdendo o controle.

Sem Dominik para me ancorar, eu era um veleiro sem motor, flutuando em alto-mar não explorado, à mercê do vento e das tempestades. Seguindo a melodia de uma música, e uma que eu não podia tocar em meu violino.

Trabalhávamos agora com um maestro convidado, um venezuelano que estava na cidade para reger uma temporada de obras de compositores russos pós-românticos, e ele estava exigindo muito de nós. Nosso som inicial não o agradara. Ele queria mais vigor e cor em nossa atuação. A seção de cordas foi a mais afetada. A seção de metais, predominantemente masculina, pareceu gostar da mudança de ênfase, mas nós, criaturas das cordas, estranhamos mais, pois estávamos acostumados a um ataque mais discreto à música. Muitos de nós também tinham raízes no Leste Europeu, e velhos hábitos são difíceis de abandonar quando se trata de acrescentar um toque de vigor a melodias que conhecíamos tão bem.

O ensaio daquela tarde foi conturbado, e Simón, o maestro, criticou muito nossos esforços. No final da sessão dupla, estávamos com os nervos em frangalhos.

Enquanto eu andava pela West Broadway a caminho de casa, meu telefone tocou. Era Chris. Estava de passagem por Manhattan. A banda ia fazer shows em um curto tour na Costa Leste, em clubes de rock, e ele estava a caminho de Boston. Tinha tentado me ligar no dia anterior para saber se eu queria entrar na lista de músicos convidados em um show em Bleecker Street, mas lembrei que eu tinha deixado o telefone descarregado ou desligado por vários dias, absorta nos ensaios do venezuelano e nas exigências de Victor.

— Sentimos sua falta — disse Chris, depois de trocarmos calorosos cumprimentos.

— Tenho certeza de que não — respondi.

Eu não tocava em todas as músicas quando a banda se apresentava. Uma rabeca acrescenta um som particular a uma banda de rock e, se exagerada, dá um toque country excessivo.

— Sentimos, sim — respondeu Chris. — De você como pessoa e como instrumentista.

— Ah, a bajulação consegue qualquer coisa.

Ele ia passar apenas uma noite na cidade. Concordamos em nos encontrar assim que eu tivesse a oportunidade de tomar um banho e trocar de roupa, depois da exaustão nervosa do dia.

* * *

Nós dois gostávamos de comida japonesa. Crua. Às vezes, eu julgo as pessoas pelo gosto por comida, e raramente aprovo os que afirmam não gostar de peixe ou carne crua, ou mesmo ostras. Covardes culinários, eu pensava.

O japonês era um lugar pequeno na Thompson Street, onde raramente havia mais do que um pequeno grupo de clientes, pois a maior parte dos negócios era de entregas. Consequentemente, o sushiman desocupado foi generoso com o tamanho das porções.

— E então, como anda o mundo clássico? — perguntou Chris, enquanto tomávamos o primeiro saquê da noite.

— Estou tendo que me esforçar, sem dúvida. O maestro com o qual estamos trabalhando é meio tirano. Muito exigente e temperamental.

— Eu não falo que nós, do rock and roll, somos um bando bem mais civilizado do que seus velhos clássicos e reacionários?

— Fala mesmo, Chris. — Quase todas as vezes em que conversamos. A piada tinha se tornado uma espécie de clichê, mas tentei dar um sorriso.

— Você parece cansada, Summer.

— E estou mesmo.

— Está tudo bem? — perguntou ele, com um olhar de preocupação.

— É só cansaço. Estou ocupada com a música. E não tenho dormido muito bem — confessei.

— Isso é tudo?

— Não deveria ser? Estou com olheiras pretas?

Chris sorriu. Meu velho parceiro, para quem eu era incapaz de mentir.

— Você sabe o que quero dizer. Então... você anda... fazendo travessuras? Conheço você, Summer.

Peguei um pedaço de atum com meus hashis.

Chris sabia a maior parte do que tinha acontecido em Londres com Dominik. Bem, talvez não todos os detalhes específicos: uma garota tem seu orgulho. Ele certamente estava ciente de que ir para Nova York tão de repente tinha sido uma maneira de fugir.

— Não me diga que ele seguiu você até aqui? Claro que não. — Ele mergulhou o califórnia no molho de soja cheio de raiz-forte.

— Não — respondi —, não ele. — E então, superando a relutância em revelar meus verdadeiros sentimentos: — Quem dera que fosse ele.

— O que você quer dizer, Summer?

— Tem outro homem que acabei encontrando. Parecido... mas acho que pior. Não é fácil explicar.

— O que você tem que atrai os canalhas, Summer? Nunca pensei que você gostasse de ser punida.

Eu fiquei em silêncio.

— Olha, sei que Darren era um babaca, mas os caras por quem você parece estar estranhamente atraída são perigosos.

— São mesmo — confirmei.

— Então por que você faz isso?

Mais uma vez, ele estava perdendo a paciência comigo. Por que agora isso acontecia todas as vezes em que nos encontrávamos?

— Você sabe que não uso drogas. Bem, não as drogas comuns. Talvez isso seja como uma droga, porque me dá um barato. Como se eu estivesse colocando a mão no fogo pra ver até onde consigo suportar, pulando da dor para o prazer. Mas, sabe, não é só ruim, Chris... apesar de eu saber que pode parecer assim pra você. Baratos diferentes pra pessoas diferentes. Não critique até ter experimentado.

— Humm... Não sei se é pra mim. Você é maluca, garota.

— Sou mesmo, Chris, mas você me conhece, e tem que aceitar o lado bom e o ruim, não?

— Mas você está feliz? — perguntou ele por fim, quando a garçonete oriental começou a tirar nossos pratos e tigelas e nos serviu os quadrados de abacaxi de cortesia.

Mais uma vez, optei por não responder, mas temo que meu olhar tenha me traído.

Seguimos para um bar ali perto e tomamos cerveja antes de cada um ir para um lado com uma pontada de incerteza.

— Dê notícias — disse Chris. — Você sabe o número. Quando tiver vontade. Ou se tiver algum problema. Voltamos pra Inglaterra no final da semana que vem, mas sempre estarei do seu lado, Summer, pode acreditar.

Era plena noite. O Greenwich Village estava cheio de vida e de eletricidade, e música fluía pelas ruas estreitas com melodias desconhecidas e um toque de cacofonia. Os sons da cidade grande.

Eu precisava muito dormir.

A apresentação em que tocamos Prokofiev em um dos locais mais elegantes de Manhattan foi um triunfo. Tudo funcionou à perfeição, justificando todo o sofrimento nos ensaios e o nervosismo dos dois lados do palco. Minhas poucas partes solo no segundo movimento fluíram como um sonho se realizando, e até fui premiada com uma piscadela de aprovação de Simón, o jovem maestro, quando fizemos nosso agradecimento final.

Meu humor despencou logo depois, quando encontrei Victor esperando por mim na porta do palco.

— Por que você demorou tanto? O concerto terminou há mais de uma hora — comentou ele.

— Nós fizemos uma pequena comemoração — eu disse. — Tudo foi surpreendentemente bem. Não foi nada como esperávamos — comentei.

Victor franziu a testa.

Ele fez um gesto para que eu andasse com ele e seguimos pela Terceira Avenida, para o norte. Talvez por eu estar de saltos, Victor de repente pareceu mais baixo do que eu pensava.

— Pra onde estamos indo? — perguntei. Eu ainda estava um pouco eufórica, resultado da combinação do vermute e da alegria da apresentação quase perfeita.

— Não se preocupe — respondeu Victor bruscamente.

O que ele tinha em mente? Eu ainda estava usando meu vestido de veludo preto da apresentação e a lingerie normal do dia a dia. Nem estava de meias sete oitavos, e sim uma meia-calça. E um cardigã fino que comprei no dia anterior na Anna Taylor Loft. O espartilho que Dominik me dera, que Victor costumava pedir que eu usasse em nossas cenas, estava guardado em segurança em uma gaveta ao lado da minha cama.

Talvez fosse apenas uma ocasião social.

Mas, conhecendo Victor, eu duvidava.

— Você tem batom na bolsa? — perguntou Victor, enquanto continuávamos a andar pela Terceira Avenida.

— Tenho. — Eu sempre tinha. Garotas são assim.

E, então, uma lembrança fugaz de um episódio anterior envolvendo batom passou pela minha cabeça. E eu soube. Victor deve ter sido minha plateia secreta naquela noite no loft de Dominik, que me vira adornada como a Meretriz da Babilônia, como Dominik tinha descrito.

O local era um grande hotel de rede na área de Gramercy Park. A cobertura chegava ao céu, com luzes de neon brilhando acima e uma quantidade de pequenas janelas quadradas como casa de boneca. Para mim, parecia uma fortaleza intimidante. Uma fortaleza ou um calabouço? Nossa, que mente limitada eu estava desenvolvendo.

O porteiro da noite tirou o chapéu para nós quando entramos no saguão e andamos em direção aos elevadores. Pegamos o da esquerda, que subia até a cobertura. Ela não era acessível ao público em geral e exigia o uso de uma chave, que Victor tirou do bolso e enfiou na fechadura ao lado do botão da cobertura.

Subimos em silêncio.

As portas do elevador se abriram diretamente em um hall grande e vazio, com nada mais do que um banco de couro, onde as pessoas que já tinham chegado deixaram seus casacos e bolsas. Tirei meu casaquinho e relutantemente coloquei o estojo do violino no chão. Saímos do hall e entramos em uma sala imensa rodeada de janelões pelos quais dava para ver metade de Manhattan e o horizonte deslumbrante de luzes intensas. Havia convidados andando de um lado para o outro com copos na mão. Em um canto extremo da sala circular havia uma pequena área elevada, como um palco, e à esquerda um par de portas que levava, sem dúvida, ao resto da suíte.

Eu estava prestes a andar até o pequeno bar onde havia uma variedade de garrafas, copos e baldes de gelo, mas Victor me avisou:

— Você não deve beber esta noite, Summer. Quero você em seu melhor estado — disse ele.

Eu ia protestar — desde quando ele achava que eu era uma bêbada? —, quando um estranho usando um paletó que o fazia parecer mais um garçom do que um homem abastado se aproximou de nós e apertou a mão de Victor com vigor.

O homem me olhou de cima a baixo sem disfarçar e, solenemente ignorando minha presença, virou-se para Victor e comentou:

— Muito bom, meu querido Victor. Muito bom mesmo. Uma escrava particularmente linda.

Meu primeiro instinto foi dar um chute na canela dele, mas me controlei. Era assim que Victor tinha me apresentado?

Eu não era e jamais seria escrava. Eu era eu, Summer Zahova, e era um indivíduo com opinião própria, uma submissa, não uma escrava. Eu não tinha problema com o conceito, e sabia que outros homens e mulheres desejavam se entregar completamente assim, mas não eu.

Victor sorriu para o outro homem, evidentemente satisfeito consigo mesmo. O cretino. Ele bateu no meu traseiro com tremenda condescendência.

— Não é? Ela não é demais?

Os dois me ignoraram como se eu não estivesse mais ali, como se fosse apenas parte da mobília.

— Ela vai atingir um bom preço — disse um deles, mas minha cabeça já estava em chamas e eu não consegui identificar quem foi que disse isso.

Senti a mão de Victor apertar meu punho. A névoa se abriu na minha mente e eu o encarei.

— Você vai fazer o que eu mandar, Summer. Entendeu? Sei que por dentro você está em conflito e compreendo. No entanto, também sei que você está em guerra contra sua própria natureza, e vai chegar um momento em que vai entrar em acordo com ela. O desejo que você tem de ser exposta, de ser uma prostituta pública, é parte de você. É quem você é de verdade. Isso dá vida a você, permite que vivencie sensações que nunca experimentou antes. A resistência que você sente é apenas resultado de costumes antiquados, de educação. Você nasceu para servir. E é assim que fica mais linda. Tudo que quero é trazer à tona essa beleza, ver você florescer, assumir sua condição.

O que Victor disse foi profundamente perturbador, mas havia núcleos de verdade que reconheci. Em momentos de excesso, meu corpo me traía. A droga da submissão me chamava, e era como se a verdadeira Summer aparecesse, ousada, libertina, desavergonhada, um lado de mim que eu apreciava mas temia, com medo de um dia me levar longe demais, com medo de a atração pelo perigo ser mais forte do que minha necessidade de segurança. O lado animalesco de mim procurava esse limbo sexual, enquanto a metade racional questionava meus motivos. Dizem que grande parte dos homens pensa com o pênis; no meu caso, eu estava sendo guiada pela fome da minha vagina, mas paradoxalmente essa fome também residia na minha mente. Não que eu precisasse de um homem, nem de um homem em particular, para ser dono de mim, para me usar; o que havia era um desejo de alguma outra coisa, de um nirvana que eu alcançava nesses momentos de sexo sem lógica e até de degradação e humilhação, e que me fazia sentir mais viva do que em qualquer outro momento. Talvez eu devesse ter optado por fazer escaladas.

Eu estava ciente das minhas contradições, aceitava-as, mas a aceitação não tornava mais fácil a busca do caminho certo.

Enquanto minha mente clareava, houve um burburinho na sala, e palavras não ditas indicavam que a hora tinha chegado.

Com Victor de um lado e o estranho de smoking do outro, fui conduzida até o pequeno palco elevado do outro lado da sala, onde fui rapidamente despida. Eu me lembro de pensar quanto eu devia parecer deselegante enquanto eles tiravam minha meia-calça nada atraente, mas tudo aconteceu tão rápido, rápido demais para eu protestar.

O estranho, que era o mestre de cerimônias dessa curiosa noite, balançou os braços com um floreio e anunciou:

— Esta é a Escrava Summer, propriedade do Senhor Victor. Tenho certeza de que todos concordam que é um exemplar esplêndido. Pele clara — ele apontou para mim — e uma fantástica bunda redonda. — Ele me mandou virar e mostrar o traseiro para a plateia. Pessoas inspiraram fundo. Eu já possuía novos admiradores.

Uma batidinha no meu ombro indicou que eu devia me virar mais uma vez e encarar a pequena multidão. Eram em sua maior parte homens, percebi, mas também havia mulheres de vestidos elegantes aqui e ali. Tudo parecia normal; claramente, não havia outras escravas servindo naquela noite.

A mão do apresentador do circo passou pelo meu seio direito e o ergueu um pouco, exibindo-o, mostrando sua forma.

— Pequena, mas voluptuosa de um jeito bem particular — indicou ele, descendo com os dedos e mostrando como minha cintura fina acentuava as curvas dos seios e da bunda. — Um corpo maravilhosamente antiquado, ou será que eu deveria dizer clássico?

Eu engoli em seco.

Ele me poupou de ruborizar ao não descer para minha vagina mais uma vez impecavelmente depilada e descrevê-la para a plateia. Eles mesmos podiam ver, e palavras elogiosas não teriam feito diferença nas circunstâncias atuais.

— Um exemplar maravilhoso, e nossos cumprimentos ao Senhor Victor, que mais uma vez nos proporciona um corpo perfeito e único. Fui informado de que ela ainda não se entregou propriamente, o que deve aumentar o valor.

Me entregar? Porra, do que ele estava falando?

Por trás de mim, senti a mão de Victor entre minhas pernas, forçando-me a abri-las. Eu reconhecia o toque dele.

Eu agora estava em exibição e conseguia sentir os olhares de mais de dez pessoas na minha pele, explorando-me, avaliando, apreciando o espetáculo de minha total vulnerabilidade.

Ah, Dominik, o que você criou?

Mas percebi que o monstro já estava dentro de mim antes dele, e ele o pressentiu e o trouxe à vida; trouxe-me à vida.

A confusão de pensamentos rodopiou na minha cabeça.

Atordoada, acompanhei o "leilão" como se fosse apenas uma espectadora.

Imagens surgiram na minha mente, de filmes ruins vistos uma eternidade atrás, de eventos em romances que exploravam a cena BDSM e dos quais eu já havia gostado. De quando me imaginei em mercados árabes ou africanos, com areia rodopiando ao redor, enquanto o musculoso vendedor de escravos de pele escura anunciava a mercadoria, com os dedos testando a firmeza do meu corpo, outros me abrindo rudemente para os olhos da multidão, apontando o tom nacarado de rosa da parte de dentro de mim e o contraste com minha pele pálida. Nesses devaneios, eu podia estar de véu ou não, mas em cada história que passava pelo horizonte da minha imaginação eu estava mais do que nua, terrivelmente exposta, com minha intimidade à mostra para todos verem. Ou eu era arrastada de uma jaula de bambu para a prancha de um navio pirata, por ter sido sequestrada em alto-mar, e estar prestes a ser comprada por algum príncipe oriental, para seu divertimento, preenchendo um lugar em seu harém lotado. Será que se tornar uma escrava era isso?

Os lances começaram em 500 dólares. Uma mulher deu início ao processo. Eu não sabia se conseguiria servir uma mulher. Eu tinha desejado Lauralynn, era verdade, mas, pelo que tinha visto até agora, preferia o tipo de dominação masculina.

Em pouco tempo, uma confusão de vozes masculinas se juntou e os lances subiram em um ritmo acelerado. Cada vez que alguém elevava o valor, meu olhar percorria a plateia para tentar distinguir o rosto de quem estava atribuindo esse valor a mim, mas a ação era rápida demais, e logo a sala se transformou em uma selva de vozes e rostos não familiares.

Por fim, a luta entre os dois proponentes mais regulares chegou ao fim, quando todas as outras vozes cessaram. O vencedor parecia ser árabe, ou pelo menos do Oriente Médio. Usava um terno de tweed antiquado, mas elegantemente cortado, e óculos. Estava ficando calvo, era moreno e a curva de seus lábios insinuava um mundo de crueldade.

Meu novo dono?

Por que Victor iria querer me passar adiante? Certamente não pelo dinheiro. Eu tinha alcançado o valor de mais de 2.500 dólares. Era uma soma bem lisonjeira, mas certamente não o que uma mulher valia de verdade atualmente.

Victor entregou ao feliz vencedor uma coleira de cachorro com guia, que prendeu no meu pescoço.

— Ela é sua pela próxima hora — eu o ouvi dizer.

Então era uma transação apenas temporária. Eu voltaria para Victor no final. Era outro lado do jogo em que estávamos envolvidos enquanto explorávamos nossa devassidão.

O homem que tinha dado o maior lance ignorou a coleira que agora estava caída ao meu lado, pegou minha mão, seu prêmio, e me levou até a porta. Ela levava a um grande quarto. Ele me empurrou para a cama, fechou a porta atrás de si e começou a tirar a roupa.

Ele me comeu.

Ele me usou.

E, quando terminou, sem dizer uma palavra, saiu do quarto, deixou-me aberta, entorpecida pelas estocadas implacáveis que tinham acabado de terminar, e me ignorou completamente.

Eu prendi a respiração.

Abandonada como uma boneca de pano em uma casa de brinquedos.

Do outro lado da porta, consegui ouvir os sons abafados da festa particular, copos batendo, conversas em voz baixa. Será que falariam sobre mim, discutindo meu desempenho, avaliando-me?

Será que isso era tudo? Será que outro estranho entraria no quarto e pegaria o bastão do revezamento para comer a nova escrava?

Mas nada aconteceu.

Senti uma onda de alívio misturada com uma inexplicável sensação de decepção. Outro estágio na exploração da minha devassidão tinha sido completado. Eu ainda estava ali, ainda incompleta, relativamente calma, considerando tudo. Até onde iria antes de chegar ao limite?

Victor entrou pela porta. Não me elogiou nem fez nenhum comentário pelo que aconteceu.

— Fique de pé — disse ele, e eu obedeci. Eu não queria me dar ao trabalho de discutir com ele.

Ele segurava o batom que pegara na minha bolsa. Andou em minha direção, segurando-o como uma arma inofensiva.

— Fique parada — ordenou ele ao se aproximar, e senti seu hálito quente em minha pele nua.

Ele começou a escrever em mim.

Tentei olhar para baixo, mas ele emitiu uma negativa baixa como se aquilo não fosse da minha conta.

O batom dançou na frente do meu corpo; depois, ele me virou com um movimento da outra mão e continuou a escrever na curva da minha bunda.

Quando o trabalho estava concluído, Victor deu um passo para trás para admirar o resultado, pegou uma pequena câmera digital no bolso do paletó e tirou muitas fotos até ficar satisfeito. O resultado pareceu agradá-lo.

Ele apontou a porta, indicando que eu deveria me juntar ao grupo do outro lado. Eu me sentia fraca, exausta pelo abuso que tinha acabado de sofrer, sem humor para discutir.

Quando entrei na sala circular com infinitas janelas com vista para as luzes de Manhattan, vi cabeças se virando na minha direção, sorrindo, apreciativas, lascivas. Eu não sabia o que fazer. Andar mais? Para onde? Ficar parada?

A mão de Victor no meu ombro me fez parar.

Por fim, depois que todos os presentes tiveram uma visão completa de mim e do que estava escrito em meu corpo, ele disse:

— Pode se vestir. Acabou por hoje.

Meio atordoada, coloquei meu vestido de veludo abandonado e, no meio de tudo aquilo, quase esqueci meu violino!

Na rua, ele chamou um táxi amarelo para mim, acomodou-me lá dentro e deu ao motorista meu endereço. Não se juntou a mim, apenas disse:

— Farei contato. Esteja pronta.

Em casa, a primeira coisa que fiz foi me despir e me olhar no espelho de corpo inteiro do banheiro. Felizmente, nenhum dos meus colegas croatas estava em casa.

As grossas letras vermelhas cobriam minha pele como ondas de infâmia. Na minha barriga, ele tinha escrito "PUTA"; acima dos meus genitais, "ESCRAVA"; e, acima do meu traseiro, que tive muita dificuldade em decifrar porque precisei contorcer o corpo para ler a inscrição, e ainda ler ao contrário, ele tinha escrito em letras vermelhas enormes "PROPRIEDADE DO SENHOR".

Senti-me enojada.

Eu precisaria de três dias de banhos de chuveiro, de banheira e muita esfregação determinada para me sentir limpa de novo.

Victor me ligou na manhã seguinte.

— Você gostou, não gostou?

Eu neguei.

— Você diz isso, mas pude ler o contrário no seu rosto, Summer. E tem o jeito como seu corpo sempre reage.

— Eu... — Preparei-me para um fraco protesto.

— Você foi feita para isso — declarou Victor —, e vamos ter momentos maravilhosos. Vou treiná-la. Você vai ser perfeita.

Senti bile subir do meu estômago até a garganta, aquela sensação terrível de estar em um trem desgovernado, incapaz de mudar o curso, presa às rodas que giram velozmente pelo trilho.

— E na próxima vez — eu conseguia ouvir do outro lado da linha a forma como ele estava saboreando cada palavra — vamos tornar oficial. Vamos registrar você.

— Registrar? — eu perguntei.

— Existe um registro de escravos na internet. Não se preocupe, só as pessoas conhecidas vão saber sua verdadeira identidade. Você receberá um número e um nome de escrava. Vai ser nosso segredo. Eu estava pensando em Escrava Elena. Soa bem.

— O que isso acarreta? — Minha indignação lutava contra minha curiosidade.

— Vai significar que você aceita completamente minha propriedade sobre você, minha coleira permanente.

— Não sei se estou pronta — eu disse.

— Ah, sim, está — discordou. — Você vai poder escolher um piercing ou uma tatuagem na mais particular das partes, com seu número ou código de barras, indicando seu *status* e sua propriedade. É claro que só os que são como nós vão reconhecê-lo.

Ao ouvir as palavras dele, tive uma sensação tanto de vergonha quanto de empolgação dentro de mim. Sem dúvida, no século XXI, essas coisas não aconteciam mais, não é?

Mesmo assim, a tentação foi forte; havia um chamado provocando meus sentidos e minha imaginação, temperado pela dura realidade de saber que eu também estaria perdendo a valiosa independência pela qual lutara durante anos.

— Quando? — perguntei.

Victor ronronou. Ele conseguia me ler como um livro aberto.

— Eu aviso.

Ele desligou e deixou minha vida no limbo.

Desmoronei na minha cama estreita. Não havia ensaios até a semana seguinte. Havia tanto tempo para matar, tanto tempo para pensar. Tentei ler, mas as palavras de cada livro que eu pegava se tornavam um emaranhado de letras e eu não conseguia me concentrar nem na história nem nos personagens.

E nem o sono vinha para acalmar a tempestade dentro de mim.

Esperei a ligação de Victor por dois dias. Passei as horas andando pelo Greenwich Village procurando distrações consumistas e indo ver filmes de ação nada complexos na esperança de que me ajudassem a aliviar a mente, mas a ligação não chegou. Ficou evidente que ele estava me torturando de propósito, certificando-se de que minha mente estivesse em chamas de desejo quando ele fizesse o contato comigo. Cada vez que entrava no cinema, eu colocava o celular para vibrar na esperança de uma notícia durante o filme, mas nada aconteceu.

Eu estava ficando com medo dos meus próprios pensamentos, da inevitabilidade do caminho para o qual estava seguindo.

E então, às três horas da madrugada de uma noite quente, com as janelas abertas para o calor de Nova York e o som regular de sirenes de ambulâncias e carros da polícia correndo pelas avenidas, eu tive a ideia.

Uma aposta final.

Talvez para tirar a decisão das minhas mãos.

O horário de Londres era de cinco horas a mais, nada ruim para uma ligação.

Liguei para Chris, torcendo para o telefone dele não estar desligado.

O celular tocou por bastante tempo, e eu estava prestes a desligar quando ele finalmente atendeu.

— Oi, Chris!

— Oi, querida. Você finalmente voltou?

— Não, ainda estou na Big Apple.

— Como você está?

— Uma pilha de nervos — confessei.

— As coisas não estão melhorando?

— Não. Talvez piorando. Você me conhece, às vezes sou meu pior inimigo.

— E eu não sei? — Houve um momento de silêncio pensativo. — Summer? Volte pra Londres. Largue tudo e venha. Eu ajudo se você precisar de alguma coisa, você sabe.

— Não posso.

— O que há?

Eu hesitei, ensaiando cada palavra com a língua seca, e então falei:

— Posso pedir um enorme favor?

— É claro. Qualquer coisa.

— Você pode fazer contato com Dominik? Dizer a ele onde estou?

— Só isso?

— Só isso.

Um dado lançado. Será que Dominik responderia?

12

Um homem e sua tristeza

O sexo deles era regular, mecânico.

Dominik tinha uma libido forte, mas, quando a ocasião pedia, ele conseguia facilmente deixar os prazeres carnais de lado para se concentrar em outras coisas, projetos de pesquisa ou vários empreendimentos literários nos quais estava regularmente engajado.

Com Summer longe, ele tinha poucas coisas preciosas para ocupar seu tempo. Há algum tempo já havia preparado suas aulas, embora tomasse o cuidado de variar o material, de manter a novidade. Tinha anotações suficientes prontas e era rápido o bastante para gastar bem pouco tempo para se preparar. Em qualquer outro assunto, preferia improvisar.

A gama atual de suas alunas era sem graça no sentido extracurricular; ninguém o interessava dessa maneira. Não que ele procurasse um relacionamento com alguma delas: era arriscado demais. Deixava isso para os professores mais imorais, como Victor, que tinha rapidamente desaparecido do campus para assumir uma posição em Nova York que surgiu de repente. Mas ele ainda era homem, e não conseguia deixar de reparar nas garotas que chamavam sua atenção, que sorriam de maneira convidativa quando o viam, mesmo que ele não fizesse nada, pelo menos até o semestre terminar.

Dominik se imaginara à beira de um hiato sexual, um notório período de seca, para compensar a partida repentina de Summer. Em alguns aspectos isso lhe agradava e ele acolheu a situação, esperava ansiosamente por noites sozinho recuperando a pilha negligenciada de leitura. Tinha uma nova série de livros que chegara algumas semanas antes e que prometia cativar sua atenção, mas que ficara pegando poeira enquanto ele concentrava suas energias em criar novas cenas para Summer.

E então Charlotte apareceu em uma das palestras noturnas de Dominik no City Lit. Ele não acreditou nem por um segundo que ela havia entrado em sua turma por coincidência depois de, da noite para o dia, ter desenvolvido um interesse enorme pela literatura de meados do século XX. Ele sabia que ela o havia rastreado, sem dúvida com o orgulho ferido, como resultado de sua reação nada entusiasmada aos avanços dela na festa em que ele depilou Summer. Ele ficou surpreso por Charlotte ter se dado ao trabalho de procurar e de ler um de seus livros, mas não ficou lisonjeado. Dominik percebia que ela só queria uma coisa e tinha se preparado para obter.

Eles rapidamente caíram em um relacionamento, cedendo a seus apetites sexuais. Nem Dominik nem Charlotte formalizaram seu acordo em palavras. Às vezes ele se perguntava o que ela queria dele. Não era dinheiro: ela tinha suficiente. Nem sexo: ele sabia que ela ainda saía com Jasper de vez em quando, e desconfiava que também com outros homens, com regularidade. Não se importava. Quase pareceu para Dominik que Charlotte simplesmente queria irritá-lo, zombar dele, garantir que Summer jamais saísse de sua cabeça.

Ele notou que ela começou a depilar a boceta completamente, de forma que, toda vez que ele a via nua, lembrava-se automaticamente da boceta de Summer recém-depilada. Lembrava-se do ritual que parecera tão perfeito em sua mente, no ritmo intenso da orquestra de luxúria que haviam criado, um ato de depravação que fugira de seu controle, uma fantasia que fora usada contra ele, um ato que os afastara em vez de unir.

Ele fodia Charlotte de maneira mais bruta por causa disso, tratava-a como tinha vontade, apesar de ela sempre querer, é claro, e parecer apreciar. Sexo oral era uma atividade na qual costumava se deleitar. Ele poderia lamber a boceta de Summer durante dias, até ela implorar que ele parasse, mas nunca tocou na de Charlotte com a língua, nem planejava. Ela nunca tocou no assunto, e continuou a fazer sexo oral nele com surpreendente regularidade. Às vezes, apenas para irritá-la, ele segurava o orgasmo, deixava que ela continuasse a chupar até o maxilar doer, orgulhosa demais para desistir, para assumir que tinha falhado em fazer um homem gozar em sua boca.

Ela era bem atraente, no senso típico da palavra, mas, apesar de seu pau reagir imediatamente à presença do corpo dela, sua mente não se comovia. Fisicamente, ele a achava sem graça, parecia uma boneca, com nada de original, único ou surpreendente. Era como se a personalidade dela a tivesse abandonado. Talvez ele apenas se sentisse atraído por mulheres mais complicadas. E o cheiro de canela dela lhe dava dor de cabeça.

Dominik suspirou. Não devia ser tão cruel. Não era culpa de Charlotte ela não ser Summer e os gostos sexuais deles não estarem perfeitamente alinhados. Foi ela quem fizera o primeiro esforço para despertar o relacionamento deles, mas ele era tanto parte disso quanto ela.

Charlotte se virou, suspirou baixinho, dormindo, e aconchegou a bunda contra a virilha de Dominik. Ele sentiu uma fagulha momentânea de afeição por ela. Charlotte parecia completamente genuína, sem estar planejando algo, apenas quando dormia. Ele passou o braço ao redor dela e caiu em um sono agitado.

Ele foi assombrado pelos sonhos mais perversos. Todos envolviam Summer, e a maior parte deles também Jasper, ou algum outro homem sem rosto, que penetrava as profundezas dela com os genitais terrivelmente expostos. O membro do estranho explorava as paredes internas da vagina de Summer, seu rosto era puro êxtase e o corpo se contorcia num orgasmo enquanto ele observava, impotente, excluído, fora do jogo, consumido por ciúmes. Às vezes ele a imaginava sendo penetrada por uma legião de homens diferentes, um depois do outro, cada um enchendo-a com seu sêmen enquanto Dominik observava, descartado, esquecido

Ele passava as manhãs depois desses sonhos se perguntando onde ela estava e até que ponto estaria realizando seus desejos sem ele. Dominik sabia que tinha iniciado o processo; ele havia destampado aquele poço fervente de submissões, aquele fosso profundo de trevas que existia dentro dela.

Sentia falta dos e-mails e das mensagens dela informando-o de suas aventuras. Era verdade que aquilo fora uma forma de domar seu ciúme (ele não era dono dela, apesar de desejar ser), mas também de ficar de olho nela enquanto ela ainda estava desenvolvendo sua nova personalidade. Para ver se ela estava no controle ou entregando o controle, se não havia sido levada longe demais.

Até onde ela iria?, ele se perguntou. Será que traçaria um limite? Qual seria o limite de Summer?

Foi depois de um desses sonhos, quando ele estava particularmente mal-humorado, que Charlotte começou a pegar no pé dele.

— Você nunca inventa cenas pra mim — disse ela. — Nada de concertos nua, nada de foder em frente a uma plateia, nada de cordas, nada de me exibir em público. Nunca fazemos nada.

Ela estava certa. Ele nunca fazia nada disso com ela, mas ela não o inspirava, como Kathryn e Summer.

Ele deu de ombros.

— O que você quer que eu faça?

Ela ficou furiosa.

— Qualquer coisa! Qualquer coisa além de me foder. Que tipo de dominador você é, afinal?

Gotas de cuspe voaram dos lábios dela enquanto ela falava. Ele viu sua boca se mexer com um distanciamento curioso, lembrando-se de um programa sobre a natureza que vira recentemente, que mostrava um animal com uma cavidade oral anormalmente grande. O animal o lembrara de Charlotte.

Ela gritava com frequência, aflorando a raiva pelo aparente desinteresse dele. Cada vez que ela perdia sua valiosa compostura, Dominik sentia uma pequena emoção de vitória, de batalha vencida.

No final, ele concordou em ir a um clube de suingue com ela, em parte por sempre ter desejado saber como eram esses estabelecimentos. Ele nunca tivera a pessoa certa com quem ir, exceto uma vez, anos antes, em Nova York, quando a etiqueta do suingue ainda estava engatinhando. Ou a garota era careta demais e ficava horrorizada com a perspectiva, ou seus sentimentos românticos por ela eram fortes demais e ele não conseguia tolerar a ideia de cedê-la a outro homem. Talvez Charlotte fosse a pessoa certa para ir a uma noite assim com ele.

Além do mais, a ideia de sexo em público distraiu Charlotte do desejo de que ele a dominasse. Dominik não sentia esse tipo de coisa por Charlotte, não tinha desejo de bater nela nem fazê-la se entregar a ele. Charlotte era hedonista, manipuladora; ela gostava de mergulhar o dedão em qualquer tipo de água com a qual se deparasse, apenas para experimentar. Ela estava apenas realizando uma vontade, e não se submetendo a ele, e isso não o inspirava. Ela não afetava Dominik como Summer tinha afetado.

O clube ficava no centro industrial do sul de Londres, entre uma série de fábricas pequenas e edifícios de escritórios antiquados. Era indicado por uma placa discreta, e a única luz na parte externa do prédio vinha dos faróis dos raros táxis que encostavam para o embarque ou desembarque de clientes.

Foram recebidos na porta pelo gerente do clube, um homem que sorria com afetação e usava um terno completo, apesar do calor na pequena área de recepção. Ele pareceu satisfeito com Charlotte e olhou-a de cima a baixo como alguém que avalia um cavalo de corrida, e lançou a Dominik um olhar rápido, apenas tolerando sua presença.

Dominik pagou o valor um tanto exorbitante para entrar e recusou a oferta para se tornar associado, que também dava a eles o direito de comprar passagens antecipadas para um cruzeiro só de casais pelo Mediterrâneo no ano seguinte. Ele sempre ficava enjoado no mar.

Ele não conseguia pensar em algo pior do que passar uma semana em uma situação similar àquela, a bordo de um navio, sem rota de fuga além de mergulhar no mar. E era uma opção que talvez considerasse, pensou ele, quando outro homem, também de terno, pegou seus casacos e celulares. Dominik estava prestes a protestar e dizer que precisava do aparelho para pedir um táxi depois quando o homem apontou uma placa na parede que avisava que o uso de qualquer aparelho com câmera era proibido.

Eles foram levados até o clube propriamente dito e apresentados a Suzanne, a *hostess*, que prometeu mostrar o local e ajudá-los a ficar à vontade.

— Oiiii — disse ela, com uma alegria que não pareceu forçada.

Charlotte respondeu com um cumprimento entusiasmado. Dominik balançou a cabeça uma vez.

Ela era jovem, com 20 e poucos anos, supôs Dominik. Era meio baixa e um pouco corpulenta. Era uma pena que o uniforme de *hostess* fosse tão desfavorável, pois a miniblusa cor-de-rosa e a minissaia em estilo tutu que Suzanne estava usando não a deixavam mais sensual.

— É a primeira vez de vocês? — perguntou ela, parecendo na dúvida se dirigia as perguntas a Dominik ou a Charlotte. Na maior parte das situações assim, supunha ele, seria razoavelmente óbvio qual membro do casal era a força motivadora. Talvez não no caso deles.

— É — respondeu Charlotte suavemente, poupando a *hostess* do constrangimento. — Mal podemos esperar.

Suzanne balançou uma mão gorducha em direção ao bar, indicando onde eles podiam comprar bebidas no andar de baixo. Eles a seguiram ao andar de cima, até outro bar menor e uma "área de lazer", um labirinto de corredores escuros com uma série de salas adjacentes de vários tamanhos. Algumas eram destinadas a orgias, pois tinham capacidade para vinte pessoas de cada vez. Outras eram cabines menores, para dois ou talvez três casais, no máximo. A maior parte era completamente aberta, de forma que qualquer pessoa pudesse ver ou participar, mas uma das duas cabines menores tinha tranca por dentro para que um casal em busca de um momento de tranquilidade pudesse se fechar lá dentro.

A *hostess* comentou sobre as características de cada local sem ruborizar uma única vez. Ela não parecia em nada desconfortável com a roupa nem com seu papel no clube.

O olhar de Dominik percorreu o aposento, reparando nos postes na área do bar, que convidavam os clientes a rodopiar como strippers amadores depois de terem bebido o suficiente. Que pelo menos fossem mulheres, esperava ele. Uma série de sofás contornava um *lounge* perto do bar, e em um canto havia um equipamento parecido com um balanço pendurado no teto, feito de uma rede larga, o que permitia que as pessoas se movimentassem livremente ao redor do corpo de quem estivesse dentro da rede, com tiras para prender braços e pernas, a fim de que alguém fosse colocado lá dentro, sem poder se soltar.

Cada superfície livre continha uma tigela grande de camisinhas com embalagens multicoloridas, suficientes para manter um clube cheio de casais copulando por um mês, concluiu Dominik. Elas davam ao local uma aparência estranha e alegre, como tigelas de doces em um consultório médico.

Havia ainda uma cortina fina e preta presa ao teto, descendo até o chão, com uma abertura de um lado, formando uma tenda improvisada. Era cheia de buracos, alguns do tamanho de um olho, outros do tamanho de um punho, para que os espectadores pudessem olhar qualquer pessoa ou pessoas lá dentro, ou enfiar uma mão anônima e apalpar o que estivesse ao alcance. Dominik olhou o interior. Estava vazio.

— É sempre tranquilo assim até a meia-noite — disse Suzanne, como que pedindo desculpas —, mas depois disso fica logo animado. Em uma hora, mais ou menos, isso aqui vai estar fervendo.

Dominik sufocou uma careta.

Ele nunca havia compreendido o que havia de atraente em ver as pessoas transando em público, e a ideia de tanta foda sem sentido lembrou-o de Summer e Jasper, uma imagem que não conseguia tirar da cabeça.

O tipo de voyeurismo preferido de Dominik exigia uma espécie de ligação com o objeto, um contrato não escrito, uma espécie de acordo que permitisse ou convidasse seu olhar. Sem nenhuma ligação com os participantes, ele não era afetado pelo espetáculo que ofereciam tanto quanto por animais copulando em um programa de TV sobre a natureza.

Mas Charlotte tinha uma visão completamente diferente. Ela gostava da sensação física do sexo por si só, gostava de demonstrar sua ousadia e sua sedução em exibições públicas e adorava se mostrar. Fazer suingue era um dos passatempos favoritos dela.

Ela já estava indo para a área do bar, olhando as poucas pessoas ao redor do balcão: um casal jovem que evitava cuidadosamente contato visual com qualquer outra pessoa, um homem mais velho e corpulento, de camisa polo e um cinto barato de couro falso, que parecia estar sozinho e de olho nas *hostesses* de saia cor-de-rosa, e um casal indiano mais velho, que dava pinta de ir lá toda semana.

Charlotte pediu bebidas para os dois, um coquetel elaborado para ela e uma Pepsi para ele.

Ele se sentou ao lado dela e bebeu, enquanto ela iniciava conversa facilmente com qualquer pessoa que se aproximasse do bar.

Suzanne, a *hostess*, estava certa: o clube estava começando a encher.

Até aquele momento, ele não tinha notado ninguém por quem se sentisse atraído. Havia garotas bem bonitas, mas a maior parte delas estava usando roupas ridículas de piranha, minivestidos baratos de vinil, maquiagem em excesso e bronzeado falso. Ninguém que interessasse a ele. As outras pessoas presentes o entediavam ou lhe provocavam repulsa.

— Você vai só ficar aí sentado? — sibilou Charlotte em seu ouvido.

Dominik não queria se dar ao trabalho de ouvi-la.

— Vá se divertir — respondeu ele. — Eu talvez me junte a você mais tarde.

Ela não precisava ouvir duas vezes. Charlotte desapareceu na multidão, exibindo a bunda para Dominik quando levantou do banco do bar, com as pernas longas e bronzeadas em contraste com o vestido branco e curto. Ela mal tinha saído do lado dele quando os homens começaram a se aproximar como moscas atraídas pelo pote de mel.

Dominik permaneceu em silêncio quando ela olhou-o com uma expressão malevolente no rosto e pegou primeiro um e depois outro homem pela mão. Nenhum deles era muito atraente. Um era o homem sozinho de camisa polo e cinto barato que estava no bar antes. O outro era mais jovem, mas já ficando gordo, com a papada formando um segundo queixo e a barriga mal contida dentro da camisa.

Charlotte os levou até o balanço no canto, subiu nele e deitou-se com as pernas abertas no ar. Ficou claro que não estava usando lingerie, pois ela deixou a intimidade à mostra para todos os ocupantes do clube.

Dominik chegou mais perto, mais por curiosidade do que por qualquer outro motivo.

Os dois homens prenderam as pernas de Charlotte. Ela enrolou as mãos nas cordas que caíam do teto. Era uma participante mais do que disposta.

O homem de camisa polo já havia aberto o cinto e começado a acariciar o pau flácido. O gordo também tinha colocado o dele para fora e estava com a calça caída ao redor dos tornozelos, a parte de trás da camisa mal cobrindo a bunda. Ele pegou uma das embalagens coloridas e colocou um preservativo no pênis, e então deu um passo à frente, entre as longas pernas de Charlotte, e puxou o balanço em sua direção para poder penetrá-la.

Dominik chegou mais perto e observou o pênis do homem entrar na boceta de Charlotte. Ela o olhou com a expressão maliciosa agora substituída por luxúria, necessidade, uma necessidade maior do que a de provar sua opinião, de magoá-lo.

Será que ela o estava magoando? Ele achava que era a intenção dela, mas sentia-se completamente distanciado da situação, completamente indiferente.

Ele viu os dois homens a preencherem, primeiro um, depois o outro, com os cacetes entrando e saindo, cobertos dos fluidos de Charlotte, ouviu os gemidos altos dela, pois ela não fazia esforço nenhum para esconder, em respeito aos sentimentos dele, que estava gostando.

Um grupo havia se reunido ao redor; vários homens tinham aberto a calça e estavam de pé perto dela, acariciando os próprios membros. Alguns chegaram mais perto para tocar nela, aproximando a mão sempre que viam oportunidade, um espaço livre para ser apalpado.

Dominik não tentou impedir ninguém. Charlotte ainda estava com as mãos livres para afastar qualquer atenção indesejada, e tinha voz, podia gritar se quisesse. Além do mais, ela parecia estar adorando a atenção, com a boca agora aberta, seu rosto a imagem da luxúria e do desejo.

Ele conjurou uma imagem em sua mente, tentou imaginar Summer deitada ali, ignorando seus desejos, entregando-se a toques de estranhos, com as pernas abertas para outros homens a comerem. Lembrou o modo como ela se abriu para Jasper, o recebeu na boca, como se ajoelhou no sofá com as pernas abertas, como um animal esperando para ser montado.

Por fim, seus pensamentos em Summer o fizeram sentir alguma coisa, e não essa ausência entorpecida de consciência, mas o vazio descuidado que o dominava sem ela.

Dominik não queria mais ver Charlotte. Ele passou pelos observadores ansiosos que tinham se aproximado para dar uma olhada na devassidão e desceu pela escada para o bar inferior. Lá esperou que ela terminasse, ignorando os esforços das *hostesses* para envolvê-lo em uma conversa e as atenções de uma mulher procurando uma foda fácil.

Charlotte acabou se sentando ao lado dele. Quando se sentou no banco, sua saia subiu e ela não fez esforço para esconder a xoxota, obscenamente nua, inchada, ainda brilhando com os fluidos. Charlotte abriu as pernas preguiçosamente, permitindo que ele visse melhor.

— Não precisa fazer isso — disse Dominik, afastando o olhar.

— Meu Deus, qual é a porra do seu problema? Como você achou que seria?

— Charlotte, não ligo para quem trepa com você. Você é livre para fazer o que quiser. Pensei que soubesse disso.

— Você se importava com quem trepava com sua preciosa Summer.

— Você não é Summer.

— E não quero ser! Aquela putinha fraca. Ela não liga pra nada além do precioso violino. Ela estava te usando por causa dele, te manipulando. Não enxerga isso? Acha que ela ligava pra quem trepava com ela? Que dava a mínima pra você?

Dominik sentiu um desejo repentino de bater nela, de vê-la se encolher de dor, mas nunca tinha batido e jamais bateria em uma mulher, não assim.

Ele se levantou e saiu.

O pedido de desculpas chegou no dia seguinte, por mensagem de texto.

"Vem aqui?"

Pelo menos, era o mais próximo que Charlotte chegaria de um pedido de desculpas.

Ele não devia a ela nem mais nem menos do que isso.

Os termos do relacionamento deles eram óbvios: eles fodiam e magoavam um ao outro. Summer estava sempre no centro, afastada da vida dos dois, mas presente todos os dias, com sua ausência como uma ferida aberta que nenhum deles conseguia parar de cutucar.

Ele foi.

Trepou com ela de novo, mais rudemente do que nunca. Mais uma vez, fechou os olhos e imaginou que o cabelo de Charlotte era ruivo em vez de castanho, que sua cintura era mais fina e suas pernas mais curtas, que sua pele era de um branco leitoso em vez de bronzeada, que sua bunda era curva, que ela tremia sob seu toque. Sentiu seu pau inchar, ficar mais duro dentro dela ao pensar em Summer, e foi tomado de raiva, raiva por Charlotte não ser a mulher que ele queria que fosse. Ele ergueu a mão e baixou com força na bunda dela, ouviu o gritinho, primeiro de surpresa e depois de prazer. Ergueu a outra mão e bateu do outro lado, viu a pele ficar vermelha, bateu vezes seguidas. Ela pressionava a bunda nele com prazer e a erguia no ar para ser usada.

Ele a viu se empurrando contra ele e mais uma vez lembrou quanto o ânus de Summer pareceu convidativo, que o primeiro orgasmo dela com ele foi quando ele disse que pretendia fazê-la foder o próprio cu.

Dominik se arrependia de não ter explorado aquele território virgem de Summer antes de ela desaparecer. Ele estava esperando, planejando guardar aquele orifício para um ritual, assim como estava esperando para depilar a boceta dela sozinho.

Ele se inclinou para a frente, cuspiu no ânus de Charlotte para lubrificar o orifício, apertou o polegar com delicadeza no círculo do esfíncter e começou a explorar mais profundamente, surpreso pela firmeza. Ela deu um pulo para a frente, afastou-se do toque dele, e então, quando ele tirou a mão, ela voltou, encontrou seu pau e o colocou mais uma vez na boceta ainda molhada.

Dominik ficou surpreso. Apesar de sua sexualidade aberta, parecia que Charlotte não era fã de sexo anal.

Ele enfiou o pau em Charlotte de novo com o máximo de força que conseguiu, e a cabeça da glande se chocou contra o colo do útero. Ela voltou a buscar o corpo dele, mas o pensamento de Dominik já estava em outro lugar. Ele acabou ouvindo-a gritar quando chegou ao orgasmo.

Dominik saiu de dentro dela com cuidado, tirou a camisinha e a escondeu, antes que ela pudesse notar que estava vazia. Ele não tinha chegado ao clímax.

Charlotte se largou preguiçosamente sobre a cama, e Dominik se deitou ao lado, passando a mão pela pele macia da barriga dela.

— Você nunca fez isso antes — disse ela com a voz macia, suave cheia do prazer de um orgasmo recente.

— Não — respondeu ele, incapaz de pensar em outra coisa para dizer sobre o assunto.

— Não me entenda mal...

— Não vou. O que é?

— Que tipo de dominador você é? Você não costuma parecer querer... me dominar.

Dominik refletiu.

— Nunca gostei muito de "cenas" — respondeu ele —, das armadilhas, dos estereótipos. Nem tenho interesse em provocar dor. — Ele reparou no traseiro dela ainda vermelho e acrescentou: — Normalmente.

— Você experimentaria? — perguntou ela. — Por mim.

— O que você quer? — perguntou ele, com um pouco de impaciência agora.

— Cordas. Uma surra. Me surpreenda.

— Não ocorreu a você que instruir seu dominador a dominar você não é muito submisso?

Charlotte deu de ombros.

— Mas você não é realmente dominador, é? — Ela o estava provocando agora.

— Tudo bem, então.

— Tudo bem?

— Vou lhe dar uma cena.

* * *

Dominik refletiu. Não tinha vontade de machucar Charlotte. Estava usando-a tanto quanto ela o usava. Também não tinha vontade de fingir um ato bobo de dominação que não sentia vontade de fazer. De começar a atuar. O relacionamento deles tinha ficado ridículo, sórdido, uma paródia de si mesmo, uma imitação do que ele fora com Summer.

Mesmo assim, ela o pressionava, e, se ela o pressionava, ele iria pressionar de volta.

Esperou até ela entrar no chuveiro e enfiou a mão na bolsa enorme em busca do celular dela. Como desconfiava, não era protegido por senha. Charlotte era aberta de todas as formas. Ele passou sem interesse por todas as mensagens de outros homens. "Oi, gata" ou "Oi, gostosa", diziam elas, uma após a outra.

Encontrou o número de Jasper, anotou e, quando chegou em casa, ligou.

— Alô?

— Jasper? — disse Dominik.

— Hum. Sim?

O tom de Jasper era de dúvida. Dominik sorriu. Esse era, evidentemente, o telefone de trabalho dele; talvez estivesse se perguntando se tinha aparecido um cliente masculino.

— É Dominik. Nós nos conhecemos em uma festa recentemente. Charlotte estava lá. E Summer.

— Ah, sim.

Dominik sentiu um momento de irritação quando a voz de Jasper se animou claramente à menção do nome de Summer.

— Como posso ajudar?

— Estou planejando uma coisa especial para Charlotte. Acho que ela gostaria se você estivesse presente. Você seria recompensado, é claro.

— Então eu adoraria. Pra quando é?

— Amanhã.

Páginas foram movimentadas quando Jasper foi olhar sua agenda.

— Estou livre e mal posso esperar.

Dominik concluiu o planejamento.

Em seguida, mandou uma mensagem de texto para Charlotte.

"Amanhã à noite, na sua casa. Esteja pronta."

"Aah, que bom", respondeu ela. "O que devo vestir?'

Dominik lutou contra a vontade de responder: "Não ligo."

Em seguida, em uma onda de dor e raiva, decidiu optar pela humilhação máxima: "Uniforme de colegial", respondeu ele.

Ele encontrou Jasper do lado de fora do apartamento de Charlotte e explicou as regras básicas. Dominik estava no comando, a pedido de Charlotte.

— Ei, você está pagando — disse Jasper. — O que vocês pervertidos quiserem está bom pra mim.

Eles ficaram de pé no corredor, cúmplices da futura subjugaçao de Charlotte, e tocaram a campainha. Dominik ainda não tinha convidado Charlotte para sua casa. Não parecia certo que ela fosse lá. Ele queria manter sua privacidade.

Ela abriu a porta usando uma minissaia xadrez, blusa branca, meias até os joelhos e sapatos pretos fechados com salto baixo. Charlotte tinha cumprido seu pedido com atenção aos detalhes, percebeu Dominik, ao observar o rabo de cavalo alto e os óculos de armação preta grossa. Ele não esperava isso, e ficou surpreso com sua própria reação. Estava ficando com o pau duro, dolorosamente duro. Talvez aquilo não fosse uma tarefa tão difícil assim.

Ela sorriu de orelha a orelha quando viu Jasper, e Jasper sorriu para ela, dois parceiros de crime. *Como Summer e eu*, pensou Dominik com uma pontada de dor.

— Olá, senhores — disse Charlotte discretamente, com uma pequena reverência.

— Viemos punir você — disse Dominik — por ser uma menina muito travessa.

Dominik fez uma careta ao ouvir a própria voz, a natureza estrangeira daquelas palavras. Os olhos de Charlotte brilharam de prazer.

Ele passou por ela e entrou no apartamento, virou-a e colocou a mão na lombar dela.

— Incline-se — disse ele. — Mostre-me sua bunda.

Charlotte deu uma risadinha, mas seguiu sua instrução rapidamente.

Dominik andou ao redor dela. Lembrou, antes de conseguir afastar o pensamento, como Summer tinha ficado de pé para ele, inclinada na cripta, quase contra a vontade, talvez com medo. Mas tinha feito o que ele pediu, porque ele pediu. Por que ela sentiu tanta inclinação a obedecer, ele não sabia dizer. Talvez a motivação que a impulsionava não fosse tão diferente da que o impulsionava, o traço forte de dominação dentro dele que era atraído tanto pelo traço oposto dela.

Charlotte começou a mexer os joelhos. Ao contrário de Summer, que ficou parada no lugar como se estivesse presa em concreto, incapaz de se mover depois de obedecer à ordem, Charlotte estava desempenhando um papel e estava desconfortável, esperando com impaciência o próximo passo dele nesse jogo absurdo. Ele estava realmente considerando a possibilidade de simplesmente se sentar e ver Jasper fodê-la. Parecia ser tudo que ela queria, de qualquer modo.

Mas não. Ela tinha pedido dominação, e dominação ela teria.

Ele enfiou um dedo pelo elástico da calcinha dela e a puxou rapidamente até seus pés. Charlotte não costumava usar lingerie. Hoje, estava usando uma calcinha branca de algodão. Tudo parte da brincadeira.

— Abra as pernas.

Ela mudou de posição, tentou ficar ereta e esticar as costas, mas Dominik se recusou a permitir. Cada vez que ela tentava se levantar, reduzir seu desconforto, ele apertava a mão contra a lombar dela e a guiava para baixo de novo.

Ele gesticulou para Jasper.

— Coma ela. Agora. Sem preliminar. Sem perder tempo. Vá em frente.

Ele viu o jovem exibir sua enorme ereção e colocar o preservativo.

Charlotte suspirou de prazer, com o desconforto esquecido assim que sentiu o enorme pênis de Jasper entrar em seu corpo.

Dominik os deixou momentaneamente e foi explorar o quarto de Charlotte até encontrar um tubo de lubrificante. De canela. Típico.

Ele voltou à sala e viu que Jasper tinha levado Charlotte até o sofá, para que ela pudesse apoiar o peso do corpo nas almofadas. Ele guiou os dois de volta ao centro do aposento. Charlotte choramingou. De dor? Dominik percebeu que seu pau endureceu com a ideia.

Ele colocou um pouco de lubrificante nos dedos e posicionou a mão com delicadeza na bunda dela, afastou os lados com a palma da mão e inseriu o dedo indicador no orifício. Charlotte deu um pulo e ele sentiu os músculos do esfíncter se retesarem, comprimindo seu dedo com força, mas ela não protestou. Sua ereção cresceu, expandindo-se em reação ao estreitamento do orifício dela. Seu membro agora estava duro como pedra e lutando para explodir dentro da calça.

Pela parede fina que separava o ânus de Charlotte da vagina, Dominik conseguia sentir o membro grosso de Jasper entrando e saindo do orifício da frente como um aríete atacando o inimigo. Ele inseriu um segundo dedo, começou a acompanhar o ritmo do garoto de programa e fodeu o cu dela com uma ferocidade cada vez maior.

Charlotte começou a se contorcer, sem conseguir apoio no chão com as mãos sob o ataque constante dos dois ao corpo dela.

Ele retirou os dedos bem lentamente do aperto do cu e sentiu os músculos pulsarem e relaxarem. Fez um gesto para Jasper retirar o pênis de dentro dela.

Dominik puxou Charlotte até ela ficar de pé. Os olhos dela estavam cheios de lágrimas.

— Boa menina — disse ele. — Agora que afrouxamos esses buracos lindos e apertadinhos que você tem, o verdadeiro trabalho pode começar.

Charlotte baixou a cabeça e assentiu uma vez.

Ele a pegou e a carregou até o quarto, lembrando que fez o mesmo na ocasião em que levou Summer para casa e ela se masturbou para ele sobre a escrivaninha.

— De quatro — disse a Charlotte com firmeza. Ela obedeceu de cabeça baixa, sem olhar para ele. — Espere aqui — acrescentou ele.

Dominik se virou para Jasper, que estava no processo de retirar o preservativo e colocar um novo.

— Não toque nela.

Dominik voltou à sala, pegou o lubrificante e parou no banheiro para lavar as mãos. Ele olhou-se no espelho quando estava lá, fitou seu reflexo por um momento.

O que tinha se tornado?

Ele afastou aquele sentimento e voltou ao quarto, onde Charlotte e Jasper esperavam. Charlotte ainda estava com a fantasia de estudante, com a calcinha embolada nos tornozelos e a saia curta xadrez no meio da bunda. Jasper estava de lado, completamente nu agora, com o jeans e a camiseta dobrados em uma pilha sobre a cômoda de Charlotte.

Dominik se aproximou, pegou-a pelos cabelos e puxou sua cabeça para trás.

— Vou foder seu cu — disse ele baixinho no ouvido dela.

Ela não respondeu. Mas o desprazer evidente em seu rosto deixava claro que ela achava que tinha sido enganada, que não devia ter demonstrado a Dominik que sexo anal não tinha boa cotação no menu sexual dela e que costumava não gostar.

Ele levantou a saia e abriu as longas pernas dela. Passou os dedos pelas dobras dos lábios de Charlotte e enfiou um dedo no orifício. Ela estava molhada, ainda escorregadia da foda com Jasper, que agora estava imóvel ao lado de Charlotte, em silêncio, com o membro em riste.

Dominik colocou uma dose generosa de lubrificante no cu de Charlotte, viu-a tremer em reação ao frio e sentiu que ficava duro com aquilo.

Ele abriu o cinto. Dominik ainda estava completamente vestido.

Ele tirou o pau e colocou-o na base da abertura dela, para sentir o calor irradiando do ânus de Charlotte. Em seguida, ele pensou, colocou um preservativo no pênis e enfiou a glande delicadamente no esfíncter dela, lutando para manter a firmeza.

— Relaxe, doce Charlotte — disse ele.

Jasper se inclinou para a frente e acariciou o cabelo dela.

— Está tudo bem, gata — disse ele.

Dominik olhou Charlotte e Jasper. Ela tinha apoiado a cabeça nele, com o rosto agora relaxado, encostado delicadamente no tórax do garoto de programa, que acariciava suavemente o cabelo dela.

Romântico, pensou Dominik, ao perceber que tinha sido completamente esquecido, que não estava acrescentando nada à cena além do que faria qualquer outro pau. Ele podia perfeitamente ser um consolo ou qualquer outra pessoa usando uma cinta peniana.

Não conseguiu culpá-la. Também não se importava com ela.

Dominik tirou a camisinha e fechou a calça, lançando um olhar a Jasper quando estava indo para a porta, pronto para deixar claro ao garoto de programa que ele podia ir em frente com Charlotte se desejasse, que seu contrato com Dominik tinha sido cumprido. Mas Jasper estava na cama, abraçando Charlotte antes mesmo de Dominik conseguir sair do quarto, e em poucos minutos ele conseguiu ouvi-los fazendo sexo, arfando.

Quando passou pela sala dela, ele olhou ao redor. Percebeu que Summer nunca o convidara para ir à casa dela, o reduto final de sua privacidade. Charlotte não tinha esse tipo de escrúpulo; ela gostava de receber e tinha convidados de todos os tipos que a visitavam regularmente. Não havia quase nada no apartamento, com uma sala bem grande, além de um sofá, um balanço e um Mac no espaço de trabalho no canto. Havia uma bancada na cozinha, onde ficava um dos modelos mais caros de máquina de café. Os australianos e os neozelandeses eram muito exigentes com seus espressos e *flat whites*, mais ainda do que os italianos, que praticamente inventaram a bebida.

Dominik notou uma luz piscando em cima da máquina de café. Seria possível? Não. Claro que não. Ele se aproximou para olhar melhor.

Era o celular de Charlotte, programado no modo de vídeo. Estava gravando.

Dominik o pegou, parou a gravação e voltou o filme. Ela tinha filmado a cena, ou pelo menos a parte que havia se desenrolado na sala. Aquela puta abusada!

Era uma sensação estranha se ver em filme. Sempre que estava copulando em um quarto com espelho e vislumbrava sua própria expressão, afastava o olhar. Não tinha nenhuma vontade de se ver fodendo.

Charlotte conseguira capturar a maior parte da ação. Tinha deixado a câmera apontada para o meio da sala, não para o sofá nem o quarto.

Tinha adivinhado onde a ação provavelmente aconteceria. Talvez ele não tivesse sido tão misterioso e surpreendente afinal.

Dominik apagou o filme e colocou o celular cuidadosamente na mesma posição, deixando o botão de gravação desligado. É claro que ela talvez reparasse que fora mexido, mas esse tipo de aparelho costumava parar de funcionar por vontade própria. Era uma alternativa melhor do que se filmar se afastando da câmera. Ele pegou o casaco no braço do sofá. Já havia pagado ao garoto de programa, então essa parte estava resolvida. Qualquer custo adicional que ele pudesse pensar em cobrar, por qualquer atividade que acontecesse depois que Dominik saiu, era problema de Charlotte.

E, então, a ficha caiu. O que mais ela tinha filmado?

Ele voltou até a máquina de café, pegou o celular de Charlotte e verificou os vídeos salvos. Estavam organizados por data. Um deles tinha a data da última noite que ele passou com Summer, antes da briga no café. A noite em que ele a depilara, em que Jasper a tinha comido à sua frente.

Dominik apertou "play" com o coração pesado. A imagem era pequena, porém clara. Charlotte tinha mesmo filmado Jasper e Summer fazendo sexo. Será que ela sabia o que ia acontecer? Pagou-o para fazer aquilo? Organizou a coisa toda? A câmera devia estar presa entre as almofadas do sofá, ou talvez equilibrada na beirada da janela acima. O ângulo tinha capturado o rosto de Summer, em uma expressão entre prazer e dor. Talvez o pau do garoto de programa fosse grande demais para ela. Uma ou duas vezes ela olhou para trás. Será que o estava procurando, procurando Dominik?

Ele viu o vídeo várias vezes, incapaz de se afastar do espetáculo que Charlotte tinha gravado certamente sem o consentimento de Summer. Apertou alguns botões, mandou a gravação para seu endereço de e-mail e apagou do celular de Charlotte. Em seguida, recolocou o aparelho no lugar. Não que ele se importasse de ela perceber que tinha sido descoberta. Não queria mais ver Charlotte.

Dominik saiu pela porta sem nem olhar para trás.

Era tarde da noite agora. Ele se sentou atrás do volante do BMW e respirou antes de dar a ré para sair da vaga. A rua estava quase vazia quando ele chegara à casa de Charlotte, mas agora estava lotada de carros, pois todos os moradores daquela rua tranquila tinham voltado para casa. Ele estava espremido, com um BMW na frente e outro atrás. Três seguidos. A última coisa que ele precisava era quebrar um dos faróis.

Dominik olhou as janelas das casas enquanto dirigia lentamente para a via principal, onde pegaria a A41 e seguiria pela Finchley Road até Hampstead. Viu as luzes brilhando em quartos e salas, viu uma silhueta magra, uma mulher, supôs ele, olhar para a rua e fechar a cortina.

Pensamentos em Summer ainda inundavam sua mente. A imagem dela olhando-o por cima do ombro enquanto Jasper a penetrava voltava à sua cabeça repetidamente enquanto ele manobrava para desviar de um carro na contramão na rua estreita. Quase atropelou um gato que corria para a outra calçada.

Perguntou-se se a casa de Charlotte era a única com atividades sexuais pouco tradicionais naquela noite, ou se homens e mulheres do bairro estavam ocupados se permitindo prazeres e escondendo seus próprios segredos.

Em casa, ele rapidamente tirou as roupas e caiu na cama, sem nem se dar ao trabalho de tomar banho.

Tinha que concluir uma crítica de manhã.

13

Um homem e uma garota

A ligação de Victor aconteceu no dia seguinte.

— Summer?

— Sim?

— Esteja pronta em uma hora. Um carro vai buscar você ao meio-dia.

Ele desligou o telefone sem esperar que eu respondesse.

Eu atendi essa ligação dele do mesmo jeito como atendia as outras, como um soldadinho de corda que segue a direção em que é colocado.

Registro de escrava? A ideia era absurda; não podia ser verdade. Em pouco tempo, pensei, eu acordaria e descobriria que tudo havia sido um sonho.

Ainda assim, tomei banho e me raspei com cuidado, como Victor tinha mandado. Eu não queria dar a ele qualquer motivo para fazer aquilo por mim. Com a lâmina na mão, eu não achava que ele seria tão delicado quanto Dominik.

Dominik. Será que ele me ligaria? Meu coração doeu ao pensar nele. Ele entenderia tudo isso. Victor e Dominik tinham um núcleo similar, mas eram diferentes. Dominik não queria me quebrar, nem ser servido sem envolvimento. Queria algo mais. Ele queria que eu o escolhesse.

O carro chegou, outro veículo enorme e brilhante, com vidros escuros, do tipo que se veria em filmes sobre a máfia. Não me dei ao trabalho de olhar pela janela, de acompanhar o caminho para ver em que direção Victor estava me levando desta vez. Outro endereço anônimo, outro calabouço improvisado. Que importância tinha? Eu escolhi ir. Não precisaria chamar a polícia para comunicar meu próprio sequestro.

Meu telefone vibrou na bolsa, e o zumbido mal pôde ser ouvido acima do som do motor do carro. Eu tinha um medo constante e terrível de que Victor ligasse durante um ensaio, então sempre deixava no modo silencioso ou para vibrar. Os maestros e os diretores da orquestra ficariam furiosos se o toque de um celular interrompesse nosso ensaio, e mais ainda se Victor me mandasse comparecer imediatamente e eu me sentisse obrigada a deixar o violino de lado para seguir sua ordem.

Comecei a procurar o celular na bolsa, para ver quem tinha ligado. Teria sido Dominik? Meus dedos ficaram paralisados de medo. Será que Victor tinha câmeras ali? Um microfone, para poder ouvir qualquer ligação que eu fizesse? Eu me inclinei para a frente, tentando dar uma olhada no motorista, mas minha visão estava obscurecida pelo vidro que separava a cabine do resto do veículo. O motorista podia até ser Victor; era exatamente o tipo de peça que ele acharia divertido pregar.

O carro começou a desacelerar, e pela janela escura consegui ver o corpo atarracado de Victor na calçada. Então ele não era o motorista. A qualquer momento, minha porta seria aberta. Não havia tempo para ligar, para mandar uma mensagem de texto ou ver se tinha sido Dominik quem ligara. Tudo que eu podia fazer era apertar o botão de desligar com o polegar para que o aparelho não vibrasse de novo e não alertasse Victor de que estávamos mantendo contato.

Eu só podia esperar que Dominik, se fosse ele, voltasse a tentar, e que em algum momento durante o cenário bizarro que Victor tinha planejado eu conseguisse encontrar um jeito de fazer contato com ele.

Victor abriu a porta e me ofereceu a mão. Eu aceitei e permiti que ele me ajudasse a sair do carro. Era por isso que eu tinha me encantado? Ironicamente, a ideia de Victor me ajudar a sair do carro, como uma criatura ridícula incapaz de ficar de pé sozinha, ofendia-me mais do que os atos sexuais aos quais ele me submetia, aos quais eu havia me submetido. Eu queria me levantar, ficar de pé acima dele e empurrá-lo na calçada, mas não o fiz, não consegui. Apenas segurei a mão dele e o segui docilmente.

Chegamos ao loft dele em Tribeca, que tinha sido transformado em uma espécie de harém para este evento. A coisa toda era como uma paródia, com almofadas decoradas por todos os lados, pedaços de tecido colorido e transparente pendurados no teto. Homens e mulheres, as senhoras e os senhores, usavam trajes que para eles pareciam sinalizar a "posição" na hierarquia, mas que eu achava simplesmente ridículos.

— Abaixe a cabeça, escrava — sibilou Victor no meu ouvido. Eu obedeci, mas com uma onda de satisfação. Então eu parecia confiante demais, com a cabeça erguida e os ombros empertigados. Que bom.

Victor tirou minha bolsa do meu ombro.

— Dispa-se! — ordenou ele.

Minha pequena revolta o tinha irritado, obviamente. Tirei meu vestido e entreguei a ele. Eu não estava usando nada por baixo. Para quê? Eu conseguia tirar um vestido quase com elegância, mas me sentia tola ao me contorcer para tirar uma calcinha, então simplesmente a deixava em casa.

— Você não vai precisar de seus objetos aqui — disse ele, levando o vestido e colocando-o de lado, junto com minha bolsa.

Graças a Deus, eu tinha deixado meu violino em casa. Meus braços pareciam vazios sem o estojo, mas pelo menos meu Bailly estava em segurança. Eu morria de medo de Victor ver quanto eu era apegada ao violino e tentar destruí-lo. Eu achava que de nenhuma outra forma ele conseguiria me afetar, mas tirar o violino de mim provavelmente funcionaria.

Com a cabeça baixa, eu conseguia ver apenas o chão e vislumbrar as outras pessoas na sala. Prestei atenção o máximo que consegui em trechos de conversa.

— Ela é a captura mais recente de Victor — disse uma mulher pequena de cabelos escuros, deitada preguiçosamente entre as almofadas perto de mim. Eu só conseguia vê-la com o canto do olho. Parecia uma estrela de cinema dos anos 1940, com batom vermelho intenso e corte chanel elegante.

— Ela parece irritada — respondeu o companheiro dela, um homem alto, magro e com um bigode fino acima do lábio, como uma coisa que ele tinha se esquecido de lavar no banho.

— Victor vai encontrar um jeito de fazer com que ela se entregue. Ele sempre consegue.

Observei cuidadosamente Victor guardar minha bolsa com meu celular dentro e meu vestido no armário de bebidas. Ele trancou a porta com uma pequena chave, que colocou no bolso.

Em seguida, virou-se para mim com um sorriso triunfante no rosto, de orelha a orelha.

— Esta noite, os preparativos começam. A cerimônia vai acontecer amanhã.

Ah, Dominik, eu pensei, olhando de lado o armário onde meu celular estava trancado. Onde você está?

Dominik sabia que Chris sempre fora amigo íntimo de Summer. Eles se conheciam desde que ela chegara a Londres, vinda da Nova Zelândia. Os dois eram músicos, e ela tinha tocado rabeca algumas vezes com a banda de rock dele. Ainda assim, nunca tinha lhe ocorrido fazer contato com Chris depois que Summer sumira tão de repente. É claro que ele fizera tentativas de entrar em contato com ela, mas o telefone estava desligado, e quando ele foi ao apartamento em Whitechapel, onde ela morava, o senhorio respondeu com irritação que ela havia saído sem aviso prévio e resmungou, irritado.

Talvez alguma coisa dentro dele, seu orgulho, sua dor, tenha-o impedido de investigar mais.

Ele nunca havia se sentido tão confuso em relação a uma mulher.

Não foi o fato de ela não se mostrar disponível para ele e por ter consentido nos jogos e nas atividades sexuais incomuns dos quais os dois visivelmente gostavam, mas de sempre ter sentido que ela estava se segurando. Controlando a essência da sua depravação, atingindo-o por baixo de maneiras que ele não conseguia entender.

Então, quando Chris ligou do nada, ele levou um susto. Será que ela não podia ligar?

— Em Nova York? — perguntou.

— Sim, foi o que eu disse.

— E o que ela queria?

— Como é que eu posso saber? Que eu dissesse a você onde ela está, eu acho. Como amigo dela, não estou feliz com isso, sabe — disse Chris, com sua irritação crescendo a cada palavra. — Todos os problemas dela pareceram começar quando ela conheceu você, então posso assegurar que você não é minha pessoa favorita, Dominik. E, se minha opinião contasse, preferiria que ela ficasse longe de você.

Dominik absorveu toda a informação com o telefone no ouvido e os olhos em movimento pelo escritório, onde se encontrava quando o celular tocou, pois estava escrevendo a crítica de um livro para um periódico acadêmico. A cama estava coberta de livros e papéis.

— Ela está bem? — perguntou ele a Chris.

— Não, não está, vou ser sincero. Está tendo problemas sérios. É tudo que sei. Ela não quis me contar mais. Apenas me pediu pra entrar em contato com você e dizer onde ela estava.

Nova York, uma cidade que ele sempre adorou e que tinha se tornado um Mar dos Sargaços de lembranças de mulheres e casos passados. Imagens voltaram à sua mente de repente: o hotel Algonquin e seus pequenos quartos com mobília antiga, tão pequenos que mal dava para se mexer, muito menos dar tapas em uma bunda ansiosa; o Oyster Bar abaixo da Grand Central Station; o hotel Iroquois, com quartos maiores, mas mais duvidosos, onde não era incomum a aparição de uma barata subindo pela parede. Lembrou-se do Taste of Sushi na rua 13, onde a comida japonesa foi uma revelação, mas os banheiros fediam à Idade Média e jamais passariam pela inspeção do Departamento de Saúde e Segurança britânico; do Le Trapeze Club no Flatiron District, aonde ele levou Pamela, a banqueira de Boston, e a viu se entregar às fantasias mais profundas; o hotel Gershwin ao lado, onde seu quarto tinha uma reprodução de Picasso na parede atrás da cama para a qual não conseguia evitar olhar cada vez que fodia uma companheira na posição papai e mamãe e inevitavelmente levantava a cabeça. New York, New York.

E agora Summer estava lá, por vontade própria. Não levada por ele, como recompensa ou distração.

Dominik voltou a si e ouviu a respiração pesada de Chris na outra extremidade da linha.

— Você tem o telefone dela de lá? Pode me dar?

Vencendo a relutância óbvia, Chris leu o número e Dominik o escreveu em um canto de suas anotações.

Um silêncio desconfortável entre os dois homens veio em seguida, e os dois sentiram um profundo alívio quando desligaram.

Dominik se sentou na cadeira de couro preto do escritório, de frente para a tela do computador no qual estava trabalhando, e viu com fascinação distante o sinal piscante do cursor, que ele tinha abandonado no meio de uma palavra quando o telefone tocou.

Por fim, respirou fundo e discou o número que havia conseguido com Chris. Apesar de Nova York estar a quilômetros de distância e a cinco horas de diferença, o toque pareceu ser no aposento ao lado.

Mas o telefone tocou e tocou e ninguém atendeu.

Dominik olhou o relógio para verificar a diferença de horário. Ainda era dia lá. Talvez ela estivesse trabalhando e não pudesse receber chamadas agora. Talvez tivesse encontrado trabalho com música. O Bailly teria ajudado.

Colocou o telefone sobre a mesa. Uma onda de sentimentos conflitantes tomou conta dele.

Tentou se concentrar no trabalho, mas as mudanças sutis nos relacionamentos entre escritores ingleses e americanos que moravam na Rive Gauche de Paris durante os anos do existencialismo não conseguiram recuperar a atenção total dele, então desistiu e andou de um lado para o outro no escritório.

Depois de esperar alguns minutos, ligou para o número de Summer em Nova York de novo. O telefone começou a tocar, e o espaço entre cada toque parecia ficar cada vez maior, chegando à eternidade relativa. Quando estava prestes a desligar, entrou a mensagem da caixa postal, pedindo que deixasse um recado.

Dominik deixou uma mensagem, falando calmamente e controlando seu pânico interior.

— Summer... sou eu... Dominik... Ligue para mim. Por favor. Chega de jogos. Só quero ouvir sua voz. — E então, ao pensar melhor: — Se você não conseguir fazer contato comigo por algum motivo, apenas deixe um recado, mensagem de texto, qualquer coisa. Sinto muito a sua falta.

Ele desligou com relutância.

Ainda andando de um lado para o outro uma hora depois, ele entrou na internet e verificou os voos seguintes para Nova York e a disponibilidade de assentos. Havia vários saindo de Heathrow de manhã cedo, todos chegando a Nova York por volta do meio-dia no horário local. Impulsivamente, comprou uma passagem para o primeiro voo, na classe executiva.

Torcia para que ela fizesse contato antes de ele partir, pois não tinha a menor ideia do que poderia fazer ao chegar, sem saber onde ela estava morando. Precisava acreditar que a encontraria, mesmo contra todas as possibilidades.

Fiquei parada e esperei que Victor desse o próximo passo.

Talvez sentindo minha impaciência para descobrir o que ele tinha planejado para depois, Victor demorou até pegar o item seguinte em seu arsenal de truques, um sino, não muito diferente do que Dominik me deu quando fui empregada na festa, mas maior. O som nítido ecoou pela sala como um dobre de finados, um som com eco automático. Seu som reverberava tanto que pareceu fazer meus dentes doerem.

Ao som do sino, uma porta se abriu no corredor e surgiu uma mulher. Ela estava vestida, se é que se podia chamar assim, com um vestido branco completamente transparente, cortado em um formato parecido com uma toga. Seu cabelo estava preso no alto da cabeça em um coque frouxo, com mechas soltas emoldurando seu rosto, dando a ela uma aparência de medusa dos tempos modernos.

Ela me ignorou completamente e inclinou a cabeça para Victor ao se aproximar. Era muito alta, com mais de 1,80m, eu supus, e estava descalça. Ele parecia preferir as mulheres assim, descalças. Acho que isso o deixava menos preocupado por ser baixo.

— Cynthia vai orquestrar seus preparativos hoje, escrava. Ajoelhe-se para ela.

Eu me ajoelhei, com o rosto quase chegando ao chão. Ao fazer isso, notei que uma tornozeleira fina de prata circundava com elegância o tornozelo de Cynthia, mas com apenas um pingente, um pequeno cadeado. Era bem bonito. Se essa era uma opção, em vez de um piercing ou uma tatuagem, talvez não fosse tão ruim.

Por outro lado, eu achava que Victor não ia me deixar opinar no assunto e, com o humor em que ele parecia estar agora, provavelmente escolheria a marca mais humilhante e permanente na qual conseguia pensar: uma tatuagem.

— Victor — falou a glamorosa mulher de cabelos pretos reclinada nas almofadas no chão.

— Sim, Clarissa? — perguntou ele. Ele não chamava seus companheiros de "senhora", "madame" ou "senhor", a não ser que estivesse falando deles para um escravo.

— Onde estão todos os seus escravos de serviço hoje? Estou sentada aqui com o copo vazio há um século. Não consigo champanhe por nada neste mundo.

Eu a tinha visto entornar o copo todo uns três segundos antes.

— Ah, querida — respondeu ele. — Vou identificar o culpado e puni-lo mais tarde.

— Que bom — respondeu Clarissa. — Espero que você me permita assistir. Enquanto isso, que tal um pouco para aliviar minha garganta dolorida? E você pode pedir que sua nova garota traga para mim? Gosto de olhar para ela. — Clarissa observou meu corpo nu e ajoelhado e deu um sorrisinho.

O homem de bigode sentado ao lado dela se empertigou e também me olhou.

— Na verdade — disse ele lentamente —, eu também gostaria que enchessem meu copo. Você tem alguma coisa mais forte? As senhoras parecem amar este champanhe, mas prefiro algo... mais intenso. — Ele me encarou fixamente ao dizer essas últimas palavras, e me abaixei ainda mais.

Os prazeres de Victor — fisicamente, pelo menos — até então eram bem comuns. Nada que eu não conseguisse fazer e até gostar se fingisse que não era Victor. Mas eu sabia perfeitamente bem que podiam estar presentes dominadores de inclinação mais violenta, ou sádicos, que talvez gostassem de coisas que não me interessavam, que talvez doessem de verdade ou me deixassem com ferimentos. Até então, eu havia tido sorte de todas as marcas que Victor e seus amigos deixaram serem leves, apenas arranhões e hematomas que eu conseguia cobrir com mangas compridas ou mesmo justificar. Mas talvez não tivesse sempre a mesma sorte.

— Certamente — disse Victor, mantendo a compostura externamente, embora eu sentisse que o pedido dos convidados por meus serviços tivesse interrompido seus planos e o deixado irritado. Ele me colocou de pé. — Sirva uma taça de champanhe para Madame Clarissa e encontre uísque para o Senhor Edward.

Eles sempre escolhiam pseudônimos tão ridículos. Victor tinha a desculpa para uma coisa mais clássica: era de origem ucraniana, afinal.

Ele remexeu no bolso para pegar a chave do armário de bebidas e entregou a mim.

— Se você tocar em qualquer coisa além do uísque — sussurrou ele baixinho no meu ouvido —, não vai ter a opção de escolher onde vou colocar a marca.

Servi o champanhe primeiro e o levei para Clarissa.

— Perdoem-me, senhora, senhor — eu disse —, por não trazer as duas bebidas juntas, mas a senhora parecia com sede, e eu não quis correr o risco de o champanhe esquentar.

— Ah, ela é boa — disse Clarissa para Victor. — Quando vai estar disponível para uso?

— Esta noite — respondeu ele abruptamente.

— Ah — disse ela. — Pensei que fôssemos marcá-la amanhã, com as outras.

— Eu tinha planejado assim — respondeu ele —, mas esta é especial. — Ele parou e olhou o relógio. — Daqui a duas horas. Seis. Isso nos dá bastante tempo. Fique de olho nela por um momento, Clarissa. Preciso cuidar dos preparativos.

Victor tirou o celular do bolso e desapareceu no corredor.

— Com licença — eu disse. — Voltarei com o uísque.

Como eu esperava, Clarissa não prestou atenção em mim quando enfiei a mão no armário de bebidas e liguei meu celular de novo. Verifiquei a lista de chamadas perdidas. Dominik tinha ligado duas vezes e deixado recado. Não havia possibilidade de eu escutar, e nem podia digitar uma resposta comprida: Victor poderia voltar à sala a qualquer momento. Digitei uma mensagem curta: "Recebi seu recado. Estou em NY. Me ligue de novo. S."

Eu só podia torcer para ele continuar tentando.

Coloquei o celular de volta no armário e fechei a porta com cuidado, mas não a tranquei.

Victor voltou à sala e devolvi a chave.

— Boa menina — disse ele. — Você vai ser uma ótima criada, Escrava Elena.

— Mal posso esperar, senhor.

— Sua hora vai chegar em breve. Agora, você vai tomar banho.

Ele estalou os dedos e Cynthia apareceu mais uma vez ao seu lado e esticou a mão para mim. Segui-a pelo corredor até um quarto, onde havia uma grande banheira decorada, cheia de água quente. Parecia ser aromatizada, mas não era. Nenhum sabonete nem produtos de banho cercavam a beirada. Acho que ele me queria como eu estava, só que mais limpa.

Eu afundei na água quente, e Cynthia se sentou em um canto do quarto em silêncio. Minha guarda? Eu precisava de guarda? Será que eu era prisioneira?

Não, achava que não. Eu tinha vindo por vontade própria. Victor estava com minhas roupas e meu celular, mas não havia nada que me impedisse de sair pela porta e chamar a polícia. Eu podia gritar e os vizinhos provavelmente iriam investigar. Nenhum dos outros "escravos" presentes estava fisicamente preso; também estavam ali por vontade própria, assumindo papéis em uma peça de teatro sexual, entregando-se às suas fantasias não tão secretas quanto as das senhoras e as dos senhores.

Eu me lembrei do que Victor dissera, que este era meu lugar, onde eu era mais bonita. As palavras dele machucaram, mas eu não podia negar que havia alguma verdade nelas. O comportamento dele me enojava, mas ao mesmo tempo me excitava. Ele tinha um jeito de forçar minha mente até o ponto em que nada importava, em que eu estava fisicamente presa, mas mentalmente livre.

A porta se abriu. Victor. Ele tinha trocado de roupa e colocado um terno formal, um smoking. Por um momento, me fez lembrar Danny DeVito no papel de Pinguim em *Batman: o retorno*. Sufoquei uma risada.

— Escrava Elena — disse ele —, sua hora chegou.

O voo de Dominik pousou no aeroporto JFK sob céu claro. Por causa da diferença no fuso horário, era pouco mais de meio-dia em Nova York. As filas na imigração e no controle de passaportes estavam enormes e lentas. Talvez fosse o dia errado da semana. Vários voos internacionais vindos da Europa tinham chegado com minutos de diferença e libertaram sua carga humana em um verdadeiro gargalo no terminal. Noventa por cento dos passageiros que chegavam eram estrangeiros e tinham que esperar três oficiais da imigração uniformizados, que pareciam totalmente indiferentes ao ar geral de impaciência.

Dominik só tinha bagagem de mão, mas não fazia diferença, porque as esteiras com as malas ficavam depois da imigração.

Ao perguntarem se estava viajando a negócios ou a lazer, ele hesitou brevemente antes de escolher a primeira opção.

Isso fez com que o oficial indagasse:

— Que tipo de trabalho você faz?

Ele devia ter inventado umas férias.

— Sou professor universitário — disse Dominik. — Estou aqui para dar algumas palestras em Columbia — mentiu ele.

Ele recebeu permissão para prosseguir.

Finalmente instalado no banco de trás de um táxi amarelo algum tempo depois, ele viu o carro entrar no fluxo de veículos a caminho da autoestrada Van Wyck, em direção a Jamaica e Queens. O motorista, por trás de uma frágil tela de proteção, usava turbante. Sua identificação e sua foto estavam quase completamente desbotadas. Seu nome era Mohammad Iqbal, ao que parecia. Ou talvez fosse o primo dele, ou qualquer pessoa que dividisse o táxi com ele.

O ar-condicionado do táxi não estava funcionando, então tanto o motorista quanto o passageiro tinham que deixar as janelas abertas. A mudança de temperatura desde a saída de Londres de manhã cedo era significativa, e Dominik já suava desconfortavelmente. Ele tirou o paletó cinza de linho.

Ao passar pelo Jamaica Hospital, o tráfego lento começou a melhorar e o motorista disparou em direção à cidade. Ele entrou na rua que levava ao túnel Midtown.

De repente, Dominik lembrou que tinha desligado o celular enquanto estava na fila da imigração, como lhe pediram. Ele o ligou e viu-o acender, mais com esperança do que expectativa.

Havia uma mensagem de texto.

Summer.

"Recebi seu recado. Estou em NY. Me ligue de novo. S."

Droga! Ele já sabia que ela estava em Nova York. Isso não ajudava em nada.

Ele ligou para o número dela de novo e caiu na caixa postal.

Droga. Sem nenhuma pista, seria como procurar uma agulha em um palheiro.

Estava prestes a mandar uma mensagem de texto para ela, quando o carro entrou no túnel. Ele tinha feito reserva em um hotel na Washington Square, que foi onde pediu ao motorista para deixá-lo. Quando saíram do túnel, decidiu esperar até estar em seu quarto para tentar fazer contato com Summer de novo.

Apesar de o horário de check-in ser apenas às três horas da tarde, ele pôde se acomodar mais cedo, pois o quarto estava livre. Precisava muito tomar um banho e trocar de roupa.

De sua janela, a bela vista do arco da Washington Square brilhou sob o sol. O som de músicos tocando jazz perto do chafariz central chegou aos seus ouvidos.

Um tempo depois, ainda molhado e vestindo o roupão macio, ele tentou ligar mais uma vez para o número de Summer, mas novamente não conseguiu falar com ela. Qual seria o problema?, perguntou-se. Por que fazer contato com ele e depois ficar incomunicável?

Ele estava pegando uma camisa limpa de mangas curtas na mala quando o telefone tocou.

Ele correu até a mesa e atendeu.

— Summer?

— Não, não é Summer. É Lauralynn.

— Lauralynn?

Dominik, a princípio, não lembrou quem era, e estava quase desligando por medo de perder a ligação de Summer.

— Sim, Lauralynn. Lembra? Toquei naquele... quarteto de cordas especial. Loura. Violoncelo. Ajudou?

Dominik agora se lembrava. O que ela queria com ele? Estava ficando impaciente.

— Agora lembro.

— Que bom — disse Lauralynn. — Eu detestaria ser o tipo de garota da qual os homens não se lembram. — Ela riu suavemente.

— Estou em Nova York — informou ele.

— Ah, é?

— Acabei de chegar. — E, então, ele voltou a si. — O que você quer?

— É um pouco difícil a uma distância tão grande — comentou Lauralynn. — Eu ia dizer o quanto gostei de nosso pequeno evento. Estava pensando se você estaria interessado em organizar outra coisa esses dias, mas, como você nem está no país, isso pode ser meio complicado. — O tom dela tinha se enchido de perversidade.

— Você está certa. Talvez possamos conversar outro dia, quando eu voltar para Londres. — Dominik estava sendo educado e não tinha intenção nenhuma de planejar outra coisa parecida.

— Eu entendo — falou Lauralynn. — Uma pena. Mas é que Victor também está em Nova York, e estou meio sem oportunidades.

— Você conhece Victor? — perguntou Dominik.

— É claro. Ele é um velho... Como posso dizer? Um velho amigo — disse ela.

— Pensei que ele tivesse chegado até você e aos outros músicos daquele dia por um recado no quadro de avisos da faculdade.

— Não — revelou Lauralynn. — Victor me contou sobre a natureza incomum do concerto e escolheu o local. Você não sabia?

Dominik praguejou baixinho. Uma nuvem negra começou a se formar em sua mente e ele sentiu um aperto no peito.

Victor, aquele maldito libertino, e Summer, os dois em Nova York? Não podia ser coincidência, podia?

Ele se decidiu.

— Lauralynn? Você sabe como posso entrar em contato com ele enquanto estou na cidade, por acaso?

— Sem dúvida.

— Que maravilha.

Ele anotou o endereço que ela lhe deu.

— Você mencionou Summer? Essa sua viagem a Nova York tem alguma relação com ela? Só estou curiosa — comentou Lauralynn.

— Tem — disse Dominik, e desligou o telefone.

Ele vestiu o casaco e decidiu andar até o parque mais próximo para espairecer e refletir antes de tentar falar com Victor. Passou por um pequeno parquinho e por uma área reservada a cachorros e viu um exército de esquilos pulando pela grama e pelas árvores. Encontrou um banco e se sentou.

Cynthia ficou de pé, ajudou-me a sair da banheira e me enrolou em uma toalha grande. A água havia ficado fria. Eu nem tinha reparado.

Victor pegou minha mão e me levou para outro aposento. Qual era o tamanho daquele lugar afinal? O aposento era uma oficina de tatuagem improvisada. Uma vez, pensei em fazer uma tatuagem, antes de sair da Nova Zelândia. Alguma coisa que me lembrasse de casa. Por fim, decidi simplesmente não fazer porque não consegui pensar em uma imagem que eu quisesse na pele para sempre. Talvez isso fosse resolver o problema: eu teria uma tatuagem, mas outra pessoa escolheria a imagem por mim.

Eu me deitei no banco que Victor indicou, ainda completamente nua. Ele apertou minha mão, o único sinal de carinho por parte dele.

Fechei os olhos. Eu estava certa. Parecia que ele não ia me dar a opção de escolher um piercing.

Minha mente entrou em um agradável nirvana quase contra minha vontade, preparando-se para a dor da agulha, que eu esperava que fosse começar a qualquer momento. O som suave do tráfego lá fora se transformou em zumbido. As pessoas na sala, que tenho certeza de que tinham se reunido para ver, tornaram-se irrelevantes, apenas figuras sombreadas ao fundo. Pensei no meu violino, nas viagens doces a que ele me levava. O sexo e a submissão ao poder dos outros me davam uma sensação de paz, de calma, mas não era como as visões que eu tinha quando tocava o Bailly.

Lembrei-me de quando toquei para Dominik, a primeira vez, quando toquei Vivaldi, apesar de eu não estar ciente da presença dele, e a segunda vez, no coreto. Nas duas vezes ele testemunhou meu devaneio, pareceu ter prazer em ver o efeito que a música tinha em mim.

Dominik. Eu quase esqueci minha mensagem de texto. Será que meu celular estava vibrando silenciosamente no armário? Será que ele tentou fazer contato comigo de novo?

Senti a mão de alguém passar pelo meu umbigo, depois por minha virilha depilada, pairou acima de mim por um momento, talvez examinando o terreno, escolhendo o melhor lugar para me marcar. Será que Victor faria a tatuagem ele mesmo?, eu me perguntei.

— Escrava Elena — disse ele, com um tom grave e formal —, o momento de sua marcação chegou.

Ele respirou fundo e fez uma pequena pausa, como se estivesse prestes a fazer um discurso. Será que tinha preparado votos, como em um casamento? Que estranho.

— Agora você deve renunciar à sua vida anterior e prometer servir a mim, Victor, em tudo que eu pedir, até eu decidir liberar você do serviço. Você concorda em se submeter a mim, escrava, em tornar sua vontade minha para sempre?

Eu estava na beirada de um precipício, no início de um daqueles momentos em que o rumo da sua vida se equilibra na lâmina de uma faca, diante de uma decisão fugaz, feita em um piscar de olhos, mas que pode alterar o caminho para sempre.

Eu respondi:

— Não.

— Não? — sussurrou Victor, incrédulo.

— Não — eu disse de novo. — Não quero me submeter a você.

Abri os olhos e me sentei, consciente de repente da minha nudez. Tentei incorporar toda a autoridade que consegui naquele meu estado. Pelo menos Dominik tinha me dado bastante prática nisso.

Victor pareceu perplexo, e ao mesmo tempo minúsculo. Como pude ser subjugada por aquele homem? Ele só estava atuando, como todos os outros.

Passei pelo grupo de pessoas, seus rostos numa mistura de choque, constrangimento e preocupação, algumas cochichando com outras que aquilo devia fazer parte da exibição de Victor.

Peguei meu vestido no armário, enfiei pela cabeça, agarrei minha bolsa e meu celular e segui para a porta. Estava destrancada.

Victor colocou o pé no vão da porta quando fui fechá-la atrás de mim.

— Você vai se arrepender disso, Escrava Elena.

— Acredito que não. Meu nome é Summer. Não sou sua escrava.

— Você nunca vai ser nada além de escrava, garota. É sua natureza. Vai acabar se rendendo. Não pode evitar. E olhe para você. Será que não se viu? Ficou molhada desde a hora em que tirou as roupas, pingando. Sua mente pode lutar, mas seu corpo sempre vai trair você, escrava.

— Não volte a fazer contato comigo. Vou chamar a polícia se você me ligar.

— E vai dizer o quê? — debochou ele. — Acha que vão acreditar em uma piranha como você?

Eu me virei e saí da sala, com a cabeça erguida, embora as palavras dele ainda soassem em meus ouvidos. Tudo que eu queria era ir para casa. Ir para casa e tocar meu violino.

Subi a Gansevoort Street e chamei um táxi. Peguei o celular assim que entrei, para que o motorista não puxasse conversa nem perguntasse sobre meu estado de agitação. Os motoristas de táxi de Nova York são engraçados, alguns silenciosos como a noite e outros tão simpáticos que é difícil fazer com que calem a boca. Liguei para minha caixa postal e afundei ainda mais no assento quando a voz de Dominik encheu meu ouvido.

Ele sentia minha falta. Ele nunca havia dito nada assim antes. Eu também sentia a falta dele, terrivelmente.

Olhei o tráfego pela janela, as imagens da cidade que pareceram tão empolgantes quando cheguei e agora pareciam estrangeiras, diferentes, lembrando-me de que eu não estava em casa, que não tinha mais casa.

O crepúsculo se aproximava quando passamos pelo Washington Square Park, com as árvores lançando sombras na grama como braços e pernas longos, um coral verde. Demoraria um tempo para escurecer de verdade. Ainda havia tempo para tocar.

Eu tinha prometido a Dominik que não tocaria com o Bailly em público para ganhar dinheiro, porque seria perigoso com um instrumento tão valioso, mas achei que ele entenderia, apenas daquela vez.

O táxi me deixou na porta do meu prédio e dei uma boa gorjeta ao motorista como agradecimento por ele ter ficado em silêncio durante o trajeto todo.

Subi a escada de dois em dois degraus e deixei o vestido preto no chão assim que entrei. Eu não sabia se iria querer usá-lo de novo. Talvez comprasse uma roupa nova para shows, uma que não trouxesse tantas lembranças. Coloquei uma roupa comum para não chamar atenção mais do que o necessário, peguei o Bailly e segui para o parque.

O arco da Washington Square foi meu ponto escolhido para tocar. Ele me fazia lembrar o Arco do Triunfo em Paris e lugares para onde eu queria ir, e fotos que Dominik tinha me mostrado da visita a Roma.

Fiquei de pé ao lado do chafariz, com vista para o arco, levei o Bailly ao queixo, segurei o braço com firmeza e empurrei o arco sobre as cordas. Nem pestanejei sobre o que tocaria; meu corpo tomou essa decisão antes de minha mente ter tempo para pensar.

Fechei os olhos e me concentrei no primeiro movimento, o *alegro* da "Primavera", de *As Quatro Estações* de Vivaldi.

O tempo passou, os minutos da minha performance voaram, sem eu notar, até chegar ao final da última parte, eu abrir os olhos e ver que estava quase escuro.

E, então, ouvi aplausos. Não os aplausos ruidosos de uma plateia, apenas o firme bater de mãos de um indivíduo.

Eu me virei, segurando o Bailly de maneira protetora ao laao do corpo, caso um psicopata estivesse prestes a se lançar sobre mim e sair correndo com meu instrumento.

Era Dominik. Ele tinha ido atrás de mim.

Dominik abriu os olhos.

Era tarde da noite, e apenas a luz do arco da Washington Square entrava pela janela do quarto de hotel. O zumbido tranquilo do ar-condicionado soava pelo quarto como um vento gentil e fresco.

Ao seu lado, Summer dormia. Ele ouviu os sons baixos de sua respiração em uníssono com o coração, viu o ombro descoberto, vislumbrou o seio pela moldura criada pelo braço dobrado, que ela mantinha entre o queixo e o travesseiro.

Ele prendeu a respiração.

Lembrou-se da sensação dos lábios de Summer ao redor dele quando ela o levou à boca pela primeira vez, da carícia aveludada e do jeito delicado como a língua envolveu a base de seu pênis, quase brincando com ele, provando, explorando a textura, centímetro a centímetro, esfregando a pele e a variedade de veias e minúsculas proeminências.

Ele não pedira nem ordenara que ela fizesse aquilo. Aconteceu naturalmente, como a coisa certa a se fazer naquele momento, quando os dois baixaram a guarda e se expuseram completamente para o outro, esquecendo o passado, os erros, os caminhos tomados por engano, agora arrependidos.

Os ecos do desejo que ele sentia por Summer ainda percorriam seu corpo todo, e Dominik lamentou todos os dias que desperdiçara. Antes dela, depois dela. Os dias que jamais conseguiria recuperar.

Ele a viu dormir.

Suspirou.

De felicidade e tristeza.

Do lado de fora, vozes alegres passaram, voltando dos bares em Bleecker e MacDougal a caminho do norte de Manhattan, e, por um breve instante, Dominik se sentiu verdadeiramente feliz por ter encontrado Summer de novo.

Os momentos que eles compartilharam naquela noite foram normais, não parte de um jogo.

Ele sentiu sono, acalentado pela presença dela ao seu lado, pelo calor irradiando do corpo nu quando se aconchegou a ele, como um bálsamo.

Acordou novamente quando o amanhecer era ainda um mero filete de luz no horizonte de Manhattan. Agora Summer também estava acordada, com os olhos fixos nele e a expressão curiosa e carinhosa.

— Bom dia — disse ela.

— Bom dia, Summer.

E, então, silêncio de novo, como se eles tivessem rapidamente ficado sem nada para dizer um ao outro.

— Você vai descobrir que sou um homem calado — disse Dominik, desculpando-se por não ter o que dizer.

— Posso viver com isso — respondeu Summer. — As palavras não são tão importantes. São superestimadas demais, na minha opinião.

Dominik sorriu.

Talvez aquilo não fosse dar certo se tentassem ir além da cama, do sexo e da devassidão que ele sabia bem que os dois guardavam nas profundezas da alma. Talvez.

Ela esticou a mão, levantou-se de leve e um seio emergiu sob as cobertas. Os dedos dela pousaram em seu queixo.

— Sua barba está áspera. Você precisa se barbear — disse ela, acariciando-o.

— Sim — confirmou Dominik. — Faz pelo menos dois dias.

— Não tenho problemas com marcas de tipo nenhum. — Summer sorriu.

— Marcas nem sempre serão necessárias — observou Dominik.

— Não, tudo bem — disse ela. — Tenho certeza de que vamos encontrar um equilíbrio.

Dominik sorriu e tocou no seio descoberto dela com toda a delicadeza que conseguiu.

— Isso quer dizer que ainda podemos ser...

— Amigos — interrompeu Summer. — Talvez não.

— Mais do que amigos — disse ele.

— Acho que sim.

— Não vai ser fácil.

— Eu sei.

Dominik afastou delicadamente as cobertas do corpo dela, expondo-a completamente até as coxas brancas.

— Vejo que você ainda está depilada.

— Estou — disse Summer. — Eu me sentia bagunçada e estranha ao deixar crescer, e acabei passando a gostar.

Não contou a Dominik que Victor tinha mandado que ela ficasse lisa, embora fosse verdade que ela passara a gostar da vulnerabilidade que aquela maciez evocava em seu coração e em sua mente, e da pura sensualidade de conseguir se sentir tão nua lá embaixo quando se tocava.

— E se eu pedisse, você concordaria em deixar assim ou deixar os pelos crescerem novamente? — perguntou Dominik. — Seguindo minha vontade, ou talvez minha ordem?

— Eu teria que pensar no assunto — respondeu Summer.

— E se eu mandasse você tocar violino para mim, você tocaria de novo?

Os olhos dela brilhavam na suave luz do alvorecer.

— Eu tocaria — respondeu ela. — Em qualquer momento, em qualquer lugar, com ou sem roupas, qualquer música, qualquer melodia... — Ela sorriu.

— Um presente seu para mim?

— Uma submissão. No meu estilo — disse Summer.

A mão de Dominik desceu para a boceta dela, parou sobre os lábios, abriu-os e deslizou um dedo para dentro com lentidão deliberada.

Summer gemeu baixinho.

Ela sempre gostara de fazer amor de manhã, saindo diretamente dos braços entorpecidos do sono.

Ele retirou o dedo, mudou a posição do corpo, escorregou pela cama e levou seus lábios a ela. Summer enfiou delicadamente os dedos nos cachos desgrenhados do cabelo dele para mantê-lo no lugar e controlar o próprio prazer.

* * *

Abri a porta do meu apartamento, coloquei o estojo do violino no chão e fui até meu armário. Eu tinha passado em casa para pegar uma muda de roupas. Dominik só tinha mais uma noite em Nova York e havia me convidado para jantar e ir a um musical na Broadway para comemorar.

Seria uma comemoração estranha. Doce e amarga. Nossa última noite juntos até algum ponto desconhecido no futuro, com o tempo até lá a ser passado no abraço de continentes separados.

Será que daria certo?, refleti, tirando o vestido preto e curto do armário, o que eu tinha usado para ele, ainda que rapidamente, em um dos meus primeiros recitais.

Pensei que sim. Éramos duas metades do mesmo todo, Dominik e eu. Nem um oceano poderia nos manter separados indefinidamente.

Arrumei uma pequena mala com minha roupa para aquela noite, dei uma última olhada no Bailly e segui para a porta.

Dominik ainda não tinha me visitado em casa.

Talvez, na próxima vez, eu o convidasse para entrar.

*Agradecimentos*

Gostaríamos de agradecer a todas as pessoas que tornaram a escrita da série *Oitenta dias* não apenas uma possibilidade, mas um prazer: Sarah Such da Sarah Such Literary Agency, Jemima Forrester e Jon Wood, da Orion, por acreditarem, e Matt Christie pela fotografia cujo trabalho pode ser conferido no site: www.mattchristie.com.

Um agradecimento especial vai para todos os indivíduos não nomeados que ajudaram durante o processo com pesquisa, apoio e aulas de violino; aos restaurantes do Groucho Club e de Chinatown por receberem nossas especulações perversas; e a nossos respectivos parceiros por aguentarem todas as horas da noite e do dia enquanto digitávamos intensamente e os deixávamos de lado.

Metade de Vina Jackson gostaria de agradecer à sua empregadora pelo maravilhoso apoio, compreensão e mente muito aberta.

E um agradecimento final vai aos trens da First Great Western por darem uma mão ao destino por meio das reservas on-line aleatórias que nos aproximaram.

Este livro foi composto na tipologia Adobe Jenson Pro,
em corpo 11,5/15,6, e impresso em papel off-white
no Sistema Cameron da Divisão Gráfica
da Distribuidora Record.